风吹过白色的原野

陈忠实/著

名家散文 青春版

陈忠实经典散文

山东文艺出版社

目 录

第一单元　精读美文

003/ 我的白鸽

011/ 家之脉

014/ 原下的日子

021/ 父亲的树

029/ 晶莹的泪珠

037/ 麦　饭
　　——关中民间食谱之一

040/ 家有斑鸠

044/ 第一次投稿

050/ 一株柳

052/ 三九的雨

第二单元　泛读美文

一　又见鹭鸶

061/ 火晶柿子

069/ 又见鹭鸶

073/ 种菊小记

076/ 拜见朱鹮

080/ 两株玉兰树

085/ 难忘一种鸟叫声

088/ 拥有一方绿荫

　　——《我的树》之一

092/ 绿蜘蛛，褐蜘蛛

　　——《我的树》之二

100/ 绿风

　　——《我的树》之三

二　灿烂一瞬

107/ 伊犁有条渠

111/ 灿烂一瞬

  ——凉山笔记之一

114/ 神秘一幕

  ——凉山笔记之二

119/ 口红与坦克

  ——美、加散记之四

122/ 骆驼刺

  ——车过柴达木之一

124/ 盐的湖

  ——车过柴达木之二

126/ 威海三章

132/ 皮鞋·鳝丝·花点衬衫

138/ 从黄岛到济南

142/ 鲁镇记行

147/ 林中那块阳光明媚的草地

  ——俄罗斯散记之二

三 我的读书故事

157/ 第一次借书和第一次创作

159／ 在灞河眺望顿河

161／ 一个空前绝后的数字

163／ 关键一步的转折

165／ 摧毁与新生

168／ 一次功利目的明确的阅读

170／ 米兰·昆德拉的启发

173／ 阅读自己

四　动心一刻

179／ 难忘一渠清流

184／ 心中的圣火

186／ 动心一刻

189／ 回家折枣

194／ 《白鹿原》创作散谈

207／ 我经历的狼

216／ 舒悦里的亲情和友谊

218／ 原上原下樱桃红

223／ 我的秦腔记忆

229／ 一九八〇年夏天的一顿午餐

第一单元　精读美文

我的白鸽

老舅到家里来，话题总是离不开退休后的生活内容，谈到他还可以干翻扎麦地这种最重的农活儿，便是很自豪的神情；养着一只大奶羊，早晨起来挤下羊奶煮熟和孙子喝了，孙子去上学，他则牵着羊到坡地里去放牧，又表现出挺诱人的一种惬意的神色；说他还养着一群鸽子，到山坡上放羊时或每月进城领取退休金时，顺路都要放飞自己的鸽子。我禁不住问："有白色的没有？纯白的？"

老舅当即明白了我的话意，不无遗憾地说："有倒是有……只有一对。"随之又转换成愉悦的口吻："白鸽马上就要下蛋了，到时候我把小白鸽给你捉来，就不怕它飞跑了。"老舅大约看出我的失望，继续解释说："那一对老白鸽你养不住，咱们两家原上原下几里路，它一放开就飞回老窝里去了。"

我就等待着，并不焦急，从产卵到孵化再到幼鸽独立生存，差不多得两个月，急是没有用的。我那时正在远离城市的乡下故园里住着读书写作，七八年了，对那种纯粹的乡村情调和质朴到近乎平庸的生活，早已生出寂寞，尤其是陷入那部长篇小说的写作以来的三年。这三年里我似乎在穿越一条漫长的历史隧道，仍然看不到出口处的亮光，一种劳动过程之中尤其是每一次劳动中止之后的寂寞围裹着我，常常难以诉述难以排解。我想到能有一对白色的鸽子，心里便生出一缕温情一方圣洁。

出乎我意料的是，一周没过，舅舅又来了，而且捉来了一对白鸽。面对我的欣喜和惊讶之情，老舅说："我回去后想了，干脆让白鸽把蛋下到你这里，在你这里孵出小鸽，小鸽就认你这儿为家咧。再说嘛，你一年到头闷在屋里看书呀写字呀，容易烦。我想到这一层就赶紧给你捉来了。"我看着老舅的那双洞达豁朗的眼睛，心不由怦然颤动起来。

我把那对白鸽接到手里时，发现老舅早已扎住了白鸽的几根羽毛，这样被细线捆扎的鸽子只能在房屋附近飞上飞下，而不会飞高飞远。老舅特别叮嘱说，一旦发现雌鸽产下蛋来，就立即解开它翅膀上被捆扎的羽毛，此时无须担心鸽子飞回老窝去，它离不开它的蛋。至于饲养技术，老舅不屑地说："只要每天早晨给它撒一把苞谷粒儿……"

我在祖居的已经完全破败的老屋的后墙上的土坯缝隙里，砸进了两根木棍子，架上一只硬质包装纸箱，纸箱的右下角剪开一个四方小洞，就把这对白鸽放进去了。这幢已无人居住的破落的老屋似乎从此获得了生气，我总是抑制不住对后墙上的那一对活泼泼的白鸽的关切之情，没遍没数儿地跑到后院里，轻轻地撒上一把玉米粒儿。起始，两只白鸽大约听到玉米粒儿落地时特异的声响，挤在纸箱四方洞口探头探脑，像是在辨别我投撒食物的举动是真诚的爱意抑或是诱饵。我于是走开，以便它们可以放心进食。

终于出现奇迹。那天早晨，一个美丽的乡村的早晨，我刚刚走出后门扬起右手的一瞬间，听见扑啦啦一声响，一只白鸽落在我的手臂上，迫不及待地抢夺手心里的玉米粒儿。接着又是扑啦啦一声响，另一只白鸽飞落到我的肩头，旋即又跳弹到手臂上，挤着抢着啄食我手心里的玉米粒儿。四只爪子掐进我的皮肉，有一种痒痒的刺疼。然而听着玉米粒儿从鸽子喉咙滚落下去的撞击的声响，竟然不忍心抖掉鸽子，似乎是一种早就期盼着的信赖终于到来。

又是一个堪称美丽的早晨，飞落到我手臂上啄食玉米的鸽子仅有一只，我随之发现，另外一只静静地卧在纸箱里产卵了。新生命即将诞生的欣喜和某种神秘感，立时就在我的心头漫溢开来。遵照老舅的经验之说，我当即剪除了捆扎鸽子羽毛的绳索，白鸽自由了，那只雌鸽继续钻进纸箱去孵蛋，而那只雄鸽，扑啦啦扑向天空去了。

终于听到了破壳出卵的幼鸽的细嫩的叫声。我站在后院里，先是发现了两只破碎的蛋壳，随之就听到从纸箱里传下来的细嫩的新生命的啼叫声。那声音细弱而又嫩气，如同初生婴儿无意识的本能的啼叫，又是那样令人动心动情。我几乎同时发现，两只白鸽轮番飞进飞出，每一只鸽子的每一次归巢，都使纸箱里欢闹起来，可以推想，父亲或母亲为它们捕捉回来了美味佳肴。

我便在写作的间隙里来到后院，写得拗手时到后院抽一支烟，那哺食的温情和欢乐的声浪会使人的心绪归于清澈和平静，然后重新回到摊着书稿的桌前；写得太顺时我也有意强迫自己停下笔来，到后院里瞅着飞来又飞去的两只忙碌的白鸽，聆听那纸箱里日渐一日愈加喧腾的争夺食物的欢闹，于是我的情绪由亢奋渐渐归于冷静和清醒，自觉调整到最佳写作心态。

这一天，我再也经不住神秘的纸箱里小生命的诱惑，端来了木梯，自然是趁着两只白鸽外出采食的间隙。哦！那是两只多么丑陋的小鸽，硕大的脑袋光溜溜的，又长又粗的喙尤其难看，眼睛刚刚睁开，两只肉翅同样光秃秃的，它俩紧紧依偎在一起，静静地等待母亲或父亲归来哺食。我第一次看到了初生形态的鸽子，那丑陋的形态反而使我更急切地期盼它们的蜕变和成长。

我便增加了对白鸽喂食的次数，由每天早晨的一次到早、午、晚三次。我想到白鸽每天从早到晚外出捕捉虫子，不仅活动量大大增加，自身的消耗也自然大大增加，而且把采来的最好的吃食都喂给幼鸽了。

说来挺怪的，我按自己每天三餐的时间给鸽子撒上三次玉米粒儿，然后坐在书桌前与我正在交缠着的作品里的人物对话，心里竟有一种尤为沉静的感觉，白鸽哺育幼鸽的动人的情景，有形无形地渗透到我对作品人物的气性的把握和描述着的文字之中。

又是一个美丽的早晨，我在往地上撒下一把玉米粒儿的时候，两只白鸽先后飞下来，它们显然都瘦了，毛色也有点灰脏有点邋遢。我无意间往墙上的纸箱一瞅，两只幼鸽挤在四方洞口，以惊异稚气的眼睛瞅着正在地上啄食的父亲和母亲。那是怎样漂亮的两只幼鸽哟，雪白的羽毛，让人联想到刚刚挤出的牛乳。幼鸽终于长成了，所有可能发生意外或不测的担心顿然化解了。

那是一个下午，我准备到河边上去散步，临走之前给白鸽撒一把玉米粒儿，算是晚餐。我打开后门，眼前一亮，后院的土围墙的墙头上，落栖着四只白色的鸽子，竟然给我一种白花花一大堆的错觉。两只老白鸽看见我就飞过来了，落在我的肩头，跳到手臂上抢啄玉米。我把玉米撒到地上，抖掉老白鸽，好专注欣赏墙头上那两只幼鸽。

两只幼鸽在墙头上转来转去，瞅瞅我又瞅瞅在地上啄食的老白鸽，胆怯的眼光如此显明，我不禁笑了。从脑袋到尾巴，一色纯白，没有一根杂毛，牛乳似的柔嫩的白色，像是天宫降临的仙女。是的，那种因对世界对自然对人类的陌生和新奇而表现出的胆怯和羞涩，使人顿时生出诸多的联想：刚刚绽开的荷花，含珠带露的梨花，养在深山人未识的俏妹子……最美好最纯净最圣洁的比喻仍然不过是比喻，仍然不及幼鸽自身的本真之美。这种美如此生动，直教我心灵震颤，甚至畏怯。是的，人可以直面威胁，可以蔑视阴谋，可以踩过肮脏的泥狞，可以对叽叽咕咕保持沉默，可以对丑恶闭上眼睛，然而在面对美的精灵时却是一种怯弱。

小白鸽和老白鸽在那幢破烂失修的房脊上亭亭玉立。这幢由家族的创业者修盖的房屋，经历了多少代人的更替而终于墙颓瓦朽了，四只白色的鸽子给这幢风烛残年的老房子平添了生机和灵气，以至幻化出家族兴旺时期的遥远的生气。

夕阳绚烂的光线投射过来，老白鸽和幼白鸽的羽毛红光闪耀。

我扬起双手，拍出很响的掌声，激发它们飞翔。两只老白鸽先后起飞。小白鸽飞起来又落下去，似乎对自己能否翱翔蓝天缺乏自信，也许是第一次飞翔的胆怯。两只老白鸽就绕着房子飞过来旋过去，无疑是在鼓励它们的儿女勇敢地起飞。果然，两只小白鸽起飞了，翅膀扇打出啪啪啪的声响，跟着它们的父母彻底离开了屋脊，转眼就看不见了。

我走出屋院站在街道上，树木笼罩的村巷依然遮挡视线，我就走向村庄背靠的原坡，树木和房舍都在我眼底了。我的白鸽正从东边飞翔过来，沐浴着晚霞的橘红。沿着河水流动的方向，翼下是蜿蜒着的河流，如烟如带的杨柳，正在吐絮扬花的麦田。四只白鸽突然折转方向，向北飞去，那儿是骊山的南麓，那座不算太高的山以风景和温泉名扬历史和当今，烽火戏诸侯和捉蒋兵谏的故事就发生在我的对面。两代白鸽掠过气象万千的那一道道山岭，又折回来了，掠过河川，从我的头顶飞过，直飞上白鹿原顶更为开阔的天空。原坡是绿的，梯田和荒沟有麦子和青草覆盖。这是我的家园一年四季中最迷人最令我陶醉的季节，而今又有我养的四只白鸽在山原河川上空飞翔，这一刻，世界对我来说就是白鸽。

这一夜我失眠了，脑海里总是有两只白色的精灵在飞翔，早晨也就起来晚了。我猛然发现，屋脊上只有一双幼鸽。老白鸽呢？我不由得瞅瞄天空，不见踪迹，便想到它们大约是捕虫采食去了。直到乡村的早饭已过，仍然不见白鸽回归，我的心里竟然是惶惶不安。这当儿，舅父走进门来了。

"白鸽回老家了，天刚明时。"

我大为惊讶。昨天傍晚，老白鸽领着儿女初试翅膀飞上蓝天，今日一早就飞回舅舅家去了。这就是说，在它们来到我家产卵孵蛋哺育幼鸽的整整两个多月里，始终也没有忘记老家故巢，或者说整个两个多月孵化哺育幼鸽的行为本身就是为了回归。我被这生灵深深地感动了，也放心了。我舒了一口气："噢哟！回去了好。我还担心被鹰鹞抓去了呢！"

留下来的这两只白鸽的籍贯和出生地与我完全一致，我的家园也是它们的家园；它们更亲昵地甚至是随意地落到我的肩头和手臂，不单是为着抢啄玉米粒儿；我扬手发出手势，它们便心领神会从屋脊上起飞，在村庄、河川和原坡的上空，做出种种酣畅淋漓的飞行姿态，山岭、河川、村舍和古原似乎都舞蹈起来了。然而在我，却一次又一次地抑制不住发出吟诵：这才是属于我的白鸽！而那一对老白鸽嘛……毕竟是属于老舅的。我也因此有了一点点体验，你只能拥有你亲自培育的那一部分……

当我行走在历史烟云之中的一个又一个早晨和黄昏，当我陷入某种无端的无聊无端的孤独的时候，眼前忽然会掠过我的白鸽的倩影，淤积着历史尘埃的胸脯里便透进一股活风。

直到惨烈的那一瞬，至今想起依然感到手中的这支笔都在颤抖。那是秋天的一个夕阳灿烂的傍晚，河川和原坡被果实累累的玉米棉花谷子和各种豆类覆盖着，人们也被即将到来的丰盈的收获鼓舞着，村巷和田野里泛溢着愉快喜悦的声浪。我的白鸽从河川上空飞过来，在接近西边邻村的村树时，转过一个大弯儿，就贴着古原的北坡绕向东来。两只白鸽先后停止了扇动着的翅膀，做出一种平行滑动的姿态，恰如两张洁白的纸页飘悠在蓝天上。正当我忘情于最轻松最舒悦的欣赏之中，一只黑色的幽灵从原坡的哪个角落里斜冲过来，直扑白鸽。白鸽惊慌失措地启动翅膀重新疾飞，然而晚了，那只飞在头前的白鸽被黑色幽灵俘掠而去。我眼睁睁地瞅着头顶天空所骤然爆发的这一场弱肉强食、侵略者和被屠杀者的搏杀……只觉眼前一片黑暗。当我再次眺望天空，唯见两根白色的羽毛飘然而落，我在坡地草丛中捡起，羽毛的根子上带着血痕，有一缕血腥气味。

侵略者是鹞子，这是家乡人的称谓，一种形体不大却十分凶残暴戾的鸟。

老屋屋脊上现在只有一只形单影孤的白鸽。它有时原地转圈，发出急切的连续不断的咕咕的叫声；有时飞起来又落下去，刚落下去又飞起来，似乎惊恐又似乎是焦躁不安；我无论怎样抛撒玉米粒儿，它都不屑一顾更不像往昔那样落到我肩上来。它是那只雌鸽，被鹞子残杀的那只是雄鸽。它们是兄妹也是夫妻，它的悲伤和孤清就是双重的了。

过了好多日子，白鸽终于跳落到我的肩头，我的心头竟然一热，立即想到它终于接受了那惨烈的一幕，也接受了痛苦的现实而终于平静了。我把它握在手里，光滑洁白的羽毛使人产生一种神圣的崇拜。然而正是这一刻，我决定把它送给邻家一位同样喜欢鸽子的贤，他养着一大群杂色信鸽，却没有白鸽。让我的白鸽和他那一群鸽子合帮结伙，可能更有利于生存；再者，我实在不忍心看见它在屋脊上的那种孤单。

它还比较快地与那一群杂色鸽子合群了。

我看见一群灰鸽子在村庄上空飞翔，一眼就能辨出那只雪白的鸽子，欣慰我的举措的成功。

贤有一天告诉我，那只白鸽产卵了。

贤过了好多天又告诉我，白鸽孵出了两只白底黑斑的幼鸽。

我出了一趟远门回来，贤告诉我，那只白鸽丢失了。我立即想到它可能又被鹞子抓去了。贤提出来把那对杂交的白底黑斑的鸽子送我。我谢绝了。

又过了一些日子，失掉我的两只白鸽的情感波澜已经平静，老屋也早已复归平静，对我已不再具任何新奇和诱惑。我在写作的间隙里，到前院浇花除草，后院都不再去了。这一天，我在书桌前继续文字的行程，窗外传来了咕咕咕的鸽子的叫声，便摔下笔，直奔后院。在那根久置未用的木头上，卧着一只白鸽。是我的白鸽。

我走过去，它一动不动。我捉起它来，它的一条腿受伤了，是用细绳子勒伤了的。残留的那段细绳深深地陷进肿胀的流着脓血的腿杆里，我的心里抽搐起来。我找到剪刀剪断了绳子，发觉那条腿实际已经被勒断了，只有一缕尚未腐烂的皮连接着。它的羽毛变成灰黄，头上粘着污黑的垢甲，腹部黏结着干涸的鸽粪，翅膀上黑一坨灰一坨，整个儿污脏得难以让人握在手心了。

我自然想到，这只丢失归来的白鸽是被什么人捉去了，不是遭了鹞子。它被人用绳子拴着，给自家的孩子当玩物？或者连他以及什么人都可以摸摸玩玩的？白鸽弄得这样脏兮兮的，不知有多少脏手抚弄过它，却根本不管不顾被细绳勒断了的腿。我在那一刻突然想到，它还不如它的丈夫被鹞子扑杀的结局。

我在太阳下为它洗澡，把由脏手弄到它羽毛上的脏洗濯干净，又给它的腿伤敷了消炎药膏，盼它伤愈，盼它重新发出羽毛的白色。然而它死了，在第二天早晨，在它出生的后墙上的那只纸箱里……

家之脉

女儿和女婿在墙壁上贴着几张识字图画,不满三岁的小外孙"按图索文",给我表演:白菜、茄子、汽车、火车、解放军、农民……

一九五〇年春节过后的一天晚上,在那盏祖传的清油灯下,父亲把一支毛笔和一沓黄色仿纸交到我手里:"你明日早起去上学。"我拔掉竹筒笔帽儿,里面是一撮黑里透黄的动物毛做成的笔头。父亲又说:"你跟你哥合用一只砚台。"

我的三个孩子的上学日,是我们家的庆典日。在我看来,孩子走进学校的第一步,认识的第一个字,用铅笔写成的汉字第一画,才是孩子生命中光明的开启。他们从这一刻开始告别黑暗,走向智慧人类的途程。

我们家木楼上有一只破旧的大木箱,乱扔着一堆书。我看着那些发黄的纸页和一行行栗子大的字问父亲:"是你读过的书吗?"父亲说是他读过的,随之加重语气解释说:"那是你爷爷用毛笔抄写的。"我大为惊讶,原以为是石印的,毛笔字怎么会写得和我的课本上的字一样规矩呢?父亲说:"你爷爷是先生,当先生先得写好字,字是人的门脸。"在我出生之前已谢世的爷爷会写一手好字,我最初的崇拜产生了。

父亲的毛笔字显然比不得爷爷，然而父亲会写字。大年三十的后响，村人夹着一卷红纸走进院来，父亲磨墨、裁纸，为乡亲写好一副副新春对联，摊在明厅里的地上晾干。我瞅着那些大字不识一个的村人围观父亲舞笔弄墨的情景，隐隐感到了一种难以言说的自豪。

多年以后，我从城市躲回祖居的老屋，在准备和写作《白鹿原》的六年时间里，每到春节的前一天后响，为村人继续写迎春对联。每当造房上大梁或办婚丧大事，村人就来找我写对联。这当儿我就想起父亲写春联的情景，也想到爷爷手抄给父亲的那一厚册课本。

我的儿女都读过大学，学历比我高了，更比我的父亲和爷爷高了（他们都没有任何文凭，我只有高中毕业）。然而儿女唯一不及父辈和爷辈的便是写字，他们一律提不起毛笔来。村人们再不会夹着红纸走进我家屋院了。

星期五晚上一场大雪，足足下了一尺厚。第二天上课心里都在发慌：怎么回家去背馍呢？五十余里路程，步行，我十三岁。最后一节课上完，我走出教室门时就愣住了，父亲披一身一头的雪迎着我走过来，肩头扛着一口袋馍馍，笑吟吟地说：“我给你把干粮送来了，这个星期你不要回家了，你走不动，雪太厚了……”

二女儿因为误读俄语，只好赶到高陵县一所开设俄语班的中学去补习。每到周日下午，我用自行车带着女儿走七八里土路赶到汽车站，一同乘公共汽车到西安东郊的纺织城，再换乘通高陵县的公共汽车。看着女儿坐好位子随车而去，我再原路返回蒋村——正在写作《白鹿原》的祖屋。我没有劳累的感觉，反而感觉到了时代的进步和生活的幸福，比我父亲冒雪步行五十里为我送干粮方便得多了。

我不止一次劝告女儿和女婿："别太着急了，孩子三岁还不到，你教他认什么字吗！他现在就应该吃饭、玩耍甚至捣蛋，才符合天性。"

女儿和女婿便说现在人对孩子智商如何如何开发，及至胎儿。我便把我赌上去："你爸爸八岁才上学识字，现在不光写小说当作家，写毛笔字偶尔还赚点润笔费哩！"

父亲是一位地道的农民，比村子里的农民多了会写字会打算盘的本事，在下雨天不能下地劳作的空闲里，他会躺在祖屋的炕上读古典小说和秦腔戏本。他注重孩子念书学文化，他卖粮卖树卖柴，供给我和哥哥读中学，这至今依然在家乡传为佳话。

我供给三个孩子上学的过程虽然也颇不轻松，然而比父亲当年的艰难却相去甚远。从私塾先生爷爷到我的孙儿这五代人中，父亲是最艰难的。他已经没有了私塾先生爷爷的地位和经济，而且作为一个农民也失去了对土地和牲畜的创造权利，而且心强气盛地要拼死供给两个儿子读书。他的耐劳他的勤俭他的耿直和左邻右舍的村人并无多大差别，他的文化意识才是我们家里最可称道的东西，却绝非书香门第之类。

这才是我们家几代人传承不断的脉。

原下的日子

一

新世纪到来的第一个农历春节过后,我买了二十多袋无烟煤和吃食,回到乡村祖居的老屋。我站在门口对着送我回来的妻女挥手告别,看着汽车转过沟口那座塌檐倾壁残颓不堪的关帝庙,折回身走进大门进入刚刚清扫过隔年落叶的小院,心里竟然有点酸酸的感觉。已经摸上六十岁的人了,何苦又回到这个空寂了近十年的老窝里来。

从窗框伸出的铁皮烟筒悠悠地冒出一缕缕淡灰的煤烟,火炉正在烘除屋子里整个冬天积攒的寒气。我从前院穿过前屋过堂走到小院,发现南窗前的丁香和东西围墙根下的三株枣树苗子,枝头尚不见任何动静,倒是三五丛月季的枝梢上爆出小小的紫红的芽苞,这显然是春天的讯息。然而整个小院里太过沉寂太过阴冷的气氛,还是让我很难转换出回归乡土的欢愉来。

东邻的屋院差不多成了一个荒园,兄弟两个都选了新宅基建了新房搬出许多年了。西邻曾经是这个村子有名的八家院,拥挤如同鸡笼,先后也都搬迁到村子里新辟的宅基地上安居了。我的这个屋院,曾经是父亲和两位堂弟三分天下的"三国",最鼎盛的年月,有祖孙三代十五六口人进进出出在七八个或宽或窄的门洞里。在我尚属朦胧混沌的生命区段里,看着村人把装着奶奶和被叫作厦屋爷的黑色棺材,先后抬出这个屋院,再在街门外用粗大的抬杠捆绑起来,在儿孙们此起彼伏的哭号声浪里抬出村子,抬上原坡,沉入刚刚挖好的墓坑。我后来也沿袭这种大致相同的仪程,亲手操办我的父亲和母亲从屋院到墓地这个最后驿站的归结过程。许多年来,无论有怎样紧要的事项,我都没有缺席由堂弟们操办的两位叔父一位婶娘最终走出屋院走出村子走进原坡某个角落里的墓坑的过程。现在,我的兄弟姊妹和堂弟堂妹及我的儿女,相继走出这个屋院,或在天之一方,或在村子的另一个角落,以各自的方式过着自己的日子。眼下的景象是,这个给我留下拥挤也留下热闹印象的祖居的小院,只有我一个人站在院子里。原坡上漫下来寒冷的风。从未有过的空旷,从未有过的空落,从未有过的空洞。

我的脚下是祖宗们反复踩踏过的土地。我现在又站在这方小小的留着许多代人脚印的小院里。我不会问自己也不会向谁解释为了什么离开又为了什么重新回来,因为这已经是行为之前的决计了。丰富的汉语言文字里有一个词儿叫龌龊。我在一段时日里充分地体味到这个词儿的不尽的内蕴。

我听见架在火炉上的水壶发出噗噗噗的响声。我沏下一杯上好的陕南绿茶。我坐在曾经坐过近二十年的那把藤条已经变灰的藤椅上;抿一口清香的茶水,瞅着火炉炉膛里炽红的炭块,耳际似乎萦绕着见过面乃至根本未见过面的老祖宗们的声音:嘿!你早该回来了。

第二天微明,我搞不清是被鸟叫声惊醒的,还是醒来后听到了一种鸟的叫声。我的第一反应是斑鸠。这肯定是鸟类庞大的族群里最单调最平实的叫声,却也是我生命磁带上最敏感的叫声。我慌忙披衣坐起，隔着窗玻璃望去，后屋屋脊上有两只灰褐色的斑鸠。在清晨凛冽的寒风里，一只斑鸠围着另一只斑鸠团团转悠，一点头，一翘尾，发出连续的咕咕咕……咕咕咕的叫声。哦！催发生命运动的春的旋律，在严寒依然裹盖着的斑鸠的躁动中传达出来了。

我竟然泪眼模糊。

二

傍晚时分，我走上灞河长堤。堤上是经过雨雪浸淫沤泡变成黑色的枯蒿枯草。沉落到西原坡顶的蛋黄似的太阳绵软无力。对岸成片的白杨树林，在蒙蒙灰雾里依然不失其肃然和庄重。河水清澈到令人忍不住又不忍心用手撩拨。一只雪白的鹭鸶，从下游悠悠然飘落在我眼前的浅水边。我无意间发现，斜对岸的那片沙地上，有个男子挑着两只装满石头的铁丝笼走出一个偌大的沙坑，把笼里的石头倒在石头垛子上，又挑起空笼走回那个低陷的沙坑。那儿用三脚架撑着一张钢丝罗筛。他把刨下的沙石一锨一锨抛向罗筛，发出连续不断千篇一律的声响，石头和沙子就在罗筛两边分流了。

我久久地站在河堤上，看着那个男子走出沙坑又返回沙坑。这儿距离西安不足三十公里。都市里的霓虹此刻该当缤纷，各种休闲娱乐的场所开始进入兴奋期。暮霭渐渐四合的沙滩上，那个男子还在沙坑与石头垛子之间往返。这个男子以这样的姿态存在于世界的这个角落。

我突发联想，印成一格一框的稿纸如同那张罗筛。他在他的罗筛上筛出的是一粒一粒石子。我在我的"罗筛"上筛出的是一个一个方块汉字。现行的稿酬标准无论高了低了贵了贱了，肯定是那位农民男子的石子无法比的。我自觉尚未无聊到滥生矫情，不过是较为透彻地意识到构成社会总体坐标的这一极，意识到这一极与另外一极的粗细强弱的差异。

这是新世纪的第一个早春。这是我回到原下祖屋的第二天傍晚。这是我的家乡那条曾为无数诗家墨客提供柳枝，却总也寄托不尽情思离愁的灞河河滩。此刻，三十公里外的西安城里的霓虹灯，与灞河两岸或大或小村庄里隐现的窗户亮光；豪华或普通轿车壅塞的街道，与田间小道上悠悠移动的架子车；出入大饭店小酒吧的俊男倩女打蜡的头发涂红（或紫）的嘴唇，与拽着牛羊缰绳背着柴火的乡村男女；全自动或半自动化的生产流水线，与那个在沙坑在罗筛前挑战贫穷的男子……构成当代社会的大坐标。我知道我不会再回到挖沙筛石这一极中去，却在这个坐标中找到了心理平衡的支点，也无法从这一极上移开眼睛。

三

村庄背靠白鹿原北坡。遍布原坡的大大小小的沟梁奇形怪状。在一条阴沟里该是最后一坨尚未化释的残雪下，有三两株露头的绿色，淡淡的绿，嫩嫩的黄，那是青蒿，长高了就是蒿草，或卑称臭蒿子。嫩黄淡绿的青蒿，不在乎那坨既残又脏经年未化的雪，宣示了春天的气象。

桃花开了，原坡上和河川里，这儿那儿浮起一片一片粉红的似乎流动的云。杏花接着开了，那儿这儿又变幻出似走似住的粉白的云。泡桐花开了，无论大村小庄都被骤然爆出的紫红的花帐笼罩起来了。洋槐花开的时候，首先闻到的是一种令人总也忍不住深呼吸的香味，然后惊异庄前屋后和坡坎上已经敷了一层白雪似的脂粉。小麦扬花时节，原坡和河川铺天盖地的青葱葱的麦子，把来自土地最诱人的香味，释放到整个乡村的田野和村庄，灌进庄稼院的围墙和窗户。椿树的花儿在庞大的树冠和浓密的枝叶里，只能看到绣成一团一串的粉黄，毫不起眼，几乎没有任何观赏价值，然而香味却令人久久难以忘怀。中国槐大约是乡村树族中最晚开花的一家，时令已进入伏天，燥热难耐的热浪里，闻一缕中国槐花的香气，顿然会使焦躁的心绪沉静下来。从农历二月二龙抬头迎春花开伊始，直到大雪漫地，村庄、原坡和河川里的花儿便接连开放，各种奇异的香味便一波迭过一波。且不说那些红的黄的白的紫的各色野草和野花，以及秋来整个原坡都覆盖着的金黄灿亮的野菊。

五月是最好的时月，这当然是指景致。整个河川和原坡都被麦子的深绿装扮起来，几乎看不到巴掌大一块裸露的土地。一夜之间，那令人沉迷的绿野变成满眼金黄，如同一只魔掌在翻手之瞬间创造出来神奇之景。一年里最红火最繁忙的麦收开始了，把从去年秋末以来的缓慢悠闲的乡村节奏骤然改变了。红苕是秋收的最后一料庄稼，通常是待头一场浓霜降至，苕叶变黑之后才开挖。湿漉漉的新鲜泥土的垄畦里，排列着一行行刚刚出土的红艳艳的红苕，常常使我的心发生悸动。被文人们称为弱柳的叶子，居然在这河川里最后卸下盛装，居然是最耐得霜冷的。柳叶由绿变青，由青渐变浅黄，直到几番浓霜击打，通身变成灿灿金黄，张扬在河堤上河湾里，或一片或一株，令人钦佩生命的顽强和生命的尊严。小雪从灰蒙蒙的天空飘下来时，我在乡间感觉不到严冬的来临，却体味到一缕圣洁的温柔，本能地仰起脸来，让雪片在脸颊上在鼻梁上在眼窝里飘落、融化，周围是雾霭迷茫的素净的田野。直到某一日大雪降至，原坡和河川都变成一抹银白的时候，我抑制不住某种神秘的诱惑，在黎明的浅淡光色里走出门去，在连一只兽蹄鸟爪的痕迹也难觅踪的雪野里，踏出一行脚印，听脚下的雪发出铮铮铮的脆响。

我常常在上述这些情景里，由衷地咏叹，我原下的乡村。

四

漫长的夏天。

夜幕迟迟降下来。我在小院里支开躺椅，喝一杯茶或一瓶啤酒。夜里依然有不泯的天光，也许是繁密的星星散发的。白鹿原刀裁一样的平顶的轮廓，恰如一张简洁到只有深墨和淡墨的木刻画。我索性关掉屋子里所有的电灯，感受天光和地脉的亲和，偶尔可以看到一缕"鬼火"飘飘忽忽掠过。

有细月或圆月的夜晚，那景象就迷人了。我坐在躺椅上，看圆圆的月亮浮到东原头上，然后渐渐升高，平静地一步一步向我面前移来，幻如一个轻摇莲步的仙女，再一步一步向原坡的西部挪步，直到消失在西边的屋脊背后。

某个晚上，瞅着月色下迷迷蒙蒙的原坡，我却替两千年前的刘邦操起闲心来。他从鸿门宴上脱身以后，是抄哪条捷径便道逃回我眼前这个原上的营垒的？"沛公军霸上。"霸上即指霸陵原。汉文帝就葬在白鹿原北坡坡畔，距我的村子不过十六七里路。文帝陵史称霸陵，分明是依着灞水而命名。这个地处长安东郊自周代就以白鹿得名的原，渐渐被"霸陵原""霸陵""霸上"取代了。刘邦驻军在这个原上，遥遥相对灞水北岸骊山脚下的鸿门，我的祖居的小村庄恰在当间。也许从那个千钧一发命悬一线的宴会逃跑出来，在风高月黑的那个恐怖之夜，刘邦慌不择路翻过骊山涉过灞河，从我的村头某家的猪圈旁爬上原坡直到原顶，才舒出一口气来。无论这逃跑如何狼狈，并不影响他后来打造汉家天下。

大唐诗人王昌龄，原为西安城里人，出道前隐居白鹿原上滋阳村（亦称芷阳村）。他下原到灞河钓鱼，提镰在菜畦里割韭菜，与来访的文朋诗友饮酒赋诗，多以此原和原下的灞水为叙事抒情的背景。我曾查阅资料企图求证滋阳村村址，毫无踪影。

我在读到一本名为《历代诗人咏灞桥》的诗集时，大为惊讶，除了人皆共知的"年年柳色，灞陵伤别"所指的灞桥，灞河这条水，白鹿（或灞陵）这道原，竟有数以百计的诗圣诗王诗魁都留了绝唱和独唱。

宠辱忧欢不到情，任他朝市自营营。
独寻秋景城东去，白鹿原头信马行。

这是白居易的一首七绝，是诸多以此原和原下的灞水为题的诗作中的一首，是最坦率的一首，也是最通俗易记的一首。一目了然，可知白诗人在长安官场被蝇营狗苟的龌龊惹烦了，闹得腻了，倒胃口了，想呕吐了，却终于说不出口呕不出喉，或许是不屑于说或吐，干脆骑马到白鹿原头逛去。

还有什么龌龊能淹没脏污这个以白鹿命名的原呢？断定不会有。

我在这原下的祖屋生活了两年。自己烧水沏茶，把夫人在城里擀好切碎的面条煮熟。夏日一把躺椅冬天一抱火炉。傍晚到灞河沙滩或原坡草地去散步。一觉睡到自来醒。当然，每有一个短篇小说或一篇散文写成，那种愉悦，相信比白居易纵马原上的心境差不了多少。正是原下这两年的日子，是我近八年以来写作字数最多的年份，且不说优劣。

我愈加固执一点，在原下进入写作，便进入我生命运动的最佳气场。

父亲的树

又有两个多月没有回原下的老家了。离城不过五十华里的路程，不足一小时的行车时间，想回一趟家，往往要超过月里四十的时日，想来也为自己都记不清的烦乱事而丧气。终于有了回家的机会，也有了回家的轻松，更兼着昨夜一阵小雨，把燥热浮尘洗净，也把心头的腻洗去。

进门放下挎包，先蹲到院子拔草。这是我近年间每次回到原下老家必修的功课，或者说，每次回家事由里不可或缺的一条。春天夏天拔除院子里的杂草，给自栽的枣树柿树和花草浇水；秋末扫落叶，冬天铲除积雪。每一回都弄得满身汗水灰尘，手染满草的绿汁。温习少年时期割草以及后来从事农活的感受，常常获得一种单纯和坦然，甚至连肢体的困倦都是另一番滋味的舒悦。

前院已铺盖了砖地，草无疑都是从砖缝里冒出来的。两月前回家已拔得干干净净，现在又罩满了，有叶子宽大的草，有秆子颇高的草，有顺地扯蔓的草，吓得孙子旦旦不敢下脚，只怕有蛇。他生在城里，至今尚未见过在乡村土地上爬行的蛇，只是在电视上看过。他已经吓得这个样子，却不断问我打过蛇没有，被蛇咬过没有。乡村里比他小的孩子，恐怕没有谁没见过蛇的，更不会有这样可笑的问题。我的哥哥进门来，也顺势蹲下拔草，和我间间断断说着家里无关紧要的话。我们兄弟向来就是这样，见面没有夸张的语言行为，也没有亲热的动作，平平淡淡里甚至会让生人产生其他猜想，其实大半生里连一句伤害的话都没有说过，更谈不到脸红脖子粗的事了。世间兄弟姊妹有种种相处的方式，我们却是于不自觉里形成这种习惯性的状态。说话间不觉拔完了草，堆起偌大一堆，我用竹笼纳了五笼，倒在门前的场塄下，之后便坐在雨篷下说闲话，懒得烧水，幸好还有几瓶啤酒，当着茶饮，想到什么人什么事，有一搭没一搭地聊着。还有一位村子里的兄弟，也在一起喝着扯着闲话。从雨篷下透过围墙上方往外望去，大门外场塄上的椿树直撑到天空。记不清谁先说到这棵树，是说这椿树当属村子里现存的少数几棵最大的树，却引发了我的记忆，当即脱口而出："这是咱伯栽的树。"这话既是对哥说的，也是对那位弟说的。按当地习俗，兄弟多的家族，同一辈分的老大，被下辈的儿女称伯，老二被称爸，老三老四等被称大。有的同一门族的人丁超常兴旺，竟有大伯二伯三伯大爸二爸三爸和大二大三大到八大的排列。这里的乡俗很不一般，对长辈的称呼只有一个字，伯、爸、大、叔、妈、娘、姨、舅、爷等，绝对没有伯伯、爸爸、大大、妈妈、娘娘、姨姨、爷爷、舅舅等的重复啰唆……我至今也仍然按家乡习惯称父亲为伯。父亲在他那一辈本门三兄弟里为老大，我和同辈兄弟姐妹都叫一个字：伯。如此说来，这文章的标题该当是"伯的树"。

我便说起这棵椿树的由来。大约是最困难的一九六〇年或一九六一年，我正上高中，周日回到家，父亲在生产队出早工回来，肩上扛着镢头，手里攥着一株小树苗。我在门口看见，搭眼就认出是一株椿树苗子。坡地里这种野生的椿树苗子到处都有，那是椿树结的荚角随风飘落，在有水分的土壤里萌芽生根，一年就可以长到半人高的树秧子。这种树秧如长在梯田塄坎的草丛中，又有幸不被砍去当柴烧，就可能长成一棵大椿树；如若生长在坡地梯田里，肯定会被连根挖除晒干当作好柴火，人们怕其占地影响麦子生长。父亲手里攥着的这根椿树苗子是一个幸运者，它遇到父亲，不是被扔在门前的场地上晒干了当柴烧，而是要被郑重地栽植，正经当作一棵望其成材的树了，进入郑重的保护禁区了——也自这一刻起，它虽是普通不过平凡不过的一种树，却已经有主了，就是父亲。父亲吩咐我："你去担水。"他说着就在我家门前的场塄边上挖坑。树只是个秧儿，无须大坑，三镢头两铁锨就已告成，我也就没有要替父亲动手，而是按他的指令去担水。那时候我们村里吃的是泉水，从村子背后的白鹿原北坡的东沟流下来，清凌凌的，干净无染。泉水在村子最东头，我家在村子顶西边，我挑一回水，最快也需半小时。待我挑水回来，父亲早已挖好坑，坐在场塄边上抽旱烟。他把树苗置入一个在我看来过大的土坑里。我用铁锨铲土填进坑里，他把虚土踩踏一遍，让我再填，他再踩踏。他教我在土坑外沿围一圈高出地面的土梁，再倒进水去。我遵嘱一一做好，看着土坑里的水一层一层低下去，渗入新填的新鲜土坑里，成活肯定是毫无疑义。父亲又指示我，用酸枣刺棵子顺着那个小坑围成一圈栽起来，再用铁丝围拢固定，恰如篱笆，保护小椿树秧子，防止猪拱牛抵羊啃娃娃掐折。我从场边的柴堆上挑选出一根一根较高的业已晒干的酸枣棵子（这是父亲平时挖坡顺手捡回来的），做着这项防护措施。父亲坐在地上抽烟，看着我做。我却想到，现在属于父亲领地的，除了住房的庄基，就是附属于庄基地门前的这一小片场地了，充其量有二厘地。下了这个场塄，就是统归集体的土地了。父亲要在他可以自主掌控的二厘场地上，栽种一棵椿树。

我对父亲的一个尤为突出的记忆，就是他一生爱栽树。他是个农民，种玉米种麦子务弄棉花是他的本职主业，自不必说，而业余爱好就是栽树。我家在河川的几块水地，地头的水渠沿上都长着一排小叶杨树。水渠里大半年都流淌着从灞河里引来的自流水，杨树柳树得了沃土好水的滋养，迎着风如手提般长粗长高。随意从杨树或柳树上折一根枝条，插到渠沿的湿泥里，当年就长得冒过人头了，正如民间说的"三年一根椽，五年长成檩"的速度。二十世纪五十年代中期以前，我的父亲就指靠着他在地头渠沿培植的这些杨树，供给先后考上高小和初中的哥和我的学杂费用。那时的小学高年级，我都是住宿搭灶的学生。父亲把杨树齐根斫下来，卖了椽子，七八毛钱一根。再把树根刨出来，剁成小块，晒干，用两只大老笼装了，挑过灞河，到对岸的油坊镇上去卖，每百斤可卖一块至一块两毛钱。我至死都不会忘记五十年代中期的这两项货物——椽子和木柴的市场价格。无须解释原因，它关涉我能否在高小和初中的课堂上继续坐下去。父亲在斫了树干刨了树根的渠沿上，当即就会移栽或插下新的杨树秧或树枝，期待三年后斫下一根椽子卖钱。父亲卖椽卖柴供两个儿子念书的举动无意间传开，竟成为影响范围很广的事。直到现在，我偶尔遇到一些同里乡党，见面还要感叹几句我父亲当年的这种劳动，甚至说"你伯总算没有白卖树卖柴"的话。不久，农村实行合作化以后，土地归集体，父亲也无树根可刨了。我就是在那一年休了学，初中刚念了一个学期。不过，我那时并不以为休学有多么严重，不过晚一年毕业而已，比起班上有些结婚和得了儿女的同学，我是年龄最小的一个。这是中华人民共和国成立后才获得念书机会的乡村学生的真实情况，结婚和生孩子做父母的初一学生每个班都有几个，不足为奇。

　　我在每个夏天的周日从学校回到家中，便要给父亲的那棵椿树秧子浇一桶水。这树秧长得很好，新发出的嫩枝竟然比原来的杆子还粗，肯定是水肥充足的缘由。某一个周六下午我回家走到门口，一眼望见椿树苗新冒出的嫩枝被折断了头，不禁一惊，有一种心疼的惋惜，猜想是被谁撞折了，或被哪个孩子掐折了。晚上父亲收工回来吃晚饭时，说是一个七八岁的骚娃（调皮捣蛋的娃）用弹弓打断的。父亲说："娃嘛！就是个骚娃喀，用弹弓耍哩瞄准哩，也不好说他啥。"后来就在断折处，从东西两边发出两枝新芽来，渐渐长起来。我曾建议父亲，小树不该过早分权，应该去掉一枝，留下一枝才能长高长直。父亲说，先不急，都让长着，万一哪个骚娃再折掉一枝，还有一枝。父亲给骚娃们留下了再破坏的余地，我就不仅仅是听从了，还有某点感动。再说这椿树秧子刚冒出来便遭拦头折断的打击，似乎憋了气，硬是非要长出一番模样来，从侧旁发出的两根新芽更见茁壮，眼见着拔高，竞相比赛一般生机勃勃。父亲怕那细杆负载不起茂盛的叶子，一旦刮风就可能折断，便给树干捆绑一根立杆，帮扶着它撑立不倒不折。这椿树便站立住了。无意间几年过去，我高考名落孙山回乡当了民办学校的教师，为生活为前程多所波折，似乎也不太在意它了，这椿树已长得小碗粗了。小碗粗的椿树已经在天空展开枝权和伞状的树冠，却仍然是两根分枝，父亲竟没有除掉任何一根，他说越长越不忍心砍那多余的一根分枝了，就任其自由生长。这椿树得了父亲的宽容和心软，双枝分权的形态就保持下来，直到现在都合抱不拢的大树，依然是对称平衡的双枝撑立在天空，成为一道风景，甚至成为一种标志。有找我的人向村人问路，最明了的回答就是，门口场塄有一棵双权椿树。

到二十世纪八十年代初始，生活已发生巨大转变，吃饱穿暖已不再成为一个问题的好光景到来时，我已筹备拆掉老朽不堪的旧房换盖新房了，不料父亲得了绝症。他似乎在交代后事，对我说，场塄上那棵椿树，可以伐倒做门窗料。我知道椿树性硬却也质脆，不宜做檩当梁，做门窗或桌椅却是上好木材。父亲感慨说："我栽了一辈子树，一根椽子都没给自家房子用过，都卖给旁人盖房子了，把这椿树伐下来，给咱的新房用上一回。"我听了竟说不出话，喉头发哽。缓解一阵后，我对父亲说："门窗料我会想办法购买（那时木材属统购物资），让椿树长着。"我说不出口的一句话是，父亲留给我的活物，就只剩下这一棵椿树了。不久，父亲去世了，椿树依然蓬勃在门外的场塄上。八十年代初，我获得专业写作的机会，索性回到原下老家图得清静，读书写作，还住在遇到阴雨便摆满盆盆罐罐接漏的老屋里，还继续筹备盖房。某一天，有两三个生人到村子里来寻买合适的树，一眼便瞅中了我父亲的这棵椿树，向村人打听树的主人。村人告诉说："那主家自己准备盖房都舍不得伐它，你恐怕也难买到手。"买家说可以多掏一些钱，随之找到我，说椿树做家具是好材料，盖房未必好，可以多给一些钱，让我去选购松木这些上好的盖房材料，并说明他们是做家具卖的生意人。我自然谢绝了。这是绝无商议余地的事。我即使再不济，也不能把父亲留给我的最后一棵树砍了。这椿树就一直长着，直到现在。每隔一段时日抽空回到老家，到门口第一眼看到的就是这棵椿树，父亲就站在我的眼前，树下或门口；我便没有任何孤独空虚，没有任何烦恼，没有任何腌臜的事能够把人腻死……

我和我哥坐在雨篷下聊着这棵椿树的由来。他那时候在青海工作，尚不清楚我帮父亲栽树的过程。他在"大跃进"的头一年应招到青海去了，高中只学了一年就等不得毕业了，想参加工作挣钱了。其实，还是父亲在这时候供给着两个中学生，可以想见其艰难。我是依靠着每月八元的助学金在读书，成为我一生铭记国家恩情的事。"大跃进"很快转变为灾难，青海兴建的厂矿和学校纷纷下马关门，哥和许多陕西青年一样无可选择又回到老家来，生产队新添一个社员。哥听了我的介绍，却纠正我说，这椿树还不是最老的树，父亲栽的最老的树要算上场里地角边的皂荚树。那是刚刚解放的二十世纪五十年代初，我们家诸事不顺，我身后的两三个弟妹早夭，有一个刚生下六天得一种

"四六风症"死去，有一个妹妹和一个弟弟都长到三四岁了，先后都夭亡了。家养的一头黄牛，也在一场畜类流行瘟疫里死了。父亲惶恐里请来一位阴阳先生，看看哪儿出了毛病。那阴阳先生果然神奇，说我家上场祖坟那块地的西北角太空了，空了就聚不住"气"，邪气就乘虚而入了。父亲吓得不知如何是好，急问如何应对如何弥补。阴阳先生说，栽一棵皂荚树。并且解释，皂荚树的皂荚可以除污去垢，而且树身上长满一串串又粗又硬的尖刺，更可以当守护坟园的卫士。父亲满心诚服，到半坡的亲戚家挖来一株皂荚树秧子，栽到上场祖坟那块地的西北角上，它成活了也长大了，每年都结着迎风撞响的皂角。这皂荚树其实弥补了多少空缺是很难说的，因为后来家里也还出过几次病灾，任谁都不会再和阴阳先生去验证较真了。这儿却留下一棵皂荚树，父亲的树，至今还长着，仍然是一年一树繁密的皂角，却无人摘折了，农民已经不用皂角洗涤衣服，早已用上肥皂洗衣粉之类。哥说了父亲的这棵皂荚树，我隐约有印象，不如他清楚，我那时不太在心，也太小。现在，在祖居的宅院里，两个年过花甲的兄弟，坐在雨篷下，不说官场商场，不议谁肥谁瘦，也不涉水涨潮落，却于无意中很自然地说起父亲的两棵树。父亲去世已经整整二十五年，他经手盖的厦屋和他承继的祖宗的老房都因朽木蚀瓦而难以为继，被我拆掉换盖成水泥楼板结构的新房了，只留下他亲手栽的两棵树还生机勃勃，一棵满枝尖锐硬刺的皂荚树，守护着祖宗的坟墓陵园；一棵期望成材做门窗的椿树，成为一种心灵感应的象征，撑立在家院门口，也撑立在儿子们心里。

每到农历六月，麦收之后的暑天酷热，这椿树便放出一种令人停留贪吸的清香花味，满枝上都绣集着一团团比米粒稍大的白花，招得半天蜜蜂，从清早直到天黑都嗡嗡嘤嘤的一片蜂鸣，把一片祥和轻柔的吟唱撒向村庄，也把清香的花味弥漫到整个村庄的街道和屋院。每年都在有机缘回老家时闻到椿树花开的清香，陶醉一番，回味一回，温习一回父亲。今年却因这事那事把花期错过了，便想，明年一定要赶在椿树花开的时日回到原下，弥补今年的亏空和缺欠。那是父亲留给这个世界也留给我的椿树，以及花的清香。

晶莹的泪珠

我手里捏着一张休学申请书朝教务处走着。

我要求休学一年。我写了一张要求休学的申请书。我在把书面申请交给班主任的同时，又口头申述了休学的因由，发觉口头申述因为穷而休学的理由比书面申述更加难堪。好在班主任对我口头和书面申述的同一因由表示理解，没有经历太多的询问便在申请书下边空白的地方签写了"同意该生休学一年"的意见，自然也签上了他的名字和时间。他随之让我等一等，就拿着我写的申请书出门去了，回来时那申请书上就增加了校长的一行签字，比班主任的字签得少，自然也更简洁，只有"同意"二字，连姓名也简洁到只有一个姓，名字略去了。班主任对我说："你现在到教务处去办手续，开一张休学证书。"

我敲响了教务处的门板，获准以后便推开了门。一位年轻的女先生正伏在米黄色的办公桌上，手里提着长杆蘸水笔在一厚本表册上填写着什么，并不抬头。我知道开学报名时教务处最忙，忙就忙在许多要填写的各式表格上。我走到她的办公桌前鞠了一躬："老师，给我开一张休学证书。"然后就把那张签着班主任和校长姓名和他们意见的申请书递放到桌子上。

她抬起头来，诧异地瞅了我一眼，拎起我的申请书来看着，长杆蘸水笔还夹在指缝之间。她很快看完了，又专注地把目光留滞在纸页下端班主任签写的一行意见和校长更为简洁的意见上面，似乎两个人连姓名在内的十来个字的意见批示，看去比我大半页的申请书还要费时更多。她终于抬起头来问：

"就是你写的这些理由吗？"

"就是的。"

"不休学不行吗？"

"不行。"

"亲戚全都帮不上忙吗？"

"亲戚……也都穷。"

"可是……你休学一年，家里的经济状况也不见得能改变，一年后你怎么能保证复学呢？"

于是我就信心十足地告诉她我父亲的精确安排计划：待到明年我哥哥初中毕业，父亲谋划着让他投考师范学校，师范生的学杂费和伙食费全由国家供给，据说还发三块钱零花钱。那时候我就可以复学接着念初中了。我拿父亲的话给她解释，企图消除她对我能否复学的疑虑："我伯伯说来，他只能供得住一个中学生，俺兄弟俩同时念中学，他供不住。"

我没有做更多的解释。我的爱面子的弱点早在此前已经形成。我不想再向任何人重复叙述我们家庭的困窘。父亲是个纯粹的农民，供着两个同时在中学念书的儿子。哥哥在距家四十多里远的县城中学，我在离家五十多里的西安一所新建的中学就读。在家里，我和哥哥可以合盖一条被子，破点旧点也关系不大。先是哥哥接着是我要离家到县城和省城的寄宿学校去念中学，每人就得有一套被褥行头，学费杂费伙食费和种种花销都空前增加了。实际上轮到我考上初中时已不再是考中秀才般的荣耀和喜庆，反而变成了一团浓厚的愁云忧雾笼罩在家室屋院的上空。我的行装已不能像哥哥那样有一套新被子新褥子和新床单，被简化到只能有一条旧被子卷成小卷儿背进城市里的学校。我的那一绺床板终日裸露着缝隙宽大的木质板面，晚上就把被子铺一半再盖上一半。我也不能像哥哥那样由父亲把一整袋面粉送交给学生灶，而只能是每周六回家来背一袋杂面馍馍到学校去，因为学校灶上的管理制度规定一律交麦子面，而我们家总是短缺麦子而苞谷面还算宽裕。这样的生活我并未意识到有什么不好，因为背馍上学的学生远远超过能搭得起灶的学生人数，每到三顿饭时，背馍的学生便在开水灶的一排供水龙头前排起五六列长队，把掰碎的各色馍块装进各自的大号搪瓷缸子里，用开水浸泡后，便三人一堆五人一伙围在乒乓球台的周围进餐，佐菜大都是花钱买的竹篓咸菜或家制的腌辣椒，说笑和争论的声浪甚至压倒了那些从灶房领取炒菜和热饭的"贵族阶层"。

　　这样的念书生活终于难以为继。父亲供给两个中学生的经济支柱，一是卖粮，一是卖树，而我印象最深的还是卖树。父亲自青年时就喜欢栽树，我们家四五块滩地地头的灌渠渠沿上，是纯一色的生长最快的小叶杨树，稠密到不足一步就是一棵，粗的可做檩条，细的能当椽子。父亲卖树早已打破了先大后小先粗后细的普通法则，一切都是随买家的需要而定，需要檩条就任其选择粗的，需要椽子就让他们砍伐细的。所得的票子全都经由哥哥和我的手交给了学校，或是换来书籍课本和作业本以及哥哥的菜票我的开水费。树卖掉后，父亲便迫不及待地刨挖树根，指头粗细的毛根也不轻易舍弃，把树根劈成小块晒干，然后装到两只大竹条笼里挑起来去赶集，卖给集镇上那些饭馆药铺或供销社单位。一百斤劈柴的最高时价为一点五元，得来的块把钱也都经由上述的相同渠道花掉了。直到滩地上的小叶杨树在短短的三四年间全部砍伐一空，地下的树根也掏挖干净，渠岸上留下一排新插的白杨枝条或手腕粗细的小树……

　　我上完初一第一学期，寒假回到家中便预感到要发生重要变故了。新年佳节弥漫在整个村巷里的喜庆气氛与我父亲眉宇间的那种根深蒂固的忧虑形成强烈的反差，直到大年初一刚刚过去的当天晚上，父亲便说出来谋划已久的决策："你得休一年学，一年。"他强调了一年这个时限。我没有感到太大的惊讶。在整一个学期里，我渴盼星期六回家又惧怕星期六回家。我那年刚交十三岁，从未出过远门，而一旦出门便是五十多里远的陌生的城市，只有星期六才能回家一趟去背馍，且不要说一周里一天三顿开水泡馍所造成的对一碗面条的迫切渴望了。然而每个周六在吃罢一碗香喷喷的面条后便进入感情危机，我必须说出明天返校时要拿的钱数，一元班会费或五毛集体买理发工具的款项。我知道一根丈五长的椽子只能卖到一点五元钱，一丈长的椽子只有八角到一块的浮动区。我往往在提出要钱数目之前就折合出来这回要扛走父亲一根或两根椽子，或者是多少斤树根劈柴。我必须在周六晚上提前提出钱数，以便父亲可以从容地去借款。每当这时我就看见父亲顿时阴沉下来的脸色和眼神，同时，夹杂着短促的叹息。我便低了头或扭开脸不看父亲的脸。母亲的脸色同样忧愁，我似乎可以看；而父亲的脸眼一旦成了那种样子，我就不忍对看或者不敢对看。父亲生就的是一脸的豪壮气色，高眉骨大眼睛统直的高鼻梁和鼻翼两边很有力度的两道弯沟，忧愁蒙结在这样一张脸上似乎就不堪一睹……我曾经不止一次地产生过这样的念头：为什么一定要念中学呢？村子里不是有许多同龄伙伴没有考取初中仍然高高兴兴地给牛割草给灶里拾柴吗？我为什么要给父亲那张脸上周期性地制造忧愁呢……父亲接着就讲述了他得让哥哥一年后投考师范的谋略，然后可以供我复学念初中了。他怕影响一家人过年的兴头儿，所以压在心里直到过了初一才说出来。我说："休学。"父亲安慰我说："休学一年不要紧，你年龄小。"我也不以为休学一年有多么严重,因为同班的五十多名男女同学中有不少人都结过婚,既有孩子的爸爸,也有做了妈妈的,这在五十年代初并不奇怪,新中国成立后才获得上学机会的乡村青年不限年龄。我是班里年龄最小个头最矮的一个,座位排在头一张课桌上。我轻松地说:"过一年个子长高了,我就不坐头排头一张桌子咧——上课扭得人脖子疼……"父亲依然无奈地说:"钱的来路断咧!树卖完了——"

她放下夹在指缝间的木质长杆蘸水笔,合上一本很厚很长的登记簿,站起来说:"你等等,我就来。"我就坐在一张椅子上等待,总是止不住她出去干什么的猜想。过了一阵儿她回来了,情绪有些亢奋也有点激动,一坐到她的椅子上就说:"我去找校长了……"我明白了她的去处,似乎验证了我刚才的几种猜想中的一种,心里也怦然动了一下。她没有谈她找校长说了什么,也没有说校长给她说了什么。她现在双手扶在桌沿上低垂着眼,久久不说一句话。她轻轻舒了一口气,仰起头来时我就发现,亢奋的情绪已经隐退,温柔妩媚的气色渐渐回归到眼角和眉宇里来了,似乎有一缕淡淡的无能为力的无奈。

她又轻轻舒了口气,拉开抽屉取出一本公文本在桌子上翻开,从笔筒里抽出那支木杆蘸水笔,在墨水瓶里蘸上墨水后又停下手,问:"你家里就再想不出办法了?"我看着那双滋浮着忧郁气色的眼睛,忽然联想到姐姐的眼神。这种眼神足以使任何被痛苦折磨着的心平静下来,足以使任何被痛苦折磨得心力交瘁的灵魂得到抚慰,足以使人沉静地忍受痛苦和劫难而不至于沉沦。我突然意识到因为我的休学致使她心情不好这个最简单的推理。而在校长班主任和她中间,她恰好是最不应该产生这种心情的。她是教务处的一位年轻职员,平时就是在教务处做些抄抄写写的事,在黑板上写一些诸如打扫卫生的通知之类的事,我和她几乎没有说过话,甚至至今也记不住她的姓名。我便说:"老师,没关系。休学一年没啥关系,我年龄小。"她说:"白白耽搁一年多可惜!"随之又换了一种口吻说:"我知道你的名字也认得你。每个班前三名的学生我都认识。"我的心情突然灰暗起来而没有再开口。

她终于落笔填写了公文函,取出公章在下方盖了,又在切割线上盖上一枚合缝印章,吱吱吱撕下并不交给我,放在桌子上,然后把我的休学申请书抹上糨糊后贴在公文存根上。她做完这一切才重新拿起休学证书交给我说:"装好。明年复学时拿着来找我。"我把那张硬质纸印制的休学证书折叠了两番装进口袋。她从桌子那边绕过来,又从我的口袋里掏出来塞进我的书包里,说:"明年这阵儿你一定要来复学。"

我向她深深地鞠了躬就走出门去。我听到背后咣当一声闭门的声音,同时也听到一声"等等"。她拢了拢齐肩的整齐的头发朝我走来,和我并排在廊檐下的台阶上走着,两只手插在外套的口袋里。走过一个又一个窗户,走过一个又一个教室的前门和后门,校园里和教室里出出进进着男女同学,有的忙着去注册去交费,有的已经抱着一摞摞新课本新作业本走进教室,还有从校门口刚刚进来的背着被卷馍袋的迟来者。我忽然心情很不好受,在争取到了休学证后心劲松了吗?我很不愿意看见同班同学的熟悉的脸孔,便低了头匆匆走起来,凭感觉可以知道她也加快了脚步,几乎和我同时走出学校大门。

学校门口又涌来一拨偏远地区的学生,熟悉的同学便连连问我:"你来得早!报过名了吧?"我含糊地笑笑就走过去了,想尽快远离正在迎接新学期的洋溢着欢跃气浪的学校大门。她又喊了一声"等等"。我停住脚步。她走过来拍了拍我的书包:"甭把休学证弄丢了。"我点点头。她这时才有一句安慰我的话:"我同意你的打算,休学一年不要紧,你年龄小。"

我抬头看她，猛然看见那双眼睫毛很长的眼眶里溢出泪水来，像雨雾中正在涨溢的湖水，泪珠在眼里打着漩儿，晶莹透亮。我瞬即垂下头避开目光。要是再在她的眼睛里多驻留一秒，我肯定就会号啕大哭。我低着头咬着嘴唇，脚下盲目地拨弄着一颗碎瓦片来抑制情绪，感觉到有一股热辣辣的酸流从鼻腔倒灌进喉咙里去。我后来的整个生命历程中发生过多少这种酸水倒流的事，而倒流的渠道却是从十四岁刚来到的这个生命年轮上第一次疏通的。第一次疏通的倒流的酸水的渠道肯定狭窄，承受不下那么多的酸水，因而还是有一小股从眼睛里冒出来，模糊了双眼，我顺手就用袖头揩掉了。我终于仰起头鼓起劲儿说："老师……我走咧……"

她的手轻轻搭上我的肩头："记住，明年的今天来报到复学。"

我看见两滴晶莹的泪珠从眼睫毛上滑落下来，掉在脸鼻之间的谷地上，缓缓流过一段就在鼻翼两边挂住。我再一次虔诚地深深鞠躬，然后就转过身走掉了。

二十五年后，卖树卖树根（劈柴）供我念书的父亲在癌病弥留之际，对坐在他身边的我说："我有一件事对不住你……"

我惊讶得不知所措。

"我不该让你休那一年学！"

我浑身战栗，久久无言。我像被一吨烈性"梯恩梯"炸成碎块细末儿飞向天空，又似乎跌入千年冰窖而冻僵四肢冻僵躯体也冻僵了心脏。在我高中毕业名落孙山回到乡村的无边无际的彷徨苦闷中，我曾经猴急似的怨天尤人："全都倒霉在休那一年学……"我一九六二年毕业恰逢中国经济最困难的年月，高校招生任务大大缩小，我们班里剃了光头，四个班也仅仅只考取了一个个位数，而在上一年的毕业生里我们这所不属重点的学校也有百分之五十的学生考取了大学。我如果不是休学一年当是一九六一年毕业……父亲说："错过一年……让你错过了二十年……而今你还算熬出点名堂了……"

　　我感觉到炸飞的碎块细末儿又归结成了原来的我，冻僵的四肢自如了冻僵的躯体灵便了冻僵的心又噔噔噔跳起来的时候，猛然想起休学出门时那位女老师溢满眼眶又流挂在鼻翼上的晶莹的泪珠。我对已经跨进黄泉路上半步的依然向我忏悔的父亲讲了那一串泪珠的经历，我称呼伯的父亲便安然合上了眼睛，喃喃地说："可你……怎么……不早点给我……说这女先生哩……"

　　我今天终于把几近四十年前的这一段经历写出来的时候，对自己算是一种虔诚祈祷，当各种欲望膨胀成一股强大的浊流冲击所有大门窗户和每一个心扉的当今，我便企望自己如女老师那种泪珠的泪泉不致堵塞更不敢枯竭，那是滋养生命灵魂的泉源，也是滋润民族精神的泉源哦……

麦 饭
——关中民间食谱之一

按照当今已经注意营养分析的人们的观点，麦饭属于真正的绿色食物。

我自小就有幸享用这种绿色食物，不过不是具备科学的超前消费的意识，恰恰是贫穷导致的以野菜代粮食的饱腹本能。

早春里，山坡背阴处的积雪尚未退尽消去，向阳坡地上的苜蓿已经从地皮上努出嫩芽来。我掐苜蓿，常和同龄的男女孩子结伙，从山坡上的这一块苜蓿地奔到另一块苜蓿地，这是幼年记忆里最愉快的劳动。

苜蓿芽用水淘了，拌上面粉，揉、搅、搓、抖均匀，摊在木屉上，放在锅里蒸熟。出锅后，用熟油拌了，便用碗盛着，整碗整碗地吃，拌着一碗玉米糁子熬煮的稀饭，可以省下一个两个馍来。母亲似乎从我有记忆能力时就擅长麦饭技艺。她做得从容不迫，干、湿、软、硬总是恰到好处。我最关心的是，拌到苜蓿里的面粉是麦子面还是玉米面。麦子面俗称白面，拌就的麦饭软绵可口，玉米面拌成的麦饭就相去甚远了。母亲往往会说，白面断顿了，得用玉米面拌；你甭不高兴，我会多浇点熟油。我从解知人言便开始习惯粗茶淡饭，从来不敢也不会有奢望寄予；从来不会要吃什么或想吃什么，而是习惯于母亲做什么就吃什么。没有道理也没有解释，贫穷造就的吃食的贫乏和单调是不容选择或挑剔的，也不宽容娇气和任性。

麦子面拌就的头茬苜蓿蒸成的麦饭，再拌进熟油，那种绵长的香味的记忆是无法泯灭的。

按照家乡的风俗禁忌，清明是掐摘苜蓿的终结之日。清明之前，任何人家种植的苜蓿，尽可以由人去掐去摘，主人均是一种宽容和大度。清明一过，便不能再去任何人家的苜蓿地采掐了，苜蓿要作为饲草生长了。

苜蓿之后，我们便盼着槐花。山坡和场边的槐花放白的时候，我便用早已备齐的木钩挑着竹笼去采捋槐花了。

槐花开放的时候，村巷屋院都充溢着香气。

槐花蒸成的麦饭，另有一番香味，似乎比苜蓿麦饭更可口。这个季节往往很短暂，家家男女端到街巷里来的饭碗里，多是槐花麦饭。

按照今天已经开始青睐绿色食品的先行者们的现代营养意识，我便可以耍一把阿Q式的骄傲：我们祖宗比你阔多了，他们早早都以苜蓿槐花为食了。

到了难忘的二十世纪六十年代，被称为"三年困难"的六十年代初，家乡的原坡和河川里一切不含毒汁的野菜和野草，包括某些树叶，统统都被大人小孩挖、掐、拔、摘、捋回家去，拌以少许面粉或麸皮，蒸了，食了，已经无油可拌。这样的麦饭已成为主食，成为填充肚腹的坐庄食物。男人女人老人小孩都别无选择，漂亮的脸蛋儿和丑陋的黑脸也无法挑剔，都只能赖此物充饥，延续生命。老人脸黄了肿了，年轻人也黄了肿了，小孩子黄了肿了，漂亮的脸蛋儿黄了肿了时尤为令人叹惋。看来，这种纯粹以绿色野菜野草为食物的实践，却显示出残酷的结果，提醒今天那些以绿色食物为时尚为时髦的先生太太们切勿矫枉过正，以免损害贵体。

近日和朋友到西安大雁塔下的一家陕北风味饭馆就餐，一道名为"洋芋叉叉"的菜令人费解。吃了一口便尝出味来，便大胆探问，可是洋芋麦饭？延安籍的女老板笑答，对。关中叫麦饭，陕北叫洋芋叉叉。把洋芋擦成丝，拌以上等白面，蒸熟，拌油，仍然沿袭民间如我母亲一样的农家主妇的操作规程。陕北盛产洋芋，用洋芋做成麦饭，原也是以菜代粮，变换一种花样，和关中的麦饭无本质差别。不过，现在由服务生用瓷盘端到餐桌上来的洋芋叉叉或者说洋芋麦饭，却是一道菜，一种商品，一种卖价不低的绿色食品，一种城里人乐于掏腰包并赞赏不绝的超前保健食品了。

家乡的原野上，苜蓿种植已经大大减少。已经稀罕的苜蓿地，不容许任何人涉足动手掐采。传统的乡俗已经断止。主人一茬接着一茬掐采下苜蓿芽来，用袋装了，用车载了，送到城里的蔬菜市场，卖一把好钱。乡俗断止了，日子好过了，这是现代生活法则。

母亲的苜蓿麦饭槐花麦饭已经成为遥远而又温馨的记忆。

家有斑鸠

住到乡下老屋的第一个早晨,刚睁开眼,便听到咕咕咕咕的鸟叫声。这是斑鸠。虽然久违这种鸟叫声,却不陌生,第一声入耳,我便断定是斑鸠,不由得惊喜。

披上衣服,竟有点迫不及待,悄声静气地靠近窗户,透过玻璃望出去,后屋的前檐上,果然有两只斑鸠。一只站在瓦楞上,另一只围着它转着,一边转着,一边点头,发出咕咕咕咕的叫声。显然是雄斑鸠在向雌斑鸠求爱,颇为绅士,像西方男子向所爱的女子鞠躬致礼,咕咕咕的叫声类似"我爱你"的表白。

这是我回到乡下老屋的第一个早晨看见的情景。一个始料不及的美妙的早晨。

六年前的大约这个时节,我和文学评论家王仲生教授住在波士顿城郊他的胞弟家里。尽管这座三层小洋楼宽敞舒适,我和王教授还是更喜欢站着或坐在后院里。后院是一片绿茸茸的草坪,有几种疏于管理的花木。这一排房子的后院连着后面一排小楼房的后院,中间有一排粗大高耸的树木分隔。树木的枝杈上,栖息着毋宁说侍立着一群鸟儿,一种通体黑色的梭子形状的鸟。在人刚开开后门走到草坪边的时候,梭子黑鸟便从树枝上飞下来,落在草坪上,期待着人撒出面包屑或什么吃食。你撒了吃剩的面包屑或米粒儿,它们就在你面前的草地上争食,甚至大胆地跳到人的脚前来。偶尔,还会有一只两只松鼠不知从哪棵树上蹿下来,和梭子鸟在草地上抢夺食物。

我在那个令人忘情的人与鸟兽共处的草坪上,曾经想过在我家的小院里,如若能有这样一群敢于光顾的鸟儿就好了。我们近年来的经济成就令世人瞩目,然而要赶上人家的年生产总值和人均收入的水平,尚需较多的时日;然而我们的鸟儿和诸如松鼠的小兽敢于到居民的阳台和农民的小院来觅食,却是不需花费财力物力的事,只需给鸟儿和兽儿一点人道和爱心就行了。然而实际想来,实现这样人鸟人兽共存共荣的和谐景象,恐怕也不是短时间的事。

飞翔在我们天空的鸟儿和奔驰在我们山川里的兽儿,对人的恐惧和绝对的不信任是一个基本的事实。我们把爱鸟爱兽作为一个普遍的社会意识来提倡,不过是十来年间的事。我们把鸟儿兽儿作为美食作为美裳作为玩物作为发财的对象而心狠手狠的年月,却无法算计。我能记得和看到的,一是一九五八年对麻雀发动的全民战争,麻雀虽未绝种,倒是把所有飞翔在天空的各色鸟儿吓得肝胆欲裂,它们肯定会把对人的恐惧和防范以生存戒律传递给子子孙孙。再是种种药剂和化肥,杀了害虫长了庄稼,却把许多食虫食草的鸟儿整得种族灭绝。更不要说那些利欲熏心丧尽良知的捕杀濒临灭绝的珍禽异兽者。我曾瞎猜过,能够存活到今天的鸟类、兽类,肯定具备一组特别优秀的专司提防、警惕人类伤害的基因,不然,早该在明枪暗箭以及五花八门的机关和陷阱里灭绝了。

还是说我家的斑鸠。

我有记事能力的时候就认识并记住了斑鸠,像辨识家乡的各种鸟儿一样,不足为奇。斑鸠在我的滋水家乡的鸟类中,是最朴拙最不显眼近乎丑陋的一种鸟。灰褐色的羽毛比不得任何一种鸟儿，连麻雀的羽翅上的暗纹也比不得。没有长喙和高足，比不得啄木鸟和鹭鸶。没有动人的叫声，从早到晚都是粗浑单调的咕咕咕的声音。它的巢也是我所见过的鸟窝中最简单最不成形的一种，简单到仅有可以数清的几十根柴枝，横竖搭置成一个浅浅的潦草的窝。小时候我站在树下，可以从窝的底部的缝隙透见窝里有几枚蛋。我曾经在六十年代的小学课文上看到过以斑鸠为题编写的课文，说斑鸠是最懒惰的鸟，懒得连窝也不认真搭建，冬天便冻死在这种既不遮风亦不挡雨的窝里。

然而，整个八十年代到九十年代初，我住在祖居的老屋读书写字，没有看见过一只斑鸠。尽管我搞不清斑鸠消亡的原因，却肯定不会是如童话所阐述的陋窝所致，倒是倾向于某种农药或化肥的种类性绝杀。这种普通的毫不起眼的鸟儿的绝踪，没有引起任何村人的注意。我以为在家院的周围再也看不到斑鸠了。

斑鸠却在我重返家乡的第一个清晨出现了，就在我的房檐上。我便轻手开门，怕惊吓了它。它还是飞走了。

我朝院中的空地上撒一把小米，或一把玉米糁子，诱使它到小院里来啄食。

初始，无论我怎样轻手蹑足开门走路，它一发现我从屋内走到院中，扑棱一声就从屋脊或围墙上起飞了，飞入高高的村树上去了。我仍然往小院里撒抛米谷。直到某一日，我开开门出来，两只斑鸠突然从院中飞起，落到房檐上，还在探头探脑瞅着院中尚未吃完的谷米。我的心里一动，它终于有胆子到院内落脚啄食了，这是一次突破性的进展。

我和斑鸠的关系获得令人振奋的突破之后，随之便是持久的停滞不前。斑鸠在房檐在房脊在院墙上栖息追逐，似乎已经放心无虞。然而有我在场的时候，它们绝不飞落到院里来啄食，无论我抛撒的米谷多么富于诱惑。有几次我从室内的窗玻璃前窥视到斑鸠在院中啄食米谷的情景，一当我出门，它们便惊慌地飞上房顶。这一刻，我清醒地意识到，它还不完全是我家的斑鸠。

要让斑鸠随心无虞地落到小院里，心里踏实地啄食，在我的眼下，在我的脚前，尚需一些时日。

我将等待。

第一次投稿

背着一周的粗粮馍馍，我从乡下跑到几十里远的城里去念书，一日三餐，都是开水泡馍，不见油星儿，顶奢侈的时候是买一点杂拌咸菜；穿衣自然更无从讲究了，从夏到冬，单棉衣裤以及鞋袜，全部出自母亲的双手，唯有冬来防寒的一顶单帽，是出自现代化纺织机械的棉布制品。在乡村读小学的时候，似乎于此并没有什么不大良好的感觉；现在面对穿着艳丽、别致的城市学生，我无法不"顾影自卑"。说实话，由此引起的心理压抑，甚至比难以下咽的粗粮以及单薄的棉衣遮御不住的寒冷更使我难以忍受。

在这种处处使人感到困窘的生活里，我却喜欢文学了；而喜欢文学，在一般同学的眼睛里，往往是被看作极浪漫的人的极富浪漫色彩的事。

新来了一位语文老师，姓车，刚刚从师范学院毕业。第一次作文课，他让学生们自拟题目，想写什么就写什么。这是我以前所未遇过的新鲜事。我喜欢文学，却讨厌作文。诸如《我的家庭》《寒假（或暑假）里有意义的一件事》这些题目，从小学作到中学，我是越作越烦了，越作越找不出"有意义的一天"了。新来的车老师让我们想写什么就写什么，我有兴趣了，来劲了，就把过去写在小本上的两首诗翻出来，修改一番，抄到作文本上。我第一次感到了作文的兴趣而不再是活受罪。

我萌生了企盼，企盼尽快发回作文本来，我自以为那两首诗是杰出的，会震一下的。我的作文从来没有受过老师的表彰，更没有被当作范文在全班宣读的机会。我企盼有这样的一次机会，而且它正朝我走来了。

车老师抱着厚厚一摞作文本走上讲台，我的心无端地慌跳起来。然而四十五分钟过去，要宣读的范文宣读了，甚至连某个同学作文里一两句生动的句子也被摘引出来表扬了，那些令人发笑的错句病句以及因为一个错别字而致使语句含义全变的笑料也被点出来，终究没有提及我的那两首诗，我的心里寂寒起来。离下课只剩下几分钟时，作文本发到我的手中。我迫不及待地翻看了车老师用红墨水写下的评语，倒有不少好话，而末尾却悬下一句："以后要自己独立写作。"

我愈想愈觉得不是味儿，愈觉不是味儿愈不能忍受。况且，车老师没有给我的作文打分！我觉得受了屈辱。我拒绝了同桌以及其他同学伸手要交换作文的要求。好容易挨到下课，我拿着作文本赶到车老师的房子门口，喊了一声："报告——"

获准进屋后，我看见车老师正在木架上的脸盆里洗手。他偏过头问："什么事？"

我扬起作文本："我想问问，你给我的评语是什么意思？"

车老师扔下毛巾，坐在椅子上，点燃一支烟，说："那意思很明白。"

我把作文本摊开在桌子上，指着评语末尾的那句话："这'要自己独立写作'我不明白，请你解释一下。"

"那意思很明白，就是要自己独立写作。"

"那……这诗不是我写的？是抄别人的？"

"我没有这样说。"

"可你的评语这样子写了!"

他冷峻地瞅着我。冷峻的眼里有自以为是的得意,也有对我的轻蔑的嘲弄,更混含着被冒犯了的愠怒。他喷出一口烟,终于下定决心说:"也可以这么看。"

我急了:"凭什么说我抄别人的?"

他冷静地说:"不需要凭证。"

我气得说不出话……

他悠悠抽烟:"我不要凭证就可以这样说。你不可能写出这样的诗歌……"

于是,我突然想到我的粗布衣裤的丑笨,想到我和那些上不起伙的乡村学生围蹲在开水龙头旁边时的窝囊。他就凭这些瞧不起我吗?就凭这些判断我不能写出两首诗来吗?我失控了,一把从作文本上撕下那两首诗,再撕下他用红色墨水写下的评语。在朝他摔出去的一刹那,我看见一双震怒得可怕的眼睛。我的心猛烈一颤,就把那些字纸用双手一揉,塞到衣袋里去了,然后一转身,不辞而别。

我躺在集体宿舍的床板上。属于我的那一绺床板是光的,没有褥子也没有床单,唯一不可或缺的是头下枕着的这一卷被子,晚上,我是铺一半再盖一半。我已经做好了接受开除的思想准备。这样受罪的念书生活还要再加上屈辱,我已不再留恋。

晚自习开始了,我摊开了书本和作业本,却做不出一道习题来,捏着笔,盯着桌面,我不知做这些习题还有什么用。由于这件事,期末我的操行等级降到了"乙"。

打这以后,车老师的语文课上,我对于他的提问从不举手,他也不点我的名要我回答问题,校园里或校外碰见时,我就远远地避开。

又一次作文课,又一次自选作文。我写下一篇小说,名曰《桃园风波》，竟有三四千字，这是我平生写下的第一篇小说，取材于我们村子里果园入社时发生的一些事。随之又是作文评讲，车老师仍然没有提到我的作文，于好于劣都不曾提及，我心里的底火又死灰复燃。作文本发下来，揭到末尾的评语栏，连篇的好话竟然写下两页作文纸，最后的得分栏里，有一个神采飞扬的"5"字，在"5"字的右上方，又加了一个"+"号，这就是说，比满分还要满了！

既然有如此好的评语和"5+"的高分，为什么评讲时不提我一句呢？他大约意识到小视"乡下人"的难堪了，我猜想，心里也就膨胀了愉悦和报复，这下该有凭证证明前头那场说不清的冤案了吧？

僵局继续着。

入冬后的第一场大雪是夜间降落的，校园里一片白。早操临时取消，改为扫雪，我们班清扫西边的篮球场，雪下竟是干燥的沙土。我正扫着，有人拍我的肩膀，我一仰头，发现是车老师。他笑着。在我看来，他笑得很不自然。他说："跟我到语文教研室去一下。"我心里疑虑重重，又有什么麻烦了？

走出篮球场，车老师的一只胳膊搭到我肩上了，我的心猛地一震，慌得手足无措了。那只胳膊从我的右肩绕过脖颈，就搂住我的左肩。这样一个超级亲昵友好的举动，顿然冰释了我心头的疑虑，却更使我局促不安。

走进教研室的门，里面坐着两位老师，一男一女。车老师说："'二两壶''钱串子'来了。"两位老师看看我，哈哈笑了。我不知所以，脸上发烧。"二两壶"和"钱串子"是最近一次作文里我的又一篇小说的两个人物的绰号。我当时顶崇拜赵树理，他的小说的人物都有外号，极有趣，我总是记不住人物的名字而能记住外号。我也给我的人物用上外号了。

车老师从他的抽屉里取出我的作文本，告诉我，市里要搞中学生作文比赛，每个中学要选送两篇。本校已评选出两篇来，一篇是议论文，初三一位同学写的，另一篇就是我的作文《堤》了。

啊！真是大喜过望，我不知该说什么了。

"我已经把错别字改正了，有些句子也修改了。"车老师说，"你看看，修改得合适不合适？"说着又搂住我的肩头，搂得离他更近了，指着被他修改过的字句一一征询我的意见。我连忙点头，说修改得都很合适。其实，我连一句也没听清楚。

他说："你如果同意我的修改，就把它另外抄写一遍，周六以前交给我。"

我点点头，准备走了。

他又说："我想把这篇作品投给《延河》。你知道吗，《延河》杂志？我看你的字不太硬气，学习也忙，就由我来抄写投寄。"

我那时还不知道投稿，第一次听说了《延河》。多年以后，当我走进《延河》编辑部的大门深宅以及在《延河》上发表作品的时候，我都情不自禁地想到过车老师曾为我抄写投寄的第一篇稿。

这天傍晚，住宿的同学有的活跃在操场上，有的遛大街去了，教室里只有三五个死贪学习的女生。我破例坐在书桌前，摊开了作文本和车老师送给我的一扎稿纸，心里怎么也稳定不下来。我感到愧悔，想哭，却又说不清是什么情绪。

第二天的语文课，车老师的课前提问一提出，我就举起了左手，为了我的可憎的狭隘而举起了忏悔的手，向车老师投诚……他一眼就看见了，欣喜地指定我回答。我站起来后，却说不出话来，喉头哽塞了棉花似的。自动举手而又回答不出来，后排的同学哄笑起来。我窘急中又涌出眼泪来……

我上到初三时，转学了，暑假办理转学手续时，车老师探家尚未回校。后来，当我再探问车老师的所在时，只说早调回甘肃了。当我第一次在报刊上发表处女作的时候,我想到了车老师,应该寄一份报纸去,去慰藉被我冒犯过的那颗美好的心!当我的第一本小说集出版时,我在开着给朋友们赠书的名单时又想到车老师,终不得音讯,这债就依然拖欠着。

经过多少年的动乱,我的车老师不知尚在人间否?我却忘不了那淳厚的陇东口音……

一株柳

这是一株柳树，一株在平原在水边极其普遍极其平常的柳树。

这是一株神奇的柳树，神奇到令我望而生畏的柳树，它伫立在青海高原上。

在青海高原，每走一处，面对广袤无垠青草覆盖的原野，寸木不生青石嶙峋的山峰，深邃的蓝天和凝滞的云团，心头便弥漫着古典边塞诗词的悲壮和苍凉。走到李家峡水电站总部的大门口，我一眼就瞅见了这株大柳树，不由得哦了一声。

这是我在高原见到的唯一的一株柳树。我站在这里，目力所及，背后是连绵的铁铸一样的青山，近处是呈现着褚红色的起伏的原地，根本看不到任何一种树。没有树族的原野尤其显得简洁而开阔，也显得异常的苍茫和苍凉。这株柳树怎么会生长起来壮大起来，怎么就造成高原如此壮观的一方独立的风景？

这株柳树大约有两合抱粗，浓密的枝叶覆盖出大约百十余平方米的树荫。树干和树枝呈现出生铁铁锭的色泽，粗糙而坚硬；叶子如此之绿，绿得苍郁，绿得深沉，自然使人感到高寒和缺水对生命颜色的独特锻铸。它巍巍然撑立在高原之上，给人以生命伟力的强大的感召。

我便抑制不住猜测和想象：风从遥远的河川把一粒柳絮卷上高

原，随意抛撒到这里，那一年恰遇好雨水，它有幸萌发了。风把一团团柳絮抛撒到这里，生长出一片幼柳，随之而来的持续的干旱把这一茬柳树苗子全毁了，只有这一株柳树奇迹般地保存了生命。自古以来，人们也许年复一年看到过一茬一茬的柳树苗子在春天冒出又在夏天旱死，也许熬过了持久的干旱却躲不过更为严酷的寒冷，干旱和寒冷绝不宽容任何一条绿色的生命活到一岁。这株柳树就造成一个不可思议的奇迹。

我依然沉浸在想象的情感世界：长到这样粗的一株柳树，经历了多少次虐杀生灵的高原风雪，冻死过多少次又复苏过来；经历过多少场铺天盖地的雷殛电轰，被劈断了枝干而又重新抽出了新条。它无疑经受过一次摧毁又一次摧毁，却能够一回又一回起死回生，这是一种顽强一种侥幸还是有神助佛佑？

我的家乡的灞河以柳树名贯古今，历代诗家词人对那里的柳枝柳絮倾洒过多少墨汁和泪水。然而面对青海高原的这一株柳树，我却崇拜到敬畏的情境了。是的，家乡灞河边的柳树确有引我自豪的历史，每每念诵那些折柳送别的诗篇，都会抹浓一层怀恋家园的乡情。然而，家乡水边的柳树却极易生长，随手折一条柳枝插下去，就发芽就生长，三两年便成为一株婀娜多姿风情万种的柳树了；漫天飞扬的柳絮飘落到沙滩上，便急骤冒出一片又一片芦苇一样的柳丛。青海高原上的这一株柳树，为保存生命却要付出怎样难以想象的艰苦卓绝的努力？同是一种柳树，生活的道路和生命的命运相差何远？

这株柳树没有抱怨命运，也没有畏怯生存之危险和艰难，更没有攀比没有忌妒河边同族同类的小肚鸡肠，而是聚合全部身心之力与生存环境抗争，以超乎想象的毅力和韧劲生存下来发展起来壮大起来，终于造成了高原上的一方壮丽的风景。命运给予它的几乎是九十九条死亡之路，它却在一线希望之中成就了一片绿荫。

我崇拜这株高原柳树。

三九的雨

这是我村与邻村之间一片不大的空旷的台地。只有一畛地宽的平台南头开始起坡,就是白鹿原北坡根的基础了。平台往北下一道浅浅的坡塄,就是灞河河滩了。我脚下踏着的平台上的这条沙石大路,穿过一个个大大小小的村庄,通往西安。

天明时雨止歇了。天阴沉着,云并不浓厚,淡灰的颜色,估计一时半刻挤拧不出雨水来。空气很清新,湿润润的,山坡上的麦子绿莹莹的,河川里的麦子也是莹莹的绿色。原坡上沟坎里枯干的荒草被雨浇成了褐黑色,却有一种湿润的柔软。河川北岸是骊山的南麓,清晰可辨一株树一道坡一条沟,直至山岭重叠的极处。四野宁静到令人耳朵自生出纤细的音响来。

前日落了雨。小雨。通常是开春三月才有的那种"随风潜入夜,润物细无声"的春雨。腊月初二(二〇〇二年一月十四日)下起,断断续续稀稀拉拉下到今天天明,让整个村子里的男女惊诧不已,该当滴水成冰冻破砖头的"三九"时月,居然是小雨缠绵。太过反常的天气给农人心里一种不祥的妖孽征候。这是我半生里仅见的一次三九的雨,以及不仅不冻反而松软如酥的土地。

我脚下这条颇为宽绰的沙石大路是一九七七年冬天动工拓宽的。与这条大路同时开工的是灞河河堤水利工程,由我任副总指挥具体实施的。那时,我完成这项家乡的水利工程的心态,与我后来写作长篇小说《白鹿原》时的心境基本类同,就是尽力做成一件事。

我第一次背着馍口袋从这条路走出村子走进西安的中学时,这条路大约也就一步宽,架子车是无法通行的。我背着一周的干粮走出村子时的心情是雀跃而又高涨的,然而也是完全模糊的。我只是想念书,想上城里的中学去念书,念书干什么等抱负之类的事,完全没有。我再三追寻记忆,充其量只会有当个工人之类的宏愿,而且这主要是父母供儿女上学的原始动机。在乡村人的眼睛里,挣工资吃商品粮的工人是世界上最幸福的人。我在初中二年级却喜欢文学了,这不仅大大出乎父母的意料,连我自己也感到奇怪。通常情况下,爱好文学是被视为浪漫而又富于诗意的事情,怎么会发生在一个穿粗布衣服吃开水泡馍的人身上呢?许多年后我把自己的这种现象归结为一根对文字敏感的神经——文学的兴趣由此而发端。书香门第以及会讲故事会唱歌谣的奶奶们的熏陶,只能对具备文字敏感的神经的儿孙起反应起作用,反之讲了也是白讲,唱了也是白唱。

背着馍口袋出村,夹着空口袋回村,在这条小路上走了十二年,我完成了高中学业。我记忆中最深的是十六岁那年遇到过狼。天微明时,我已走出村子五华里的一条深沟的顶头,做伴壮胆的父亲突然叫了一声:"狼!"就在身旁不过二十步远的齐摆着谷穗的地边上,有一只狼。稍远一点,还有一只。我没有感觉到丝毫的害怕,尽管是我第一次看见这种吓人的动物;不是我胆大,而是身旁跟着父亲。我第一次感受父亲的力量和父亲的含义,就是面对两只成年狼的时候,竟然没有产生恐惧。我成了一个父亲的时候,又在这条几经拓宽的乡村公路上接送我的三个念书的孩子。我比父亲优裕的是有了一辆自行车,孩子后来也有了，比当年父亲步行送我要快捷多了。我和孩子再也没有遭遇狼的惊险故事。狼已经成为大家怀念的珍稀宝贝了。

我的一生其实都粘连在这条已经宽敞起来的沙石路上。我在专业创作之前的二十年基层农村工作里，没有离开这条路；我在取得专业创作条件之后的第一个决断，就是索性重新回到这条路起头的村子——我的老家。我窝在这里的本能的心理需求，就是想认真实现自己少年时代就发生的作家之梦。从一九八二年冬天得到专业写作的最佳生存状态到一九九三年春天写完《白鹿原》，我在祖居的原下的老屋里写作和读书，整整十年。这应该是我最沉静最自在的十年。

我现在又回到原下祖居的老屋了。老屋是一种心理蕴藏。新房子是在老房子原来的基础上盖成的，也是一种心理因素吧。这个祖居的屋院只有我一个人住着。父亲和他的两个堂弟共居一院的时代早已终结了。父亲一辈的男人先后都已离开这个村子，在村庄后面白鹿原北坡的坡地上安息有年了。我住在这个过去三家共有的屋院里，可以想见其宽敞和清爽了。我在读着那些欧美作家的书页里，偶尔竟会显现出爷爷或父亲或叔父的脸孔来，且不止一次。夜深人静我坐在小院里看着月亮从东原移向西原的无边无际的静谧里，耳畔会传来一声两声沉重而又舒坦的呻吟。那是只有像牛马拽犁拉车一样劳作之后歇息下来的人才会发出的生命的呻唤。我在小小年纪的时候就接受着这种生命乐曲的反复熏陶，有父亲的，还有叔父的，有一位是祖父的。他们早已在原坡上化作泥土。他们在深夜熟睡时的呻吟萦绕在这个屋院里，依然在熏陶着我。

这是一个不可思议的冬天。我站在我村和邻村之间的旷野里。

从我第一次走出这个村子到城里念书的时候起，父亲和母亲每每送我出家门时的眼神，都给我一个永远不变的警示：怎么出去还怎么回来，不要把龌龊带回村子带回屋院。在我变换种种社会角色的几十年里，每逢周末回家，父亲迎接我的眼睛里仍然是那种神色，根本不在乎我干成了什么事干错了什么事，升了或降了，根本不在乎我比他实际上丰富得多的社会阅历和完全超出他的文化水平。那是作为一个父亲的独具禀赋的眼神，这个古老屋院的主宰者的不可侵扰的眼神，依然朝我警示着，别把龌龊带回这个屋院来。

北京丰台。我从大礼堂走出来。选举刚刚结束。《西安晚报》记者王亚田第一个打来电话。他问我当选中国作家协会副主席后首先想的是什么。我脱口而出：作为一个作家，应该始终把智慧投入写作。

他又问：还有什么呢？

我再答：自然还有责任和义务。

我站在我村与邻村之间空旷的台地上，看三九的雨淋湿了的原坡和河川，绿莹莹的麦苗和褐黑色的柔软的荒草，从我身旁匆匆驶过的农用拖拉机和放学回家的娃娃。粘连在这条路上倚靠着原坡的我，获得的是沉静，自然不会在意三九的雨有什么祥与不祥的猜疑了。

第二单元 泛读美文

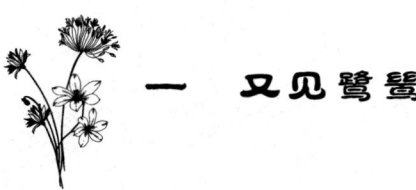 一　又见鸳鸯

火晶柿子

我喜欢柿树。柿子好吃，这是最主要的因由。柿树不招虫害，任何害虫病菌都难以近身，大约是柿树特有的那种涩味构成了内在的天然抗拒。于是便省去了防虫治病的麻烦，也不担心农药残留的后患。柿树又很坚韧，几乎与榆槐等柴树无异，既不要求肥力和水分，也不需要任何稍微特殊的呵护。庭院里可以栽植，水肥优良的平川地里可以茁壮，土瘠水缺的干旱的山坡上、塄畔上同样蓬蓬勃勃，甚至一般柴树也畏怯的红石坡梁上，柿树仍可长到合抱粗。按照习惯或者说传统，几乎没有给柿树施肥浇水的说法。然而果实柿子却不失其甘美。

在柿树家族里，种类颇多。最大个儿的叫虎柿，大到可称出半斤。虎柿必须用慢火温水浸泡，拔去涩味儿，才香甜可口。然慢火的火功和温水的温度要随机变换，极难把握，稍有不当就会温出一锅僵涩的死柿子，甭说上市卖钱，白送人也送不出去。再说这种虎柿还有一个致命的弱点，不能存放，温熟之后即卖即食，隔三天两日尚可，再长就坏了，属于典型的时令性水果。还有一种民间称为义生的柿子，个头也比较大，果实变红时摘下，搁置月余即软化熟透，味道十分香甜。麻烦的是软化后便须尽快出手，或卖钱或送亲友或自家享受，稍长时间便皮儿崩裂柿汁流出，不可收拾，长途运送都是比较难以解决的问题。再有一种名曰火罐的柿子，果实较小，一般不超过半两，尽管味道与火晶柿子无甚差异，却多核儿，成为重大的弹嫌之弊，所以不被钟爱，几乎遭到淘汰而绝种，反正我已多年不见此物了。只有火晶柿子，在柿树家族中逐渐显出优长来，已经成为独秀柿族的王牌品种了。

火晶，真是一个热烈而又令人富于想象的名字。火是这种柿子的色彩，单一的红，红的程度真可以用"红彤彤"来形容来喻示。我在骊山南麓的岭坡上见到过那种堪称红彤彤的景观，一棵一棵大到合抱粗的柿树，叶子已经落光掉净了，枝枝丫丫上挂满繁密的柿子，红溜溜或红彤彤的，蔚为壮观，像一片自燃的火树。火晶的名字中的火字大约由此而自然产生，晶也就无须阐释或猜想了。把火的色彩与晶字联结起来，便成为民间命名的高雅一种，恐怕只有民间的智者才会创造出这样一个雅俗共赏的柿子的名字来。

火晶柿子比虎柿、义生柿子小，比火罐柿子大，个重两余，无核。在树上长到通体变成橙黄时摘下来，存放月余便软化熟透，尤其耐得存放，保管得法的农户甚至可以保存到春节以后，仍不失其新鲜甘美的原味。食时一手捏把儿，一手轻轻掐破薄皮儿，一撕一揭，那薄皮儿便利索地完整地去掉了，现出鲜红鲜红的肉汁，软如蛋黄，却不流，吞到口里，无丝无核儿，有一缕蜂蜜的香味儿。乡间小贩摆卖火晶柿子的摊位上，常见蜜蜂嗡嗡盘绕不去，可见诱惑。

关中盛产柿子，尤以骊山为代表的临潼的火晶柿子最负盛名。一种名果的品质决定于水土，这是无法改变的常识。我家居骊山之南，白鹿原原坡之北，中间流着一条倒淌河灞水，形成一条狭窄的川道，俗称灞川，逆水而上经蓝田约五十里进入王维的辋川。由我祖居的老屋涉过灞水走过平川登上骊山南麓的坡道，大约也就半个小时。水土和气候无大差异，火晶柿子的品质也难分上下，然而形成气候形成品牌的仍然是临潼的柿子。

大约是"文革"后期,诺罗敦·西哈努克亲王携妻引子到西安,在参观兵马俑往来的路上,王子发现路边有农民摆的火晶柿子小摊,问及此果,陪随人员告之。回到西安下榻处,有心的接待人员已经摆放好一盘经过精心挑选的火晶柿子,并说明吃法。王子生长在热带,未见过亦未吃过北方柿子并不足怪,恰是这种中国关中的火晶柿子令其赞赏不绝,直到把一盘火晶柿子吃完,仍然还要,不管斯文且不说了,连陪随人员的劝告(食多伤胃)也任性不顾。果然,塞了满肚子火晶柿子的王子到晚上闹起肚子来,引起各方紧张,直接报告北京有关领导,弄出一场虚惊。王子虽然经历了一个难受的夜晚,离开西安时仍不忘要带走一篮火晶柿子。

这个真实的传闻流传颇广。在关中普通到不能再普通的柿子,竟然上了招待外宾的果盘,而且是高贵的王子,确实令当地人始料不及。想来也不足为奇,向来都是物以稀为贵的。二十世纪八十年代中期,我到与临潼连界的蓝田县查阅县志时发现,清末某年,关中奇冷,柿树竟然死绝了。我得到一个基本常识,柿树原来耐不得严寒的。但那年究竟"奇冷"到怎样的程度,却是无法判断的,那时怕是连一根温度计也没有。到二十世纪九十年代头上,我在原下的祖屋写作《白鹿原》的时候,这年冬天冻死了一批柿树,我至今记得这年冬天的最低温度为零下十四度,持续了大约半月,这是几十年来西安最冷的一个冬天。村子里许多农户刚刚挂果的葡萄统统冻死了,好多柿树到春末夏初还不发芽,人们才惊呼柿树被冻死了。我也便明白,清末冻死柿树的那年冬天"奇冷"的程度,不过是零下十几度而已。

编志人在叙述"奇冷"造成的灾害时,加了一句颇带怜悯情调的话,曰:柿可当食。我便推想,平素被当作水果的柿子,到了饥馑的年月里,就成为养生活命的吃食了。确凿把柿子顶做粮食的事发生在二十世纪六十年代初的"三年困难"时期及十年"文革"之中，临潼山上的山民从生产队分回柿子，五斤顶算一斤粮食。想想吧，作为口舌消遣的柿子是一种调节和品尝，而作为一日三餐的主食，未免就有点残酷。然而，我又胡乱联想起来，被当地山民作为粮食充饥的柿子，在西哈努克王子那里却成为珍果，可见人的舌头原本是没有什么天生贵贱的。想到近年某些弄得一点名堂的人，硬要做派出贵族状，硬要做派出龙种凤胎的不凡气象，我便担心其中说不准会潜伏着类似火晶柿子的滑稽。

我在祖居的屋院里盖起了一幢新房，这是二十世纪八十年代中期的事，当时真有点"李顺大造屋"的感受。又修起了围墙，立了小门楼，街门和新房之间便有了一个小小的庭院。我便想到栽一株柿树，一株可以收获火晶柿子的柿树。

我的左邻右舍及至村子里的家家户户，都有一棵两棵火晶柿树，或院里或院外。每年十月初，由绿色转为橙黄的柿子便从墨绿的树叶中脱颖而出，十分耀眼，不说吃吧，单是在屋院里外撑起的这一方风景就够惹眼了。我找到内侄，让他给我移栽一棵火晶柿子树。内侄慷慨应允，他承包着半条沟的柿园。这样，一株棒槌粗的柿树便植栽于小院东边的前墙根下，这是秋末冬初最好的植树时月里做成的事。

这株柿树栽下以后，整个前院便生动起来。走出屋门，一眼便瞅见高出院墙沐着冬日阳光的树干和树枝，我的心里便有了动感。新芽冒出来，树叶日渐长大了，金黄色的柿花开放了，从小草帽一样的花萼里托出一枚枚小青果，直到缀满枝丫的红灯笼一样的火晶柿子在墙头上显耀……期待和祈祷的心境伴我进入漫长的冬天。

二十世纪五十年代初我读小学时，后屋和厦房之间窄窄的过道里有一株火晶柿树，若小碗口粗，每年都有一树红亮亮的柿子撑在厦房房瓦上空。我于大人不在家时，便用竹竿偷偷打下两三个来，已经变成橙黄的柿子仍然涩涩的，涩味里却有不易舍弃的甜香。母亲总是会发现我的行为，总是一次又一次斥责，你就等不到摘下搁软了熟了吗？直到某一年，我放学回家，突然发现院里的光线有点异样，抬头一看，罩在过道上空的柿树的伞盖没有了，院子里一下子豁亮了。柿树被齐根锯断了。断茬上敷着一层细土。从断茬处渗出的树汁浸湿了那一层细土，像树的泪，也似树的血。我气呼呼地问母亲。母亲也阴郁着脸，告诉我，是一位神汉告诫的。那几年我家灾祸连连，我的一个小妹夭折了，一个小弟也在长到四五岁时夭亡了，又死了一头牛。父亲便请来一个神汉，从前院到后院观察审视一番，最终瞅住过道里的柿树说，把这树去掉。父亲读过许多演义类小说，于这类事比较敏感，不用神汉阐释，便悟出其中玄机——"柿"即"事"。父亲便以一种泰然的口吻对我说，柿树栽在家院里，容易生"事"惹"事"。去掉柿树，也就不会出"事"了。我的心里便怯怯的了，看那锯断的柿树茬子，竟感到了一股鬼气妖氛的恐惧。

没有什么人现在还相信神汉巫师装神弄鬼的事了，起码在"柿"与"事"的咒符是如此。因为我的村子里几乎家家户户的院里门外都有一株或几株柿树。人在灾变连连打击下便联想到神的惩罚和鬼的作祟，这种心理趋势由来已久，也并非只是科学滞后的中国乡村人独有，许多民族，包括科学已很发达的民族也颇类同，神与鬼是人性软弱的不可避免的存在。我在前院栽下这棵柿树，早已驱除了"柿"与"事"的文字游戏式的咒语，而要欣赏红柿出墙的景致了。漫长的冬天过去了。春风日渐一日温暖起来。我栽的柿树迟迟不肯发芽。

直到春末夏初，枝梢上终于努出绿芽来。我兴奋不已，这证明它活着。只要活着就是成功，就有希望。大约两月之后，进入伏天，我终于发觉不妙，那仅仅长到三四寸长的幼芽开始萎缩。无论我怎样浇水，疏松土壤，它还是无可挽回地枯死了。

这是很少有的现象，我喜欢栽树，不敢说百分之百成活，这样的情况确实极少发生。这株火晶柿子树是我尤为用心栽植的一棵树，它却死了。我久久找不出死亡的原因，树根并无大伤害，树的阴阳面也按原来的方向定位，水也及时适度浇过，怎么竟死了呢？问过内侄，他淡淡地说，柿树是很难移栽的，成活率极低。我原是知道这个常识的，却自信土命的我会栽活它。我犯了急功近利轻易求取成功的毛病，急于看到一棵成景的柿树。于是便只好回归到最老实之点，先栽软枣苗子，然后嫁接火晶柿子。

一种被当地人称作软枣的苗子，是各种柿树嫁接的唯一的砧木。软枣生长十分泼势，随便甚至可以说马马虎虎栽下就活了。我便在小院的西北角栽下一株软枣，一年便长到齐墙的高度。第二年夏初，请来一位嫁接果树的巧手用俗称热黏皮的芽接法一次成功，当年冒出的正儿八经的火晶柿子的新枝，同样蹿起一人高，叶子大得超过我的巴掌，新出的绿色的杆竟有食指粗，那蓬勃的劲头真正让我时时感知初生生命的活力。为了防止暴风折断它的尚为绿色的嫩杆，我为它立了一根木杆，绑扶在一起，一旦这嫩杆变成褐黑色，显示它已完全木质化了，就尽可放心了。我于兴奋鼓舞里独自兴叹，看来栽树走捷径还是不行的。这个火晶柿子树的起根发苗的全过程完成了，我也就留下了一棵树的生命的完整印象，至今难以忘怀。

这株火晶柿树后来就没有故事了。没有虫害病菌侵害，在院里也避免了牛马猪羊的骚扰，对水呀肥呀也不讲究，呼呼啦啦就长起来了，分枝分杈了，长过墙头了，形成一株青春活力的柿树了。这年冬天到来时，我离开久居的祖屋老院迁进城里去，一年难得回来几次。有一年回来正遇着它开花，四方卷沿的米黄色小花令人心动，我忍不住摘下两朵在嘴里嚼着咽下，一股带涩的甜味儿，竟然回味起背着父母用竹竿偷打下来的生柿子的感觉。

今年春节一过，我终于下定决心回归老家，争取获得一个安静吃草安静回嚼的环境。我的屋檐上时有一对追逐着求偶的咕咕咕叫着的斑鸠。小院里的树枝和花丛中常常栖息着一群或一对色彩各异的鸟儿。隔墙能听到乡友们议论天气和庄稼施肥浇水的农声。也有小牛或羊羔蹿进我忘了关闭的大门。看着一个个忙着农事、忙着赶集售物的男人女人毫不注意修饰的衣着，我常常想起那些高级宾馆车水马龙衣冠楚楚口红眼影的景象。这是乡村。那是城市。大家都忙着。大家都在争取自己的明天。

我的柿树已经碗口粗了。我今年才看到了它出芽、开花、坐果到成熟的完整的生命过程。十月初，柿子日渐一日变得黄亮了，从浓密的柿树叶子里显现出来，在我的墙头上方，造成一幅美丽的风景。我此时去了一趟滇西，回来时，妻子已经让人摘卸了柿子。

装在纸箱里的火晶柿子开始软化，眼见地由橙黄日渐一日转变为红亮。有朋自城里来，我便用竹篮盛上，忍不住说明，这是自家树上的产物。多路客人无论长幼无论男女，无不惊叹这火晶柿子的醇香，更兼着一种自家种植收获的乡韵。看着客人吃得快活，我就想起一件有关火晶柿子的逸趣。某年到一个笔会，与一位作家朋友聊天，他说某年到陕西参观兵马俑的路上品尝了火晶柿子，尤感甘美，临走时又特意买了一小篮，带回去给尚未尝过此物的南方籍的夫人。这种软化熟透的火晶柿子稍碰即破，当地农民用剥去了粗皮的柳条编织的小篮儿装着，一层一层倒是避免了挤压。他一路乘坐汽车火车，此物不能装箱，就那么拎着进了家门，便满怀爱心献给了亲爱的夫人。他揭开柳条小篮，取出上边一层红亮亮的柿子，顿觉情况不妙——下边两层却变成了石头。可以想象他的懊丧和生气之状了。事过多年和我相遇聊起此事，仍然大气难抑，末了竟冲我说，人说你们陕西人老实，怎么这样恶劣作假？几个柿子倒不值多少钱，关键是让我几千里路拎着它，却拎回去一篮子石头，你说气人不气人？这在谁也会是懊丧气恼的，然而我却调侃道，假导弹假飞船没准儿都弄出来了，陕西农民给柿篮子里塞几块石头，在造假行业里，只能算是启蒙生或初级水平，你应该为我的乡党的开化而庆祝。朋友也就笑了。我随之自我调侃，你知道我们陕西人总结经济发展滞后的原因是什么吗？不急不躁，不跑不跳，不吵不闹，不叫不到，不给不要，所谓关中人的"十不"特性。所以说，一个兵马俑式的农民用当地称作料僵石（此石特轻）的石头冒充火晶柿子，把诸如我所钦敬的大城市里的名作家哄了骗了涮了一回，多掏了他几枚铜子，真应该庆祝他们脑瓜里开始安上了一根转轴儿，灵动起来了。

　　玩笑说过也就风吹雨打散了。我却总想着那些往柳条编的小篮里塞进冒充火晶柿子的石头的农民乡党，会是怎样一种小小的得意……

又见鹭鸶

那是春天的一个惯常的傍晚,我沿着水边的沙滩漫不经意地悠步。旱草和水草都已经蓬勃起来,河川里满眼都是盎然生机,野艾苦蒿薄荷和鱼腥草的气味混合着弥漫在空气里,风轻柔而又湿润。在桌椅间窝蜷了一天的四肢和绷紧的神经,渐渐舒展开来松弛开来。

绕过一道河石垒堆的防洪坝,我突然瞅见了鹭鸶,两只,当下竟不敢再挪动一步,生怕冲撞了它们惊飞了它们,便蹑手蹑脚悄悄默默在沙地上坐下来,压抑着冲到唇边的惊叹,哦!鹭鸶又飞回来了!

在顺流而下大约三十米外,河水从那儿朝南拐了个大弯儿,弯儿拐得不急不直随心所欲,便拐出一大片生动的绿洲,贴近水流的沙滩上水草尤其茂密。两只雪白的鹭鸶就在那个弯儿头上踯躅,在那一片生机盎然的绿草中悠然漫步;曲线优美到无与伦比的脖颈迅捷地探入水中,倏忽又在草丛里扬起头来;两条峭拔的长腿淹没在水里,举止移步优然雅然;一会儿此前彼后,此左彼右,一会儿又此后彼前此右彼左。断定是一对儿没有雄尊雌卑或阴盛阳衰的纯粹感情维系的平等夫妻……

于是,小河的这一方便呈现出别开生面令人陶醉的风景:清澈透碧的河水哗哗吟唱着在河滩里蜿蜒，两个穿着艳丽的女子在对岸的水边倚石搓洗衣裳，三头紫红毛色的牛和一头乳毛嫩黄的牛犊在沙滩草地上吃草，三个放牛娃三对角坐在草地上玩扑克，蓝天上只有一缕游丝似的白云凝而不动，落日正渲染出即将告别时的热烈和辉煌……这些时常见惯的景致，全都因为一双鹭鸶的出现而生动起来。

不见鹭鸶，少说也有二十多年了。小时候在河里耍水在河边割草，鹭鸶就在头前或身后的浅水里，有时竟在草笼旁边停立；上学和下学涉过河水时，鹭鸶在头顶翩翩飞翔，我曾经妄想把一只鸽哨儿戴到它的尾毛上；大了时在稻田里插秧或是给稻畦里放水，鹭鸶又在稻田圪梁上悠然踱步，丝毫也不戒备我手中的铁锨……难得泯灭的永远鲜活的鹭鸶的倩影，现在就从心里扑飞出来，化成活泼的生灵立在眼前的河湾里。

至今我也搞不清鹭鸶突然离去突然绝迹的因由，鸟类神秘的生活习性和生存选择难以揣摩。岂止鹭鸶这样的小河流域鸟类中的贵族，乡民们视作报喜的喜鹊也绝迹了，张着大翅盘旋在村庄上空窥伺母鸡的恶老鹰彻底销踪匿迹了，连丑陋不堪猥琐笨拙的斑鸠也再不复现了，甚至连飞起来遮天蔽日的丧婆儿黑乌鸦都见不着一只，只有麻雀种族旺盛，村庄和田野处处都只能听到麻雀的叽叽喳喳。到底发生了什么灾变，使鸟类王国土崩瓦解灭族灭种留下一片大地静悄悄？

单说鹭鸶。许是水流逐年衰枯稻田消失绿地锐减，这鸟儿瞧不上越来越僵硬的小河川道了？许是乡民滥施化肥农药污染了流水也污浊了空气，鹭鸶感到窒息而逃逸了？许是沿河两岸频频敲打的庆贺"指示"发表的锣鼓和震天撼地的炮铳，使这喜欢悠闲的贵族阶级心惊肉跳恐惧不安，抑或是不屑于这一方地域上人类的愚蠢可笑拂尾而去？许是那些隐蔽在树后的猎手暗施的冷枪，击中了鹭鸶夫妻双方中的雌的或雄的，剩下的一个鳏夫或寡妇悲怆遁逃？

又见鹭鸶！又见鹭鸶！

落日已尽红霞隐退暮霭渐合。两只鹭鸶悠然腾起，翩然闪动着洁白的翅膀逐渐升高，没有顺河而下也没见逆流而上，偏是掠过小河朝北岸树木葱茏的村庄飞去了。我顿然悟觉，鹭鸶原是在村庄里的大树上筑巢育雏的。我的小学所在的村庄面临河岸的一片白杨林子里，枝枝杈杈间竟有二十多个鹭鸶搭筑的窝巢，乡民们无论男女无论老幼引为荣耀视为吉祥。一只刚刚生出羽毛的雏儿掉到地上，竟然惊动了整个村庄的男女老少，合议着公推一位爬树利落的姑娘把它送回窝儿里。更不必担心伤害鹭鸶的事了，那是被视为作孽短寿的事。鹭鸶和人类同居一处无疑是一种天然和谐，是鸟类对人类善良天性的信赖和依傍。这两只鹭鸶飞到北岸的哪个村庄里去了呢？在谁家门前或屋后的树上筑巢育雏呢？谁家有幸得此吉兆得此可贵的信赖情愫呢？

我便天天傍晚到河湾里来，等待鹭鸶。连续五六天，不见踪影，我才发现没有鹭鸶的小河黯然失色。我明白自己实际是在重演那个可笑的"守株待兔"的寓言故事，然而还是忍不住要来。鹭鸶的倩影太富于诱惑了。那姿容端的是一种仙骨神韵，一种优雅一种大度一种自然；起飞时悠然翩然，落水里也悠然翩然，看不出得意时的昂扬恣肆，也看不出失意下的气急败坏；即使在水里啄食小虫小虾青叶草芽儿，也不似鸡们鸭们雀们饿不及待的贪馋和贪婪相。二三十年不见鹭鸶，早已不存再见的期冀和奢望，一见便不能抑制和罢休。我随之改变守候而为寻找，隔天沿着河流朝下，隔天又溯流而上，竟是一周的寻寻觅觅而终不得见。

我又决定改变寻找的时间，于是舍弃了一个美好的出活儿的早晨，在黎明的熹微中沿着河水朝上走。大约走出五华里路程，河川骤然开阔起来，河对岸有一大片齐肩高的芦苇，临着流水的芦苇幼林边，那两只鹭鸶正在悠然漫步，刚出山顶的霞光把白色的羽毛染成霓虹。

哦！鹭鸶还在这小河川道里。

哦！鹭鸶对人类的信赖毕竟是可以重新建立的。

我在一块河石上悄然坐下来，隔水眺望那一对圣物，心头便涌出一首脍炙人口的诗歌来：

  蒹葭苍苍，
  白露为霜。
  所谓伊人，
  在水一方。

种菊小记

朋友在一家公园供职，前年送我几盆花色各异的菊花，我大为惊讶，人工竟然能培养出这样争奇斗妍的花色品种来。

花谢之后，我便将盆栽菊花送回乡下老家，移栽到小院里。一来是偷懒，免得时时操心旱涝，也少去了天天或隔天浇水的麻烦，土地里毕竟要比花盆耐得伏旱。二来是出于性情，我更喜欢那些自发自然自由生长的原生形态的草木，向来不大欣赏那种栽剪得太规整的东西，包括盆栽花木，尤其不忍心观赏那些被人为地扭曲到奇形怪状的盆景，总是产生欣赏女人小脚的错觉。这样，这几盆菊花一旦移栽到小院的泥土里，便被迫还原为野生形态，任由其发芽、长茎，任由其倒伏在地上。秋来时花儿开了，白色的更显得白，紫色的更显得紫，抽丝带钩的花瓣更显得生动。只是比原先的花要小许多了。小点就小点吧，少了修饰的痕迹，看起来我倒觉得更顺眼。

今年清明前，妻子去了一回城乡交界处死灰复燃了的古庙会，买了几团菊花的根，同样栽在小院里，一视同仁，一任其自由发展，只是不知道这几种菊花是何品种，开什么形状的花。一团团的花根埋到地下，也就埋下了一团团的花谜，看着蓬勃起来的叶子和茎秆，常常就有揭开谜底的期待。我在这些菊花旱得叶子发蔫时，便用井水浇个透湿浇个痛快，便可耐得多日高温。入秋后一场阴雨，原有的新栽的菊花秆茎全都匍匐到地上，扑倒在院中的路径边沿，我也不想扶起它。有乡友来，建议并出主意，弄几根竹棍或树枝，把菊花枝秆儿绑扶起来。我口头应诺，却仍未实施，心里想着，它自己长得太疯太软，它自己撑持不住要扑倒在地，何必要我扶绑。再说铺地的菊花开了，当会是另一种风情，也许呢。

前不久有一次时日不长的外出。回到原下的小院时，映入眼帘的却是一片惹人的金黄，黄得那么灿烂，黄得那么鲜嫩，又黄得那么沉静，令我抑制不住心颤。记得离家时，这一丛丛古庙会上买来的菊花已呈现出繁密的骨朵花苞，我以为花期尚早，因为暑气溽热还在，起码也应在野菊花之后，不料，它率先开了，这一丛菊花的谜就这样解开，金色铺地，花团锦簇，一团一团的金黄的花朵任性开放，直教我左看右看立着看蹲下看不忍离去。

看到这一丛铺地盛开的菊花，金黄金黄的颜色，脑海里便浮出黄巢那首广为流传的咏菊的诗来。说真话，我记着这首诗，却不喜欢这首诗。从表征意义上，我不赞同"我花开后百花杀"的狭隘小气。如果真应了黄巢的心愿，百花杀尽，只存留菊花，这世界就太单调太孤清了。不光在我不能忍受，恐怕任何正常的人都会不堪的。搞到一花独放独尊，肯定会出麻烦，肯定长久不了的。从这首诗的深层说，黄巢不过是以菊花自喻，隐含着称王称霸的政治抱负。联想到刚刚做了皇帝的李自成的胡来，以及尚未完全称帝的洪秀全和他的诸王们的胡整，黄巢即使做了皇帝，肯定也强不到哪儿去。只有菊花是无辜的，向来被有风骨的文人学士暗喻明恋地作为傲霜独立品行的一种花，无端地被称帝当王心切的黄巢拉出来称了一回霸，连柔嫩可人的花瓣也被拟化为黄金盔甲。

昨日傍晚，阴霾初开，夕阳在云缝中乍泄乍收。我走出小院，走上村后的原坡，野花凄迷，蚱蜢起落，树青草也绿着，却已分明是秋的景致了。山沟里，坡坎上，一簇簇一丛丛野菊花已经含苞，有待绽放。往昔的记忆中，这山野间的菊花一旦开放，漫山遍野都是望不断的金黄，我家小院里的那一丛无法比拟，任何花园里的娇生惯养的公主般的同类也是无法比拟的。那种天风地气所孕育的野菊花，其气象其烂漫其率真，都是人工或小院所难以为之的。

作菊花诗两首，以释怀，以备忘。

其一　家菊

含露凝香铺地开，小院金菊报秋来。
秋风秋雨秋阳好，顿生诗情上高崖。

其二　野菊

何事争春斗妍态，不与桃杏一时开。
伏花凋谢香色去，抖出遍山黄花来。

拜见朱鹮

中国有熊猫，世界独一无二，国宝。

中国有朱鹮，同样独一无二，同样为国宝。

朱鹮在中国，也只是在陕西洋县一地有。洋县在秦岭南麓，汉江边上，有平坦的坝子，有曲线优美舒展温柔的缓坡，有重叠起伏一袭秀气的丘陵，有挺拔伟岸弥漫着原始森林气息的秦岭群峰，有如画如诗的田畴和稻地，更有性情温和天性怡然的乡民……在世界各地的朱鹮相继灭绝（日本仅余一只失去繁育能力的老鸟）的现今，洋县却存留住了这种鸟儿。

想到今天就可以看到朱鹮，竟有拜谒的激动和忐忑。这种心态源自既久的关于朱鹮的传闻的神秘。二十世纪九十年代初，第一次从报刊上看到在陕西洋县发现朱鹮的消息，看到了这种前所未闻的稀世珍禽的倩影，尽管报纸上照片的印刷质量极差，然而这鸟儿的仙姿丽影依然飘逸显现，留下来一个梦幻丽人的记忆。那时候，同时就滋生了想一睹其风姿的欲望，整整十年了，曾经有过下汉中途经洋县的行程，却没有机缘去攀见，欲望便滞积在心里，愈久愈强烈。

十年里，有关朱鹮的印象不断地加深着，报刊和电视上不断有关于朱鹮的消息，都是令人兴奋和欣慰的：最初发现的几只朱鹮安全无虞；国家已经在洋县建立朱鹮救护基地，并派出专家精心养护；日本友人捐资救护朱鹮，有社会团体也有个人。更令人振奋的消息是，在洋县某地又发现朱鹮聚生的群体。十年下来，朱鹮的族群从最初的几只已经繁衍到两百只，成为一个令世界惊羡的华丽家族了，这个濒临灭种的鸟类珍品注定不会从最后一块栖息之地消失了。

朱鹮在南美的丛林里已经消失了，不再重现。朱鹮在日本仅存一只，也到了年迈色衰失掉繁殖本能的奄奄状态，绝灭是注定了的。日本国民为这种鸟儿即将面临的灭绝，几乎举国哀怨，且有自省，他们的许多东西都趋世界前列，而对一个小鸟的保护却屡屡受挫，以致眼巴巴看着它绝世而去。朱鹮被日本人视为国鸟，有某种悠长的情结。据说日本人通过几种途径渴求得到中国朱鹮，以弥补国人心里那份永久的遗憾和亏欠，直到天皇访华向国家领导人提出这种愿望，于是就有一对名为"友友"和"洋洋"的朱鹮从洋县启程东渡日本，一路专车监护，经西安，举行隆重的赠送仪式，然后直飞东邻岛国，使人想起那位出塞的汉家女王昭君。我在到达丘陵缓坡下的朱鹮救护基地时，有一位日本人刚刚离开。确凿无误的消息说，一九九八年东渡日本的"友友"和"洋洋"已经成功地哺养了第一只后代，作为日本国鸟的朱鹮有了第一个递增的数字，据说又轰动了日本。

我在电视上看到过有关朱鹮的专题片，它们一袭嫩白，柔若无骨，在稻田里踯躅是优雅的，起飞的动作是优雅的，掠过一畦畦稻田和一座座小丘飞行在天空是优雅的，重新落在田埂或树枝上的动作也是一份优雅。这个鸟儿生就的仙风神韵，入得人眼就是一股清丽，拂人心肺。头顶一抹丹红，长长的紫黑的喙的尖头竟然是红色，两条细长的腿红色惹眼，白色的翅膀的内里却是红色的，像是白面红里的被子，通体嫩白中点缀着这几点丹朱，凭想象尽可以勾勒它的美妙了。

凭着积久的印象和愿望，在即将见到朱鹮的真身时，就有了某种拜谒至仙的感觉。我在朱鹮救护基地看见的朱鹮是笼养的，未免遗憾，它们无法飞翔起来，只能在人工搭设的木架上栖息，在笼子圈定的沙地上蹒跚，在人和鸟共同筑成的巢窝产卵孵卵。四月正是朱鹮的繁殖期，不能惊扰。据说受了惊扰的雌鸟激素会受影响，减少产卵数量，我就甘愿远远地站着。

另外的遗憾还是因为时月。处于繁育期的朱鹮，羽毛竟然神奇地变换了，变幻出一身的灰色，据专家说这是鸟儿为了保护自己以迷惑天敌的生理性转换。白色的羽毛已经变成灰色，从头到尾，那灰色也有深和浅的不同层次，深灰浅灰和灰白色，像是野战将士的迷彩服。这种羽毛在季节中的变化，最初连专业人员也发生过错觉，以为在山野里又发现了朱鹮的"新新人类"，后来才知闹了笑话，仍然是朱鹮，灰色的朱鹮是白色的朱鹮适应生存发展的一种色变。

灰色的朱鹮头顶上耀眼的丹红暗淡了，长喙尖头的红色也变成铁红了，长腿的红色也收敛了艳丽，只有翅膀内里的红色还依旧鲜亮。为了繁育后代，为了繁育期卧巢和不能远行的安全，这鸟儿一身素装，把天生丽质隐蔽起来，像最爱美的少妇在月子里的不修边幅和甘愿的邋遢。对我来说，遗憾虽然有，毕竟见到了真实的朱鹮，优雅依旧，神韵依然，囚在笼子里的栖卧和蹒跚，依然不失其仙风神韵的优雅。

为了防止最丑恶的蛇和老鼠偷食鸟蛋和幼鸟，偌大的笼子用罕见的细密的钢丝织成围就。我无法想象蛇和鼠对朱鹮生存的威胁和残害的惨景，然而自然界从来就是这样混生着。专家还告诉我，养在笼子里的朱鹮，最初是从野外抢救回来的"老弱病残"，经人工科学养护脱离危险，它们就不习惯笼子里的囚守般的限制往外扑逃，常常撞到丝网上而伤翅破头，感染溃烂致死。于是就在网内再设一层软网，有效地解决了这个棘手的问题。正是这一道软网，使日本人感到自己脑袋还有不开窍的那一面，能造出好的汽车和电器，却想不到这一张软网，致使饲养的朱鹮屡屡发生撞伤以致死亡的惨事。

我还是想看到纯如白雪公主的朱鹮，还是渴望观赏朱鹮在稻田和缓坡地带飞翔在蓝天白云下的仙风神韵。须得等到秋天或冬天，朱鹮的幼鸟也能翱翔天空时，哺育和监护后代的使命宣告完成，它们就逐渐变换出嫩白的羽毛和几点惹眼的丹红，我们就可以看到掠过水田和绿树的仙姿神韵了。

留下遗憾，也留下依恋和向往，待秋后满山红叶时，再到洋县朱鹮聚居的山野来，再做礼拜。

两株玉兰树

清明前一日后晌回到老家,到村子背靠的白鹿原北坡上,在父母的坟头烧了一堆被视为阴币的黄纸。尽管明知这是于逝者没有任何补益的事,然而每年此日不仅不能缺少,甚至早早就泛溢着一种甚为急切的情绪。自己心里明白,上坟烧纸和跪拜的行为,无非是为消解对父母恩德亏欠太多的负疚心理,获得一种安慰。

天气很好。温润的风似有若无。西斜的依然明媚的阳光下,原坡和河川满眼都是蓬勃的绿色和黄色,绿的是返青的麦苗,黄的是盛开的油菜花,间有零星散落在坡梁上杏花的粉白。

回到老屋小院,便坐在前院闲聊。许是那种负疚心绪得到消解,许是得了这明媚春色的滋润,竟是一种难得的轻松和平静。记不得是谁颇为惊诧地叫了一声,玉兰树开花了。我便朝大门右侧的玉兰树看去,发现在树梢稍下边的一根分枝上,有两朵白花。我的心微微一颤,惊喜得轻叫一声,从坐着的小凳上站起来,几步走到玉兰树下,久久观赏那两朵玉兰花。那是两朵刚刚绽放的玉兰花,雪白,鲜嫩,纤尘不染,自在而又尽情地展示在细细的一根枝条上,洁白如玉,我便想到玉兰花的名字确属恰切。玉兰树尚不见一片叶子,叶芽刚刚在枝条上突出一个个小豆般的苞,花儿却绽放了。我久久地看那两朵花儿,竟然不忍离去。玉兰花在我其实也算不得稀罕,见得也早也多了,之所以发生一缕不寻常的惊喜,是因为这是开在自家屋院里的玉兰花,而且是我栽植的玉兰树苗,便有了一种情结;还有一种非常因素,就是这株玉兰树苗成长过程的障碍性经历,曾经让我颇费过一番心思。

几年前我重回原下小院读书写字,一位在灞河滩苗圃打工的乡党,闲聊中听说我喜欢玉兰花,便给我送来一株不过食指粗的幼苗,我便在大门右侧的围墙根下挖坑栽下了。为了便于浇水和保护,我在玉兰幼苗四周用砖箍了一圈护栏。得到我的用心守护和浇灌,玉兰树苗日见蹿高,分枝,加粗,蓬蓬勃勃,生机盎然,我便期待花苞的出现。恰好盼到玉兰树应该发苞开花的规定期树龄,它不仅没有开花,让我失望且不论,等到叶子成形,我发现了非常的征象,本应是深绿色的叶子,却呈现着浅黄。即使到盛夏烈日暴晒的时月,各种树叶都变得深绿近青的颜色,我的玉兰树叶反而由浅黄变得几乎透亮了。任谁都会看出这是一种病态的表征。村里乡党见了,有说是蛴螬咬了树根,有说是缺肥,有说是化肥施多烧了根等等。后两种说法不能成立,我栽植时填的是农家粪土,不缺肥更不会发生烧根的事,倒是蛴螬啃食树根有可能发生,却也无可奈何。我曾扒土寻找蛴螬,一只也未见到。我就怀疑大约是玉兰根自身发生了什么病患。

等到第二年,玉兰树仍然是满树病态的黄叶,自然不会开花了。我便有所动摇,这株病态的树会不会自愈?需要几年才能缓解过来?如果等过几年不仅缓解不了反而病情加重以致枯死了,那我就会白等了。我便想挖掉它,重植一株。拿着镢头刨挖的一瞬,却似乎听到一种凄婉的求生的哀音,那一片片透亮的黄叶似乎也幻化成哭相,我便举不起镢头来。突然想到,任它继续存在着,如果真的挨过了病患,当一树健康墨绿的叶子呈现在小院里的时候,我会获得一种别样的欣慰和鼓舞；如果病患发展到发生枯死，再换植一株也无妨。这株玉兰树便保存下来。约略记得去年夏天回家，玉兰树的叶子变绿了，尽管仍不像正常的叶子那么深色近青的绿，却不是往年那种透亮的黄色了，我不由得庆幸，它的病情缓解了，更庆幸我握在手里的镢头没有举起来……今年，这株玉兰树开花了。尽管只有两朵，却是一种美的生命的胜利。遭遇过生存劫难之后开放的这两朵洁白如玉的玉兰花，就让我不单是通常对所见的玉兰花的欣赏的愉悦了，多了一缕人生况味的感受。

栽在中院里的一株广玉兰，相对而言似乎简单得多了。这是我离开老屋小院之后一年春天栽下的。大约是我栽植上述这株玉兰幼苗的时候，问过送来玉兰树苗的乡党，苗圃里有没有广玉兰。问过也就不在心了，尤其是返城之后就淡忘了。这年清明回家祭祖时，那位乡党又送来一株广玉兰幼苗。他竟然对我的那句问话经年而不忘，知道我每年清明肯定回老家，便预备下这株我问过的广玉兰树苗，让我颇感动。我就把它栽到中院左侧的北边，避免后屋对阳光的遮蔽。

我之所以喜欢广玉兰，不全在它的各种颜色的花朵，更偏爱它的四季常青的绿叶。多年前到广东见识这种迥异于玉兰树的广玉兰，尽管很喜欢它四季不落的深沉的绿色，却不曾发生拥有的奢望，常识让我难以动心，这种在南方温暖湿润气候环境里生长欢实的好树，难得抵御北方凛冽的寒风和大雪。及至近年间，我在西安看到作为街心路边风景的广玉兰树，才意识到我犯了一个想当然的错误。这种广玉兰树在干燥缺雨的西安依然蓬蓬勃勃，有紫红的花，也有雪白的花，尤其是那浓密的深绿色叶子，在最难熬的冷风刺骨的三九寒冬里，依然蓬勃着一道绿色，为天灰地枯的冬天的西安增添了一种生命的活力。我就在第一眼看见这道风景时，便想给我家屋院栽植一株广玉兰，冬日回到老家，开门进院能看到一株绿树，当会是别一番生动情怀……

这株广玉兰的幼苗终于栽到中院了。

我对这株广玉兰的管护，远不及前院那株玉兰树。这是难能补救的事。我居住在城里，偶尔回到乡下老屋，才可能为它浇一桶水，拔除杂草，每到夏天常有的久旱不雨的时月，它就只好忍受干渴了。然而，这株广玉兰生长的欢势简直令我不可思议，每隔二三月回家时，会发现它又冒高了一大截，树干也变粗了许多，且又伸出二三条横枝来。不过二三年，树梢已经高过房檐了，树干也有我的胳膊粗了，我便想到它该开花了。

这株连管护粗疏都说不上的广玉兰，就这样茁壮起来蓬勃起来。春天夏天和秋天且不论，每到山枯水瘦的冬天回到老家时，看到的是白鹿原北坡灰黄的枯草，灞河川道里落光了叶子的果树和杂树，路边上烧荒留下的黑色灰渣。而一旦走进屋院，看到绿色依旧的广玉兰，这古老的祖居的屋院洋溢着生命的活力，心理上便泛起一种鲜活。就在我盼着它开花的期待心绪里，灾难却不期而至。那是三年前的隆冬季节，一场多年少见的大雪降至。雪后多日我回到乡下老屋，便看到一幅惨不忍睹的场景，广玉兰的主干从高处折断了，颇为庞大的枝叶躺在尚未融尽的残雪上。我看着主干折断处白色的断茬，再看看脚旁的断枝，一种隐痛久久难以化释。这是太浓密的树叶上积压的雪所导致的惨象。无论怎样惨不忍睹怎样心疼，却无可奈何，我只能弥补，便用水在地上和了一团泥巴，涂抹到白色的断茬上，这是乡村里抚慰断枝的传统技法。当我涂抹着泥巴的时候，心情渐渐缓解了，相信到来年春天，断茬处肯定会发出新芽来，这是我种树的生活经验。

去年夏天回家时，广玉兰从断茬处长出的主枝，已经和主干浑然一体了，初看竟看不出曾经让我心疼的断折的痕迹，凑近了才能看到重新弥合后的新枝与老干树皮颜色的差异。我便有了灾难之后的完全的欣慰。尤其让我格外惊喜的是，广玉兰开花了。枝叶太过繁密，几朵紫红色的花朵夹在树叶之间，不拨开枝叶竟难以发现。我似乎不大在意这花的色彩，也不甚在意这花朵夹在枝叶之间难得赏心悦目，我栽广玉兰的着意处，原本是为着冬日的小院有一派绿色。

山枯水瘦万木萧条的隆冬季节，回到祖屋小院，我能看到蓬勃的绿树绿叶。

初春的刚刚明媚的阳光里，回到祖屋小院，我可以尽情观赏洁白如玉的玉兰花。

这方久蓄着许多代先人命运的沉重气氛的小院里，平添了绿叶的鲜活和玉兰花的柔媚。我回归的向往便铸成永久。

难忘一种鸟叫声

在乡村生活和工作的几十年里,每到公历五月中下旬的初夏时节,无论是行走在乡间土路上,抑或是坐在月光朦胧的自家小院里,都会听到"算黄算割——算黄算割"的鸟叫声。在乡村叫得上和叫不上名字的诸多鸟儿中,最让人亲切的鸟叫声,莫过于这种被乡人称作"算黄算割"的鸟儿了。没有任何神秘的因由,这种鸟叫声提醒庄稼人,麦子黄熟一点就要及时收割一点,不能等到整块麦子全黄熟了才收割。那样往往会被骤来的暴风雨毁了成熟的也是即将到口的麦子。其实,麦子一边黄熟一边收割,这是任何一个庄稼人都明白的常识,谁也不会太在乎空中响着的这种"提醒"。然而,人们对"算黄算割"的鸟鸣声和对这种鸟儿的亲切感,在于它传达的小麦即将成熟的喜讯。对于喝了一个冬天又一个春天的苞谷糁子的庄稼人来说,麦子成熟最切实的意义,便是碗里可以挑出美味的面条了,锅里可以烙出酥脆的白面锅盔了。尤其是那些日子过得紧巴到吃上顿愁下顿的人家,早已瞪着眼瞅着麦苗返青、拔节、吐穗、扬花,再由绿变黄,"算黄算割"的鸟叫声,既撩拨着他们急不可待的心,也搅动着他们亏欠太久的饱腹的欲望。

在我幼年的记忆里，虽然没有饥饿，却对纯粹的白面馍馍有一种本能的期盼，盼到过年，可以吃到白面包子、饺子和臊子面，过罢初五，就换成苞谷面馍了。再盼到收割麦子，打下新麦，直到地净场光，大约半个月，馍和面条都是新麦磨下的纯白面做的，之后又以苞谷、豌豆等杂粮为生了，正所谓"跟着碾麦子的碌碡过个年"。打下第一场新麦，磨下白面，母亲总要先烙一张焦黄酥脆的锅盔，为割麦子拉运麦子碾打麦子没黑没白劳作的父亲改善生活。我却早已迫不及待地守候在锅台边，看着母亲把擀好的白面锅盔放进锅里，当即发出"吱吱吱"的响声，便有香味弥散开来。及至三翻三扣，满屋满院都漫浮着锅盔的香气儿，我早已口水连连下咽了。母亲把烫手的锅盔从锅里拎起，旋即摆放到案板上，拿起切面刀切成大小匀称的方块。我急不可待从她刀下抓过一块还有点烫手的锅盔，咬出嘎嘣脆响的声音，那是美味香甜到刻骨铭心的吃食了……我对"算黄算割"鸟叫声的敏感，源自幼年的生存感受，即使活到这把年纪，每到初夏时节，在城市的街巷里听到树梢上一声连一声的"算黄算割"的叫声，脑子里便浮出在案板上从母亲刀下抓过锅盔的情景，口中似乎有口水溢出……

同时浮现于脑际的图像却有点不堪，那是在收割过麦子的麦茬地里搂拾遗丢的麦穗的情景。父亲和母亲收割完一块地里的麦子，母亲回家做饭，父亲用木轮推车把一捆捆麦子拉运回麦场上，麦茬地里遗丢的零散麦穗，要用竹篾或铁丝制作的一个大筢子搂拾，这是我要干的活。其实不单是我，凡能拖动那把筢子的农村男孩，都要干这种劳动。其实那筢子的分量并不重，搂拾的麦秆麦穗也已晒干，没有多少重量，难耐的是头顶火辣辣的太阳，直晒得裸露的胳膊由红变黑，再脱下一层层白色的皮来。在河川的小块水田里，地头有白杨树，搂到地头可以在树荫下乘一会儿凉，还可以从水渠里撩水洗脸。最难受的是在坡地上，地块大，周边见不到一棵树，更见不到一滴水，拖着筢子从地这头搂到那头，再从那头搂到这头，头顶的大太阳晒着，脚下的麦茬地也像火烤一样。满脸满身都流出汗水，直到没有汗水可以流出，喉咙里也似乎有一种着火的焦灼。这是我幼年从事的劳动项目中最不堪的一种。父亲又拉着空车到地里来装麦捆，大约看到我不堪忍受乃至气急败坏的脸色，没有安慰或劝导，只是平静地说一句，这会儿你想一想白面锅盔就好办了……

后来上了中学，读到唐诗"锄禾日当午，汗滴禾下土。谁知盘中餐，粒粒皆辛苦"。我不是听人教诲之后才得知，而是在能拖动那把搂拾麦穗的竹笆的幼年就知道了"粒粒皆辛苦"的道理，是用流尽汗水再无汗水流出的切身感受获得的生存道理，盘中的餐更具体为母亲案板上的一块锅盔，或一碗纯粹麦子白面做成的面条。我对这位已记不得名字的诗人产生了敬重和亲近感。

记不清哪年看到一幅画，是一个拾麦穗的女孩，扎着羊角辫儿，穿着红肚兜，模样是天然的好看，正在收割过麦子的麦茬地里捡拾麦穗。我看见这幅画面，当即想到我拖着笆子搂拾麦穗的情景。我体会到的不堪和画面上那阳光而又富于诗情的美形成反差。我拾麦和搂麦是生活真实，画面上拾麦穗的女孩形象展现的是艺术化了的生活，未必要把拾穗者被太阳炙烤得淋漓的汗水和脱皮的肌肤的不雅画出来，那样就缺少诗性的浪漫诗性的美了。

生活真实和艺术真实是个大命题，我从喜欢上文学就面对这个命题了，几十年过来，依旧朦朦胧胧莫衷一是，姑且不赘。倒是宁可淡忘幼年搂麦穗拾麦穗的记忆，多欣赏画中所洋溢的诗性韵味，当会有一种解脱的轻松。

拥有一方绿荫
——《我的树》之一

农历十月初一是家乡的鬼节，活着的人要给死去的亲人烧纸送钱，好让他们在冬季到来之前备置防寒的衣物。在这种事情上我一直是处于理智和情感的分离状态，结果却是一次又一次顺从了情感的驱使，便匆匆赶回乡下老家，去为我的那位终身都在为吃饭穿衣愁肠百结的父亲烧一匝纸钱，让他在冥冥之域不再饥寒交困。

转过村里那座濒临倒塌的关帝庙，便瞅见我的家园。那株法桐撑开偌大的三角形树冠，昂昂扬扬侍立在大门前不过十米的街路边。我的树——每一次回归家园第一眼瞅见这株法桐，我的心里就会涌出"我的树"的欣然浩叹。原因再简单不过，这株法桐是我栽的。父亲在世时喜欢栽树，我们家的房前屋后现在还蓬勃着他老先生栽植的树群，场塄上的那株白椿树已经有一搂粗了。然而我每一次回乡看见自己栽下的树都要比看见父亲栽的树更亲切，说穿了不过是栽树的人对那株幼苗当初所寄托的希冀将实现。是的，当我看见自己掘坑栽下的那株不过指头粗细的幼苗终于雄壮起来，倚立在村巷里，在浩渺的天空撑起一片绿盖的时候，我的那种感觉颇近似阅读自己刚刚写完的一部小说。

十二年前的这个月,我调进陕西作协专业创作组。我那时的唯一感觉便是开始进入最理想的人生状态。专业创作对我来说,实质性含义只有一点:所有时间可以由我自由支配,再不要听命于谁对我的指派了。压力也同时俱来,生活、学习、创作既然全由自己支配,那么再写不出像样的作品,也就没有任何托词可以替自己遮羞了。

我几乎同时决定回归老巢,回归我父亲我爷爷我老太爷一脉相承的家园。不是因为他们都死了需要由我来承继,纯粹是为了图得一个耳根清净的环境,可以平心静气地坐下来读书,思考一些不单是艺术也包括艺术的问题。深知自己知识残缺不全,而生活演进的步伐又如此急骤,好多好多问题太需要沉心静气地想一想了。

住在乡间真是令人心旷神怡,所有的骚扰和诱惑都自然排除。每每在清静到令人寂寞的时候我便走出大门,和村巷里随意相遇的任何一个人拉拉闲话,哪怕逗小孩玩玩也觉得十分快活。夏天暴日当头时,走出门来就招架不住炎炎烈日的烤炙,暴晒后我的头顶和赤臂就生出一层红红的小米粒似的斑点,奇痒难支,医生说那叫日光性皮炎。我便畏惧已构成暴力的太阳,于是便想到应该有一方绿荫做庇护。出得大门站在浓厚而清凉的树荫下和农人闲谝、抽烟那真是太惬意了……便想到栽两株树。

首先是树种的选择。我要栽两株法桐。几近四十年前我读初中,看过一场中国和法国合拍的儿童电影《风筝》,巴黎街道上那高大的街树令我记忆特深,我在家乡没有见过这种树。又过二十年我才知道这种树叫法桐,中国的许多城市的公路两边已经形成风景,家乡的一些农家屋院也栽植起来。

是我动手写作那部长篇小说那年的早春,我托村子里一位青年从庙会上买回两株法桐,一株一块钱。树买到了自然很遂心愿,只是遗憾着它太小太细了,只有食指那么粗。天哪!想要乘它的阴凉,想要拥有一方绿荫,得等多少年啊!

我仍然毫不犹豫地挖了坑,给坑底垫下土肥,把它栽下了;栽下了它,也就把一种对绿荫的期盼坚定地埋下了。我拄着铁锨把儿抹着脸上的汗水,欣赏着只及我胸脯高的幼株,一缕忧虑产生了,猪可以拱断它,小孩随手可以掐折它,它太弱小了嘛!于是我便扛着镢头上山坡,挖回一捆酸枣棵子,插在幼株周围,把它严严密密地保护起来。

令我失望的是,几乎所有树木的嫩叶都变成了绿叶,我的两株法桐依然叶苞不动。我拨开酸枣棵子在那树干上掐破表皮,发现已经是干死的褐色。我想把它拔起来扔掉,就在我拽住树干准备用力的一瞬,奇迹发生了,挨近地皮的地方露出来一点嫩黄的幼芽,我的心就由惊喜而微微颤抖了。

这是从法桐的根部冒出的新芽,证明树根还活着。树根活着就会发出新的幼芽,生命多么顽强又多么伟大啊!那是一个尚看不出叶形的粗壮的锥形幼芽,刚刚拱破地皮而崭露头角,嫩黄中有淡淡的嫩绿,估计也不只经受过一两回春天阳光的沐浴吧。我久久地蹲在那里而舍不得离开,庆祝一个新的生命的诞生。我把扒掉的酸枣棵子重新插好,这幼芽不仅经不起车碾马踏人踩猪拱,鸡爪子只要一下就会轻而易举地把它刨断把它摧毁。

我一日不下八次地看那幼芽。它蹿起来了。它由嫩黄变成嫩绿了。它终于伸出一片绿叶了。它又抽出一片新叶了。它终于冒过围护着它的酸枣棵子,以一身勃勃的绿叶挺立起来,那么欢实,那么挺拔地向着天空⋯⋯唯其丝毫不敢松懈,我每年春天挖一捆酸枣棵子加固防护的围障,它依然弱小,依然经不起意外的或有意的伤害。

它长到我的胳膊粗的时候,我终于享受到它的绿荫了。那树荫投射到地面上,有筛子般大小,我站在我的树的阴凉下,接受它的庇护。

它的尚不雄壮的枝干和尚不宽厚的绿叶，毕竟具备遮挡烈日烈焰的能力，我想拥有的一方绿荫的愿望实现了。那一年底，我也终于完成了历时四年的长篇小说写作工程，回城里去了。临走之前，我仍然给它的周围加固一层酸枣棵子。

去年夏天我回去，发现那树干已经长到小碗那么粗了。不知哪家的孩子用小刀在树干刻写下我的名字，刻刀的印迹已经愈合，颜色却是褐红色的，在树皮的灰白色中十分显朗。从去年到这次回归，我发现那树干急骤加粗，刻着我名字的那俩字也在长大。树下已经有偌大一片绿荫了。

法桐已经成为一株真正的树挺立在那里，巨大的伞状树冠撑持在天空。父亲在世时给我说过，树冠在天空有多大，树根在地下就会伸延多么远；树干有多粗，树的主根也就有多粗；树枝在空中往上往前伸长一尺一寸，树根在地下也就往下往周围延伸一尺一寸。我至今无法判断父亲这话有多少科学的可靠性，但确凿相信，这树的根已经扎得很深了，即使往坏处想到极点，譬如说突然被过往的汽车撞断了，或者在某一天遇到了雷劈电击，这自然都无法预防，但这根是不会被撞毁劈断的。它会重新冒出新芽，它的生命还会重新开始。真的发生这种情况，我将无怨无悔地再去挖酸枣棵子，重新开始对我的法桐新芽的围护。

我久久伫立在我的法桐树旁，欣赏着那已经变形却依然清晰可辨的我的名字，那刻下我名字的淘气鬼也该和这树一样长高长壮了吧？天空飘落着零星小雨，日头隐没了，虽然看不到树荫，却也毫无遗憾。到明年三伏那燥热难熬的时候，我就回家园，享受暴日烈焰下的我的那一方绿荫。

绿蜘蛛，褐蜘蛛

——《我的树》之二

记不清究竟是临近清明前的哪一天早晨，我洗罢脸走出房门便惊得站住了脚，小院围墙根下的梨树开花了，一嘟噜一嘟噜粉嫩嫩的白花，疏疏朗朗点缀在嫩绿的枝叶之间，密集的花朵绣结成团，稀疏的花朵独秀一枝。在我最初瞧见的一瞬顿然幻化出一位白衣天使的绰约风姿。

我走到梨树下，竟然是潜意识的轻脚慢步，似乎单怕惊飞了这位白衣仙女。树干上湿漉漉的，夜气和露水浸润着的褐色的树干像刚刚出浴的小腿。嫩绿的叶片也湿漉漉的，像仙女濯洗过后随意披散的长发。花是一簇一簇的，一根花梗里多则生出七八朵，少则四五朵，团成一簇；白如雪的花瓣，暗黄的花蕊，绿色的花柄儿，团团簇簇有如凝脂，装扮得这梨树恰如一位冰清玉澈神采仙风的白衣天女了。

记得是五年前秋末冬初的一天傍晚，邻村的一位青年时期的农民朋友到我家来，腋下挟着一捆果树苗，有几株桃树，有几株杏树，有几株李树，还有几株梨树，都是刚刚嫁接一年的幼株，说是特意送给我的。我解开捆扎的草绳儿，捏着看着那一株株细如小指的树苗，竟然激动起来了。他说他知道我盖起一年多的新房前有一块小院，他说他知道我喜欢栽树，他说他觉得给围墙内的小院栽几株各色果树最好。我也知道他现在在责任田里侍弄各种果树苗，嫁接树苗和管理果树的本领在本地区小有名气，常常被一些果树专业户请去指导。他虽然只有小学文化，生性却极聪慧，闲暇时总是对果树栽培专业书籍乐而不疲。他和我坐下喝茶，头头是道娓娓述说各类果树管理的尖端新潮技术，美国怎么怎么了，日本又怎么怎么了，令我大开眼界。

　　送他走后我就作难了，小院里已经栽下两株樱桃和一株小柿树，剩下的空间无论如何也容纳不下这一捆树苗生存发展的，于是我就开始了甚为困难的抉择。首先淘汰的是桃树，原因是农业合作化前我家拥有一方桃园，那几种美好的桃子的味道至今想起来依然馋涎欲滴，对如今种种好听的新品种实在不敢恭维。杏树随之也被否决了，原因是我家后坡上长过一抱粗的一棵杏树，杏子又是我们这里的土著果品，已无新鲜感觉。最后割舍的是那李子树，这水果红里透紫十分好看，味道却不怎么可口，耐看而耐不得嚼。这样，便留下来四株梨树苗了。我没有种过梨树，我父亲似乎也没有栽过梨树。幼年时记得我们家有一小块地叫作梨园，父亲总是说"后响割梨园地里的麦子"，或者说"梨园那儿的苞谷旱得撑持不住了水还轮不上浇"。我问过父亲梨园地里为啥没有一株梨树，没有一株梨树为啥把这块地又叫作梨园。父亲说他也不知道其中的缘由，说他从爷爷手里继承下来家业时这块地就称作梨园，爷爷这么称梨园他也就跟着叫梨园，我在跟着父亲称梨园的同时却多了一份期望，这梨园真要是有几株梨树会多好啊！我们村子里压根儿就没见过谁家种过一棵梨树，我那时候尚不知梨树的叶子是圆的还是长条的。

　　赶在天黑之前，我便把三株小小的梨树栽在小院里，剩下一株左看右看再也无法插足，便只好栽到围墙外边靠近大路的空地里。遭到淘汰的桃、杏、李子树毅然分送给邻居的小伙子，他们有责任田有果园。我顿然产生了失丢田地以后的某种失落感和生存的狭窄感。

这时候我基本完成了一部长篇小说的构思和准备工作，就要开始草拟，不料母亲却大病始发，整整一个冬天都奔波在医院和家园之间，难得进入创作的沉心静气状态，便推后到次年春季。

草稿本子上记下的草拟开工的日子是四月一日，其时梨树苗儿已经绽出新叶，四株全部成活，显示出勃勃的生命的茁壮气势。我便在写作困倦时走到小院里，在这一株旁边蹲一会儿了，在那一株跟前站一站，数一数叶子增加了几片，心头恬静得如同抚摸着小儿头上的黄毛。梨树周围是坚决不能容忍一株杂草的，几乎每天早晨都能发现刚刚拱出地皮的草芽，我随手便用一把锋利的挖铲连根刨出来……到了秋天落叶时，我竟然有一缕不忍落去的依恋，然而看着这梨树由小拇指加粗到大拇指粗，从齐我胸高一下子冒过我的头顶，一年里长高了一米多，而且四周抽出几条旁枝，初具树形了，我就真切地惊叹这绿色生命的伟力了。

当春风又一次吹绿万物，我的梨树也应时发出新芽绽出绿叶。我已不再惊讶和好奇，而是以一种沉稳踏实的心境开始盘算，到今年秋天它肯定要冒过围墙了，树干也会加粗到擀面杖一般了。去年冬天到来时，我给它们的根部埋下了充足的有机肥料，整年生长发育的养分都会绰绰有余。

意外的挫折使我心疼不已。那天我写累了又转悠到梨树跟前，发现地上掉下来几片嫩叶，还有两个小芽尖儿。往树上一看，发现主干刚刚冒出半尺长的新芽尖儿被掐断了，一根朝西的小小分枝的芽尖也被掐断了，还有一些嫩叶梗被折断。我大为惊诧，甚为惋惜心疼，便猜想是谁家小孩子弄坏的。可是大门一直关着，孩子不可能翻墙来干这种事的。我就在这幼树上一枝一叶逐渐查证，突然在一片稍大点儿的叶子的背面发现了一只怪物，它不过像一颗扁豆粒儿那么大小，通体绿色，绿得嫩亮亮的，六只左右对称着的复足也是绿色，正纹丝不动地趴伏着。我在看见它的一瞬心头掠过一阵儿恐惧，皮肉收缩而悸颤起来。它的绿色不像梨树的嫩绿唤起人对于生命的礼赞，而切实让我感到了阴冷鬼祟和毛骨悚然。我虽然自小生长在农村，自以为天上飞的地上跑的飞禽走兽都可以按家乡习惯叫出名字，这个绿色的怪物却系头一遭发现。我便斗胆用手去捉它，刚刚触及树叶，那怪物便自动掉下来，在地上跑得好快，我一脚便把它踩得灰飞烟灭了。在它从树上自动坠地时，我发现了它吐出一道细丝，大约是一种自卫的安全坠地的本能，这倒启示我把它与吐丝作网的蜘蛛联系起来：绿蜘蛛。

一场你死我活惊心动魄的人蛛大战便由此启幕。我逐树逐枝逐叶一一检查，发现了绿蜘蛛，便用一根树棍儿轻轻敲击一下树叶儿，那怪物故技重演坠到地上，我便跟上一脚将它消灭。我得意于我对它的战略战术的成功，却不料发生了问题，在东墙角的梨树上一敲，那怪物没有弹到地上而是弹到另一片树叶上，然后就在绿叶中哧溜哧溜逃窜，搞得我眼花缭乱而终于丢掉了目标。好在就这么一棵小树，没有几根分枝，从头再侦察起来。到我终于再发现它的诡秘的行踪，便忘记了它可能身蕴毒汁，一把抓上去，连同那片绿叶都揉碎在掌心了。

整死了绿蜘蛛我也陷入老大的不自在，这右手的手心总是感到别扭和不舒服。我已经用肥皂洗过三回，没有发红也没有发肿，证明那怪物体内尚无蝎子和蛇一样的毒汁。然而我仍然感到极大的不自在。这绿蜘蛛其实既不食枝也不噬叶，它是咬断芽尖和嫩叶叶梗吸吮树的汁液来养活那绿色肉体的，这未免有点太可恶。我又想了，我未栽梨树的时候，这种怪诞的昆虫从未发现过，梨树刚刚栽下一年，它就出现了，或者说它就来了。那么，它是打哪儿来的？也许它的卵在我朋友的苗圃里就附着在小杆上或根部，而它是专门以梨树汁液为生的寄生虫却确定无疑。我也就明白了，世上有多少种禾苗多少种花草多少种树木，就会有多少种专门以各种禾苗各种花草各种树木的叶、汁为生存依托的寄生物，不必惊诧。

我后来便不再愤愤更不惊诧了，便在写作间隙里转到小院来捕杀绿蜘蛛，常常使我疲惫的神经亢奋起来，然后又沉心静气地拔出钢笔写作。整个春天和夏天都在进行着这种习以为常的间断性的战争，四株梨树在我的游戏似的战斗保护下蓬蓬勃勃生长起来，四棵中生长最慢的一棵也有擀面杖那么粗了。

到第三个年头的春天到来时，门外的那一株成熟了，当嫩芽开始在枝上逐渐膨胀肥大起来的时候，我发现有四五个芽苞儿几倍于普通的芽苞，我突然想到这是花苞儿而不是芽苞儿。果然，那包裹着花苗的胞衣在那天夜里自然破裂了，蹦出一束花蕾来。我更加警惕地监视绿蜘蛛的出现，绝不能让它危害第一茬花朵。花儿绽开了，是在夜里。早晨我推开大门时就瞅见绿叶之间点缀的那几束白花，心都微微悸颤了。

绿蜘蛛果然出现了，而且又多出了一种灰褐色的蜘蛛。比起绿蜘蛛来，这种灰褐色的蜘蛛就显得太平常太土老帽了，它与普通的蜘蛛似乎无大的差异，只是个儿很小。普通的常见的蜘蛛凭自己天才的织网本领捕捉昆虫以为生存手段，而这种灰褐色的蜘蛛却和那种绿蜘蛛一样，以吸吮梨树汁液来养肥壮大自身，它吐出的丝不是为织网而是作为潜逃保命的护身宝器，本质的差异就在这里，我们判定它们为益虫或害虫的分界也在这里，绿蜘蛛褐蜘蛛的生存和发展是以残害梨树为生存条件的，而且是一种无可改变的生性本能。

在我严密的监视下，七束梨花完成了授粉而终于凋谢了，花心里托出一枚小小的豆粒大小的青色小梨。我竟然一时不敢相信，这小不点儿日后果真能长成一只拳头大的黄灿灿的梨子？在我的疑惑尚未解除的时候，突然发现，那些小青果的果梗全部被咬伤而干死了。我搞不清是绿蜘蛛咬的，还是褐蜘蛛咬的，反正是咬了，却又没把那梗咬断，依然支撑着，可能是那梗把儿比嫩芽坚硬吧？它把梗咬破吮咂了汁液就达到目的了。我一枚一枚揪下已经干死的豆粒大的小梨，心头涌出的不单是愤怒，还有对自己过失的内疚。反省之后的重大举措就是动用化学武器。我向邻居借来喷洒农药的器械，十毫升灭虫剂就把四棵梨树喷洒得药水滴答，蜘蛛们无论绿的还是褐色的全都毙命——树大叶密了，凭眼睛瞅瞄凭手抓脚踩已经是费力而难以收效的笨事了。

终于又等到梨树开花！

靠近北边围墙的那一棵长得最健壮的梨树，花儿开得好繁，头一次开花就如此繁盛却是出乎预料。金色的蜜蜂在花朵上嗡嗡缭着绕着亲吻着，在白色的花瓣上起落蠕扭，我居然嫉妒起那小精灵如此亲近我的梨花仙子的举动了。我在放下笔以后，便走出房间在这棵梨树下站一站，又转到那一棵梨树下站一站，尽管这棵只开了一束五朵花，也值得看，然后又走出大门站在第二次开花的这棵梨树旁边，她也是满树雪片一样的白花。幽幽的花香沁人心脾，嗡嗡的蜂声柔声蜜语，我忽然从心头飘出一句悠扬的歌：正当梨花开遍了原野……

我时刻也不敢忘记那绿的褐的蜘蛛。我按捺着不敢动用化学武器，唯恐杀伤采花酿蜜同时也替我的梨树完成授粉的蜜蜂。待到花色呈现衰败花心已现出麦粒大小的梨子的时候，我便又动用了化学武器。而且根据去年积累的经验，二十天喷洒一次，不等前次喷洒的药力消失，这一次又喷上树叶了。这一年，狡猾而阴毒的绿蜘蛛褐蜘蛛都没有构成大的危害。我胜利了。

这一年难以忘记，就在梨花开放的前一周，我把那部长篇小说的手稿交给了北京来的高、洪两位先生。交给他们的时候，我心里涌到唇边一句话：我连生命一起交给你们了。考虑这话会对他们构成心理压迫，我终于忍住不说。

我真正进入一种闲适的轻松状态，像负重远行走到尽头卸下了负载，而这负载又是精神的。我在小院里铺就一方砖地，垒起一个小小的石桌，砖地上可以放置一把竹编躺椅和一只竹编矮凳。天气渐渐热起来，我早晨喜欢躺在竹躺椅上喝茶，晚上更喜欢躺在这里独斟独饮"西凤"。太阳从东边移向西边，月亮也随其后从东边的原顶沉入西边的原坡，灞河里涨起的湿润的水汽则不管阴阳转换一直滋润人的肺腑。我躺在竹椅上，看着那从花瓣里分离出来的小梨渐渐膨胀，栗子大了，核桃大了，鸡蛋大了，又渐渐呈现出大头细尾的形状了。这么小小的一棵树上，居然长成了近五十个梨子，果梗终于承受不住不断长大的梨子的重负而变弯了，梨子便一个个头颅下垂吊在树上。乡邻们发现了我的梨树上的奇观，接二连三来参观，纷纷感叹："咱们这地方还是可以种梨树的嘛！"

梨子的颜色由深绿渐渐褪色为浅绿，而终于透出淡黄来，我知道它成熟了，怎么也舍不得把它摘下来，破坏了这一方风景。我总是想，如若摘去了梨，我躺在竹椅上看到的将会是怎样空落的梨树？每当村里有乡邻来看稀罕，我就只摘下一两个，用刀切了让大伙品尝，都说是酥脆水大甜香……直到剩下的梨子成熟过度而自己往下掉时，我才把它们摘了。我的那位送来梨树苗的朋友教导我说，梨子熟了就要摘，摘了好让梨树歇息下来，要不就会影响明年收成。我大为惊讶。

这年冬天我进城住了，小院的大门便永久性地锁上了，连同我的家园和我的梨树。我一去便陷入了一种无序的忙乱之中，常常几个月不能回乡下的家。到我夏天终于抽暇回家打开大门时，天哪，擀杖粗的蒿子被风吹倒匍匐在院子里，过道也被堵得走不过去。最悲哀的是梨树，不要说挂果了，芽芽叶叶被咬断得七零八落，真个是疮痍满身，可见绿蜘蛛褐蜘蛛以怎样的疯狂和得意对我进行了报复。

今年初春,我依然搅缠在纷纷纭纭的杂事之中而不能脱身,看到城市街树绿了,便想着家园里的梨树也该绿了,花苞也该开绽了,何时再能得到早晨起来看见袅袅娜娜的白衣仙女的惊喜?遂成一阕拙词:《阳关引·梨花》——

春风撩拨久,梨花一夜开。露珠如银,纤尘绝。晨光里,看团团凝脂,恰冰清玉澈。四年矣,终究等到清明节。
便手舞足蹈,歌一阕,自信千古,有耕耘,就收获。依旧谢浮华,还过愚人节。花无言,魂系沃土香益烈。

绿　风
——《我的树》之三

　　大约是十年前的那个夏天的末尾，即我下决心从都市返归故居的那一年，据说是关中几十年不遇的一个湿夏。这一年的麦子被连绵不断的淫雨浸泡得在麦穗上又发出绿芽来，稀泡泥泞的麦田里，农人无法挥动镰刀收割已经熟透已经发霉已经出芽的麦子。阴雨持续到夏末，满川已是一片绿色的苞谷、谷子和棉花，阴雨还在持续着，往常的百日大旱变成了百日阴雨，农家用石头和土坯垒筑的猪舍和茅厕十有八九都倒塌了，猪们便满村满地乱跑乱拱……

　　那天晚上交过子夜睡得最酣的时刻，一声天崩地裂似的响声震得我从被窝里蹦起来，我坐在炕上足足昏厥了五分钟。天塌了？地震了？我是否还活着？当我肯定并没有发生这样的灾难的时候，也就判断出来后院里可能有小的灾变发生。我打着手电筒出了后门，发现原来是后坡上滑坡了，幸亏滑塌的泥浆土方不大，否则我早已在酣睡中被泥浆葬埋了——我祖居的房根距后坡充其量不过十米。

　　我吓得再也无法入睡，坐等到天明一看，才真正地惊恐了。绿草和树木全部倾覆在后院里，和泥浆石头搅缠在一起。坡上竟是一片白花花的沙石鹅卵石堆积起来的沙坡。我从有智能的年岁起，就记得这后坡上长满了迎春花，每年春天便率先把一片金黄的花色呈现给世界也呈现给父亲。父亲年年都要说一句：迎春花开了！然而父亲也说不清是我们家族的哪一位祖宗栽植的，反正整个后坡上都覆盖着迎春花的厚茸茸的枝条，花丛中长着一些不能成材的枸树榆树和酸枣棵子。现在完了，整个都完了，什么树什么花什么草全都滑塌下来，和泥浆沙砾搅缠堆积在坡根下捂死了。陡坡上也不知被掩盖了几千年乃至几万年的沙砾重新裸露出来，某种史前的原生原始的气韵瞬间使我感觉到一种莫名的畏怯。我联想到被剥掉了衣服刮光了皮肉的一架骷髅，这骷髅确凿又是我们祖先我们家族里男人的骷髅……一种从家族墓穴里透出的幽冷之气直透我的骨髓。

我在那一刻便想到了覆盖，似乎不单是覆盖那一片史前的沙砾，而是把家族的早已腐蚀净尽血肉的骷髅覆盖起来。我要栽树，植草，然而须等到秋后。

树叶落光白露成霜的秋末冬初是植树的好时节。我到山坡上挖了十余株野生的洋槐树，很随意地栽下了。所以随意，是我深知洋槐树生存能力特别强，一般树难存活的贫瘠干旱的石山河滩都能繁衍它的族类。然而我也不能太随意，在那很陡峭的沙坡上挖下坑，再给坑里回填上肥沃的一筐黄土，以便它能扎根。我相信，在这一堆黄土里扎下根来，它就可能再把它的根一寸一寸一尺一尺地伸向砂层。

当这一批指头粗细的小洋槐绽出绿叶的时候，我又忍不住浮想联翩。一束一束鲜嫩的绿枝绿叶婷婷于沙坡上，一种最悠远的古老和新近的现实联结起来了，骷髅和新生的血脉勾连起来了，生命的苍老和生命的鲜嫩融合起来了……无法推演无法判断家族悠远的历史，是一个从哪儿来的什么样的人在这里落脚或者可能是落草？最先是在山坡上挖洞藏身还是在河滩上搭置茅草棚？活着的最老的一位老汉只记得这个家族出过一位私塾先生,"字写得跟印出来的一样"。这位先生可能是近代以来家族中最伟大的一位,因为后人只记着他和他的字并引以为骄傲……整个家族的历史和记忆全部湮没了,只有一位先生和他写得一手好毛笔字的印象留传,家族没有湮没的竟然只是一个会写字的先生。

洋槐很快就显出了差异,栽在坡根下有黄土的一株独占优势水肥,越往高处的树苗就逐渐生长缓滞了,尤其是最顶头的那一株,在抽出最初的几片叶子之后便停止生长了。直到随之而来的伏旱,我终于惊讶地发现它的叶子蔫了。我想如果再旱下去,不过三五天它就会死亡,便提了半桶水爬上坡顶,那次水倒下去像倒入一个坑洞,然而那叶子就在眼皮下重新支棱起来了……这株长在最高处也是沙层最厚的地方的洋槐苗子,终究无法蓬勃起来。几年过去,最下边的那棵已经粗到可以做椽子了,而它却仍然只有指头粗细。那里没有水,它完全处于饥渴之中。在濒临旱死的危亡时刻,我才浇给它半桶水,而且每次都要累出我一身汗。然而它毕竟活下来了。

活下来就是胜利。它和其他十余棵洋槐苗子并无任何差异,在我从山野把它们挖出来移栽到我家后坡上的时候,它们自身仍然没有任何差异,只是我移栽的生存条件发生了巨大的差别,它们的命运才有了天壤之别。最下边的坡根下完全植根于肥沃土壤的那一株自然很欢实,我也最省事,从来也没给它浇过一滴水。而最上边的那一棵生存最艰难,我甚至感伤无意或者说随意选中它植于这块缺水缺肥几乎没有生存条件的地方真是亏待了它,把它给毁了,它未来也应该有长成一棵大树的生存权利的。然而它也给我以启迪,使我理解到一种生命的不甘灭亡的伟大的顽强。

这个启示是前年初夏又加深了的。那些洋槐已经成为一片林子,它们的各种形态的树冠在空中互相交接,形成一个巨大的绿盖,把那史前沉砂严密地覆盖起来,那沉砂上也逐年落积了一层或薄或厚的黄土，各种耐旱的野草已形成植被，只有少许几坨地方像秃疤裸露。五月初，我的后坡上便爆出一片白雪似的槐花，一串串垂吊着，蜜蜂从早到晚都嗡嗡嘤嘤如同节日庆典。那悠悠的清香随着微微的山风灌进我的旧宅和新屋，灌进大门和窗户，弥漫在枕头床被和书架书桌纸笔以及书卷里。我不想说沉醉。我发觉这种美好的洋槐花的香气可以改变人的心境，使人从一种烦躁进入平和，从一种浮躁进入沉静，从一种黑暗进入光明，从一种龌龊进入洁净，从一种小肚鸡肠的醋意妒气引发的不平衡而进入一种绿野绿山清流的和谐和微笑……尤其是我每每想到这槐香是我栽植培育出来的。

最上边的那一棵没有开花。我根本没有对它寄托花的期望，它能保住生命就很不容易了，它保存生命所付出的艰辛比所有花串儿繁密的同族都要多许多。前年春天我回家去，我惊喜地发现它的朝着东边的那根枝条上缀着两朵白花，两朵距离很远而不能串结成串儿的花。我的心不由得微微悸动了，为了这两朵小小的洋槐花而悸颤不止。它终于完成了作为洋槐树的生命的全过程，扎根，绿叶，青枝和开花，一种生命体验的全过程，而且对生存的艰难生存的痛苦的体验最为深刻。我俯身低头亲吻了这两朵小花，其香气不逊于任何别的一树。

每有风起，这片洋槐组成的小森林便欢腾起来，绿色的树冠在空中舞摆，使我总是和那海波海涛联系起来。是的，绿色的波涛汹涌回旋千姿百态风情万种，发出低吟响起长啸以至呐喊，都使我陷入一种温馨一种激励一种亢奋。每当风和日丽，我在写作疲惫时便走出后院爬上后坡，手抚着那已经粗糙起来的树干倚靠一会儿，或者背靠大树坐在石头上，便有一种置身森林的气息。旱薄荷依然有薄荷的清香，腐烂的落叶有一股腐霉的气味。我的小森林所形成的绿色的风，给我以生理和心理的调节，而这种调节却是最初的目的里所没有的。

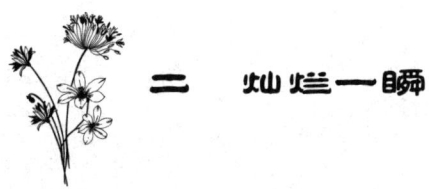 二　燦爛一瞬

伊犁有条渠

到了伊犁，朋友便说林则徐。我的近四十年未见过面的老同学，一见面先说林则徐；新结识的伊犁地区的作家朋友，一松开握着的手便说林则徐；当地的州和县的领导干部给我介绍林则徐；维吾尔族和哈萨克族的朋友同样热烈地对我讲述林则徐。

车子驶过伊犁郊区漂亮的公路，一条清渠伴着公路在绿杨下流淌，朋友便指给我看，这是林则徐当年流放伊犁时修的，叫湟渠。走进伊犁老街，朋友又指给我看一条小巷，林则徐在伊犁接受朝廷惩罚的两年多时间里，就住在这条小巷里的一院平房内。从乌鲁木齐来伊犁的路上，朋友又说，林则徐一八四二年也是循着这条路走的。这条路是沿着天山向西伸展的，天山依然是暗褐色的如同生锈的铸铁，山脚下是无边无垠的秀美的草地。在刚刚落成的林则徐纪念馆里，朋友指着一架木头车说，林则徐发配新疆从西安上路时，就坐进了这辆木轮马车，历时四个多月，经过乌鲁木齐再走进伊犁。我便怀着一种崇拜而又好奇的心情绕车观看一圈，只见两个硕大的木制车轮，木板割制的车厢，两根很粗的车辕木。坐着这样的一架木车历经四个多月的行程，尽可以让人随意去想象旅途的种种艰辛了。

在伊犁，林则徐留下了一道永不磨损的光环。把他弄到这里来的道光皇帝原有目的是出于惩罚的羞辱，没想到的是，这却使被惩罚者的精神人格获得了不朽，这常常成为古今中外的一个历史法则，尤其是漫长的封建专制时期，往往被惩罚者最后胜利，成为历史不损的光环，而惩罚者自己却最终接受了历史的羞辱。

我在杨树和柳树列岸的湟渠边徘徊。湟渠的水是泛着乳白色的清流。这水的颜色不同于北方的河的水色，也不同于南方的江的水色，更相异于海水的颜色。这水来自天山，是天山积雪融化而成的天上之水，伊犁河便是汇聚这雪山之水而独具色彩的河流。伊犁河从中国的伊犁流到哈萨克斯坦国那边去了。湟渠之水是林则徐率众从伊犁河截流引来的。

这水从一八四四年引流成功到现在，流过一百五十余年，依然充沛而又欢畅地流着，流进号称塞外江南的伊犁的田地和果园，流进农舍的水缸和牧民的饮马槽，一百五十余年以来就这样滋润着这块美丽的土地和多姿多彩的各民族子孙。我企图揣度一个戴罪受罚遭羞辱的人，以怎样的气魄和襟怀在山地和沙滩上亲自踏勘出百余公里水渠的大略走向和具体定位来；一个年过半百的老人，又以怎样的勇气和耐心亲自组织调度汉族、维吾尔族、哈萨克族和锡伯族等民族的人民，去开凿修建伊犁地区最宽最长的这条渠。是什么东西铸就林则徐强大的心理力量，踏倒了加给他的惩罚、羞辱，克服了半百之躯的衰老，使他依然故我地在流放之地实施这项惠佑民众的水利工程？当他在漠风透骨的边陲踏勘和奔走的时候，想没想过那个把他发配到这里来的皇帝在干什么，以及用巧舌和唾液把他喷吐得满脸腥臊的穆彰阿、琦善之流此刻又在干什么呢？

我们绵延两千余年的封建历史，无论正史抑或野史，最生动的篇章，其实就是忠臣的热血和奸党的口水。尘封冷寂的历史摆在书架上，却仍然无情仍然冷峻：造成一个王朝兴与衰、存或亡的决定性因素，不仅是忠臣义士的热血，而更是奸党的口水。口水往往胜过热血，这是漫长的封建历史过程中各家王朝不断重复的悲剧，是不争的史实。但到清朝道光帝的这一次重演，口水战胜热血就有点不同了。因为这不只是清朝的兴衰与死亡的事了。面对英帝国的蛮横侵略，奸党们的口水不单是吐到林则徐的脸上，而是吐到整个中华民族的脸上；奸党们的口水摧折的不单是林则徐的一顶花翎，而是整个民族的脊梁。我们在中国最后一个封建王朝的衰败和灭亡过程中，看到了一场也许是最生动最惊心动魄的口水战胜热血的悲剧。它给我们的最不可接受的心理刺激或者说历史教训是，摧毁一个国家和民族的尊严的不仅是侵略者的坚船利炮，居然还是更具内腐蚀力的口水。几个奸党的口水所喷吐出来的条约，使整个民族蒙羞受辱了一个世纪。及至今天我站在林则徐的湟渠沿儿上，似乎还能嗅到那口水的腥臭气味。

我终于来到湟渠的渠首。

湟渠进水的渠首工程修建在东巴扎尔。

东巴扎尔是一个小镇，由三条质地良好的沥青铺设的公路组成一个标准的三岔口，高级轿车、大型货车、长途客车和手扶拖拉机在三股道上穿梭，这样偏远的小镇使人感觉不到荒僻，显现着一种蜕皮图新的气氛。小镇对面是一道砂石堆积的荒坡，有两股道路便绕着那荒坡左右延伸。站在小镇一家小饭店的店门旁朝下望去，便是湟渠渠首的建筑。

那是一条绿色的河川。伊犁河的主要支流之一喀什河，紧紧贴着东巴扎尔小镇的脚流向远处。河水自然是乳白色的天山雪水，河床不宽，水量充沛，有异于旱季里所有北方河流的干滩景象。河的两岸是丛生的柳树组成的婆娑的林带。湟渠从这里破开喀什河的河岸，把天山之水引进百余公里的人工修凿的大渠，这水便不再自然地流失，而变得无价了。这湟渠紧紧贴着东巴扎尔小镇的崖坡，和喀什河并排比肩流过一段距离便分手了，流向伊犁腹地，就在千村万舍的门楼下和葡萄园里喧闹。我站在山坡上久久眺望那远去的喀什河和烟柳婆娑的绿波，久久眺望那相伴着的湟渠和同样被烟柳荫护着的渠水在视野消失。

我和朋友在东巴扎尔镇的小饭店就餐，是一大碗用羊肉汤和西红柿烩煮的揪面片，这是我在新疆的首选食品，甚至超过了手抓羊肉。小饭店是一个维吾尔族青年开的，门面不大，小老板的肚子却够大的。他是炉头，主勺，炒菜烩面十分熟练，上唇的一绺黑色胡须浪漫自信。揪面片的是两个更年轻的维吾尔族小伙子，在案板上揉面搓面，往锅里一边揪着面片，一边说着生硬的普通话，神情却透着调皮，透着这个民族素常的幽默。只有唯一的一个女孩是腼腆的，黄色卷曲的头发，眼睛是淡蓝的，尤其是那翘起的鼻尖，秀丽又可爱。

我吃着揪面片，在露天的东巴扎尔小镇上，歪过头就可以瞅见坡坎下的喀什河和湟渠渠首建筑。这个渠首工程是林则徐亲自督建的，据说安排在渠首工程的民工是清一色的锡伯族人。我现在就餐的这个三岔口小镇，当年是否为锡伯族人安营扎寨的场地，不得考证。然而这小镇上肯定叠加着林则徐的脚印，因为这小镇是观察喀什河流向和湟渠走向的最佳方位……许多年以前，自从我在中学历史课本上知道了那一场鸦片战争，也就记住了一个叫作林则徐的中国人。许多年以后，我在西部边陲伊犁的东巴扎尔小镇上，寻觅这个人的足迹，发着英雄的血和奸党的口水的慨叹。

东巴扎尔。三岔口。塞外荒漠上的东巴扎尔，系结在喀什河上的一个小镇，留给我一个鲜活的历史记忆。

灿烂一瞬
——凉山笔记之一

到神秘的卫星发射地西昌来,原本没有期望能亲眼观看卫星腾空的壮观。这是可遇不可求的事。谁也不会料知什么时间要实施卫星发射。真是令人喜出望外,我们真的就遇合上了,去参观一颗被命名为"鑫诺"的卫星发射。

这是一九九八年七月十八日下午。即使记性很差的我仍然记住了这个日子。这个时月无论在中国的南方北方东西部,都是一年中最炎热的日子。在森林和草地覆盖着的大小凉山,也是热风袭人。汽车出西昌城,沿着安宁河谷走,沿路可以看到低矮的灰色的村舍,吆喝着羊群的山民和背着竹篾背篓的女人,路边上隔一小段距离便有几位站岗值勤的武警士兵,显然是为即将到来的发射临时布岗。然而那些放羊的汉子和背着竹篓的农妇仍然悠悠地走他们的路,即将到来的十分神秘的卫星发射对他们来讲似乎平淡无奇。许是早已看惯了。

汽车驶过安宁河桥,便盘旋而上一座青山。山根有一片高高矮矮的漂亮的建筑群,彩色的旗帜在建筑物的最显眼处飞扬,酝酿着一种节日般期待的浓郁的气氛。朋友指给我看一幢建筑,那是总指挥部。

我眼前便不是通过想象而是真实地映现出了那里边的一切，我已经在电视上看到过许多回火箭和卫星发射过程中总指挥部里的程序和紧张的气氛。汽车就从总指挥部的墙角擦身而过，神秘的总指挥部伸手可触，指挥部里的紧张而又神秘的气氛鼻息可感。当这种过去被一概作为军事机密的科学进入和平利用的新的概念以后，便自己动手撕开其不必要的神秘幕布，给平民和外行人一个感知的机会，于是便有了这个置于半山上的视角尤佳的观望台。然而我仍然陷入神秘之中。

从这里向西望去，安宁河河川两岸的连绵着的群山肃穆着。在那个被选定为发射场的河湾里，一边的山绕出一个大圈儿来，形成了一方三面环山的幽幽的天地。银白色的发射架在绿色环绕的山谷里透出一缕娇娜，像万绿丛中的一位飘飘欲仙的靓女。

当中国的第一颗卫星"东方红"号升入太空的时候，那种振奋性的记忆至今犹存。我那时候在家乡灞河岸边的一个公社工作，在喧嚣里提心吊胆地做事，面对着的却是年复一年的普遍的贫穷和我自己的困窘。我的孩子的被窝是用烧得发烫的河石烘热的。这是我的夫人的最原始也最英明的发明。她在灞河河滩里找到一块又薄又扁光滑漂亮的暗绿色河石，在灶锅的柴火里烧得发烫，然后塞进孩子的被窝里。我那时买不起一只暖壶或一只热水袋，依然虔诚地听取"忆苦思甜"，会上因为拥有一只竹皮热水瓶或一双胶质雨鞋的感恩戴德的叙说……当收音机里传出《东方红》乐曲的时候（这乐曲不是素常发自树杈上的大号喇叭而是来自太空），我感到了由衷的自豪，我们国家做成了一件了不起的大事！这样的大事令人扬眉吐气腰杆挺硬，纵然肚腹里装着酸菜和杂粮，纵然给孩子的被窝里塞着烧热的石头取暖。国家在现代科学技术方面的巨大成就，使原始式的贫穷的我们依然欢欣鼓舞，腰杆增加了硬度。

轰然一声巨响，我感到了脚下的大地的颤抖。我的眼睛还迷乱在白烟和烈焰翻卷着的火团之中,火箭托着的卫星早已峭立在白云和蓝天里头了。火箭尾巴喷着耀眼的火焰,端直冲向白云悠悠的天际,洒下一条乳白色的线带。火焰喷发出啪啪啪的连续性爆炸似的响声,从河谷里一路震响到长空,威风凛凛又卓尔不群。乳白色的线体大弯角转向,朝着东南方延伸,愈来愈纤细以至从肉眼里消弭。

令人陶醉的灿烂一瞬。

晚霞羞羞地洒满青葱的山峰和河谷。人类智慧的轰然一爆,作为观者的我在那一瞬间感受到了一股壮怀激烈的欢畅。当生活中太多的诸如种种腐败的丑行噎得人忧愤不堪的时候,这样的一声轰鸣陡然使我感到了情感的超越,涨起某种对于腐败丑行的鄙夷。腐败者在灯红酒绿中继续腐败,撑着国家和民族脊梁的人在神秘的山谷默默成就着大事。

安宁河在夕阳里愈加妩媚多姿,拥着两岸婆娑的柳烟向东款款而去。最现代的科学技术隐蔽在最偏僻的丛山之中,隐身在灰蒙蒙的村舍围墙和背着背篓的女人之中,羊群散落在山坡上,耕牛拽着犁具在田地里来去翻耕,路边简陋的烟酒店里聚着赤身的闲人在闲聊。这一切都不可思议地统一在这河谷里。

那样震撼人心的轰然一响,那样灿烂的动人的一瞬,使我长期感到神秘的又是十分遥远的距离全部消失了;眼见的可靠的壮观壮景,使人在那一瞬间突然心地踏实起来。做我们自己应该做的事去。

神秘一幕
——凉山笔记之二

四川西南部的大凉山和小凉山，在我的感觉里是除了西藏最为神秘的地方。

年轻时读过作家高缨写的小说《达吉和她的父亲》，随后又看了由小说改编的同名电影，那隐蔽在青山和河湾里的一幢幢茅草屋舍，女人俏丽的花裙和胸前挂着的精美的银器饰物，尤其是男人头上装饰着的那一根独角似的帽子，令一个自幼生活在内地关中的人感到新鲜又神秘。后来，我一次又一次地在电影和电视上看到火箭和卫星发射的壮观景象，一次又一次引发的是壮观之后的神秘，是一个无知的外行对于距离自己太远的尖端科学的神秘感觉。这卫星发自西昌，在凉山。然而这些都是后来不断叠加的印象，最初的关于凉山神秘的印象，却是来自红军长征彝海结盟那个历史性的一幕。

记不得是多大年龄时的事了，反正是少年时期，我知道了红军长征的故事。究竟是历史教员先讲的，还是我阅读连环画先知的，记不清了，也无关紧要。长征路上所发生的大大小小的故事，对于作为少先队员的我都有一种绝对的征服力量。然而仅就神秘感而言，却是刘伯承将军与彝族首领小叶丹歃血结盟的故事。随着年龄的增长和人生阅历的丰富，对于作为世界上"闻所未闻的故事——长征"，当然更多些了解了，然而歃血为盟的神秘依然雾罩在心头。

几十年后，一九九八年七月十九日，我终于有机缘拜谒歃血结盟之地——那隐蔽在青山秀岭之中的彝海，揭开从少年时代潜存到今天的那个历史性细节的神秘一幕了。

汽车在山上盘旋前进，公路在森林覆盖的山梁和沟壑之中盘旋。森林是人工培植的森林，也是我所见过的人造林中最壮观最具规模的森林。这是飞机撒播的树种，历经数年的精心呵护而培育成功的一片绿色。汽车每一次转向拐弯，人的眼前便是一方新的姿色。色彩和光线千姿百色，那是天光和地韵和绿叶在山坡在山峁在沟坡沟底自然杂合的色调，每走一步你都能感到那色调在变化在流动。那种美你只能感到目不暇接，你只能感到心旷神怡；你不可能找到任何一个词句或一堆话语把它描绘准确，因为那气韵那色调那景象本身是瞬息万变的，人类创造的色彩（包括最出色的画家的调色板）是单调的，人类创造的语言也就显得更贫困了。那叫自然。西昌人营造和呵护的这一片大自然的景象是西昌人的心灵诗篇。

进入纯自然的原始森林又是别一番天地和景致了。大片的天然草地和望不透的树木，使人惊叹和欢悦的同时亦由不得庆幸，野蛮的大毁坏的斧头尚没有砍到这里。每一座山和每一条沟的每一寸空间，都呈现着一份不同的色彩和韵致。一团一团的白云一次又一次戏弄着太阳，阳光短暂的隐没和再一次复出，这千峰万沟的群山就气象万千了。即使最干枯最寡情的人到了这样的山地也不会无动于衷，即使心灵世界最低迷的那一根神经也会苏醒过来，陷入一种美的陶醉。那叫原始的大自然。

彝海在一座山顶上。这实在称不得海，而只能算是一个大水潭。

如果按水潭的概念确实是够大的了。据说在凉山，有许多这样的水潭或者水池，而被称作彝海的水池或水潭其实是较小而又极普通的一个，然而却是知名度最高的一个，也是截至目前为中外游人观瞻最频繁的一个，长征中的带有神秘色彩的歃血结盟的一幕就发生在这里。这凉山上颇多的水潭或水池的绝妙之处：一是处于海拔两三千米的高山顶上，蔚为壮观，也为带着原始韵味的群山酝酿出一方水的妩媚和水的娇娜；二是这水潭既不是汇聚小溪小泉之水而成，亦不是天雨汇集，而是来自地下，你找不到水的出处，水却在这儿聚潭聚池了不知多少万年。

我站在彝海边上，仅是一种崇敬的心情来追寻革命历史的一块碑石，一块雾罩着神秘色彩的碑石，却无法沉重。即使我和同来的作家朋友努力追问查询，企图捕捉最生动最鲜为人知也最为准确的历史性细节的一枝一叶，显然再也无法进入沉重。我完全可以想象当年结盟的红军统帅和士兵面临的困境乃至绝境，尽管这感受在事件的发生地比教科书（或连环画）上更贴近更具体也更深刻，然而无法进入当年哪怕是一个红军伙夫彼时彼地的焦虑与危机……我只是已经成为历史的那神秘一幕的参观者和崇拜者，不可能重新进入沉重的体验。

彝海是平静的，水波不兴，如一面蓝色的镜子。绿树密密匝匝环绕着水，鸟儿在啁啾。阳光从枝叶间流泻下来，在水面上撒下一片闪闪烁烁的斑驳色彩。一只小水鸭在水里游过，波纹随兴随隐。当年那一群衣衫褴褛的红军士兵暂聚在这里，期待即将发生的那个历史性细节的彝海也是这样平静吗？一如许多万年一直平静过来的平静吗？

紧拥着彝海南沿儿的是一片缓坡，向西铺展而去。泛着淡黄的绿草，随着缓坡起伏着的曲线而起伏着，无名的各色花朵在曲线的任何部位都点缀出迷离和妩媚。野蜂和蝴蝶便成了草和花的君王，随意拈惹，真是蜂乱而蝶忙。缓坡倚靠着山，山上是密不露隙的森林。随着山势渐次升高，森林的色彩也渐次浑厚而深沉，直到遥远的树梢和白云相接相抚的峰巅处。

刘伯承和彝族首领小叶丹歃血结盟的故事无须再叙写，这是任何中国人都熟知的。我现在才听说，血是一只公鸡的血，印象里似乎一直以为是他们两人割破手指的血呢。后来为此我专门查了字典，在"歃血为盟"词条下注释着：古代举行盟会时，宰杀牲畜，并以牲畜的血涂抹嘴唇，表示精诚团结，结为同盟。我便释然，用公鸡的血和着酒原是合乎古代传统规矩的。不过酒却确凿不是任何酒，是用彝海舀来的水滴进公鸡的鲜血，刘伯承和小叶丹双方都饮下了。据说一时找不到酒，便舀来彝海之水权且做酒。这彝海之水自地下涌出，聚潭许多万年而不散不竭，便如自酿了几万年的一池美酒。彝海之水便促成了一种神圣的事业和一种真诚的精神的结盟，便成就了带着神秘色彩的历史性一幕，便没有重复石达开在大渡河上的悲剧。

在一块稍微平坦的草地上，摆着三块青石，这是当年刘伯承和小叶丹以及翻译站着喝血酒的位置。稍后的草地上，有一方漂亮的雕塑，自然是把那历史性一幕的短暂的细节凝聚定格而成的形象。夏日高原强烈的阳光照在草地上，照着那雕像，照着那三块青石。我坐在刘伯承站过的那块石头上，依然无法感受当年将军的心情，依然无法进入沉重，依然无法挥去那雾罩了几十年的神秘，而愈觉神秘了。

现在人们从中国的南方北方到此游览，观赏凉山大自然的奇异的景致，瞻仰当年在这里发生的神秘的一幕，自然会汲取种种自以为珍贵的东西。历史不能重复体验，而动人的细节却永久存活在后来人心里，历史便不会泯灭。

不会泯灭的历史性细节还发生在这神秘的一幕之后。刘伯承与小叶丹歃血结盟之后，刘伯承将军率领的红军赢得了时间，强渡了大渡河。晚来迟到的国民党军队便杀害了小叶丹，继续搜捕小叶丹的亲属。

小叶丹的夫人和孩子在凉山彝族同胞的保护下，流亡逃躲了整整十四年，直到西昌解放。夫人把当年由毛泽东赠送给小叶丹的一面绣有"中国工农红军"的红旗整整保存了十四年，新中国成立后就交给人民政府了。我的神秘的感觉终于雾散，眼前扬起灿烂的节日的礼花，纷纷的花雨莫如说血雨，有小叶丹的一滴，一个凉山彝人的血。

我的家乡有民谚说：摘不到瓜，拔蔓；逮不住雀儿，砸蛋。活画出那些邪恶的人凶残而又虚弱的无赖嘴脸。中国民间的邪恶的人和封建政权里邪恶的势力莫不如是。

人民终于进入和平发展的理想时代了。在这样荒僻的凉山修筑出漂亮的柏油公路，培育起如此美丽的森林，更不需赘记从奴隶制度下一步跨越到现代生活中的彝族人了。

美丽的彝海是一面天成的镜子。

口红与坦克
——美、加散记之四

想到这个题目并最终确定下来，仍然觉得有点滑稽，甚至有那么一点荒谬。口红是什么？坦克又是什么？口红派什么用场？坦克又派什么用场？把两件风马牛不相及甚至完全对立的东西焊接成文章标题，首先倒是应该坦白，并非出于哗众取宠出奇制胜的念头，而是一年前在华盛顿街头看到的一尊雕塑的强烈印象。

那是一辆坦克，涂抹着如同实战坦克的铁黑颜色，体积也与实战坦克一般大小，只是没有现实主义的工笔细刻，它是一种粗线条的勾勒和大轮廓的模拟。从艺术上说，可能属于现实主义与现代派的杂交或中性改良。创造者显然并不是要展示这种常规武器的最新产品，甚至无意显示那一代产品属何种型号，只是作为一种常规武器中极具杀伤力的战争的形象，赫赫然摆置在美国首都的一条大街上，准确点说是在大街一旁的比较宽阔的一块草地上。它没有实战坦克最要害的那个部件——炮管，所以它永远也不可能去发射杀人毁物的炮弹。那根炮管被置换为一支口红，长短和粗细的尺码恰好类似炮管。这支口红端直地挺竖在坦克上，戳向天空，偏圆的顶头的红色，像一团火焰，像一瓣玫瑰，或者更像娇美性感的女人的嘴唇？

　　宽敞的车道，各种色彩各种形状的轿车川流不息。人道上，匆匆着或悠悠着世界各地各种肤色的男人女人大人和小孩。这辆驮载着一支口红的坦克，就这样与现代都市和谐地统一在一起，构成一道看上去美丽却不仅仅让人感觉美丽的风景。我在第一眼瞅见它时，不仅没有丝毫焊接的感觉，而且有一种心灵深处的震撼，这震撼的余波一直储存到现在而不能完全消弭。

　　这尊雕塑的内蕴其实最明了不过，可说是一个十分陈旧的主题，然而又是迄今为止困惑着人类的一个共同的鲜活的话题，雕塑家用简练到简单的笔法，把一个牵涉所有国家和民族的生存理想的大话题凝铸为一组看来不可思议的"焊接"，如此明了，如此简练，又如此强烈。同类题材同类意旨的美术作品，最负名望的莫过于毕加索的那只和平鸽，还有一尊颇震撼人心的"铸剑为犁"的雕像，早已沉潜在各个民族一代又一代人的心灵深处，然而这尊象征意旨明朗、透彻的雕塑，依然昭示着人类最切近的生存忧患和生存理想。

　　人们在雕塑前驻足，凝眸，沉思，留影。白毛的欧洲人黄肤的亚洲人和黑脸卷毛的非洲人都在这儿驻足，把自己的情感寄托给雕像，又把雕塑创造者的美好愿望储存心间：企望这个世界能给他们的妻子女儿一支口红，永远不要发生某天早晨或深夜坦克碾过菜园和牛栏的惨景。德国鬼子和日本鬼子同时在欧、亚两个大陆这样干过，美国鬼子在朝鲜和越南这样干过，苏联同样在捷克和阿富汗如此干过。

　　用口红取代坦克。

　　这种强烈的艺术创造让一切平庸的艺术制作感到羞愧和难堪。然而它传达给我的又恰恰不单是艺术创造本身。相信看到这尊雕塑的任何人，都会把他关于战争的全部记忆（直接的或间接的）激活。不仅如此，每每通过传媒看到世界某个角落坦克正在发射炮弹的画面或图片，我便联想到华盛顿街头的那尊雕塑。雕塑毕竟是雕塑，艺术也毕竟只是艺术，可以唤醒世界千万计的男女的呼应，可仍然阻止不了实战坦克的行动，坦克却仍然碾碎着那些地区该当涂口红的漂亮的嘴唇。

那个被国际法庭判处绞刑的东条英机和他的同僚战犯，几乎每年都要受到某个大臣乃至某个首相的参拜和祭奠。尽管此举受到整个亚洲和世界的谴责和侧目，闹剧和丑剧依然年年上演。我感到的不单是闹剧丑剧的可笑，而是惊讶参拜者露骨的虚伪，因为哪怕是一个小孩都会明白，即使烧一万吨香蜡纸裱叩一万次响头念一万次佛，都不可能使那些战犯的罪恶魂灵得到安宁，更不可能得到超度了，至于那些在"教科书"和展览图片上屡屡偷偷摸摸搞小动作的人，不仅使世人看到了一个虚伪的灵魂，更看到了他们面对口红和坦克的现实的选择的可能性。

倒是那场世界大战的另一个发动国的现时首脑，在犹太人被害的坟墓前祭献的一束鲜花，尤其是出人意料的那一个长跪动作，不仅告慰的是长眠地下的被蹂躏的灵魂，重要的是使活着的我们看到了一个民族的大气。足以结束一个时代仇恨的一跪，必定成为历史性的一跪——他选择了口红。

那个靖国神社的门前广场，倒是应该有这样一尊坦克驮载口红的雕塑，让那些死去的罪恶的灵魂继续反省，也使那些活着的虚伪的灵魂反省出一个"小"来。

骆驼刺

——车过柴达木之一

列车是在沉沉夜幕中进入柴达木的。我浑然不察不觉,已经置身于地理课本上用沙点标示着的这片大戈壁了。

早晨起来,睁开眼睛就感受到裹入柴达木巨大的无边无沿的苍茫与苍凉之中了。无论把眼光投向哪里,火车刚刚驶过的来处和正在奔去的前方,车轮下路轨所枕伏的一绺直到目力所及的远处,灰青色的灰白色的沙砾无穷无尽。沙漠的颜色变化着,一会儿是望不透的青灰色,一会儿又转换成灰白色的了,无论怎么变换,依然是构成主旋律的单调。在感受宽阔、浩瀚、博大、雄奇的深层,柴达木投射给人心理的苍茫和苍凉同样是切实的。偌大的火车在柴达木的腹地上奔驰,恰如一只节状的蜈蚣在缓缓地蠕动,总是让人产生没有指望走出的疑虑……

生命在这里呈现出异常简单的景象。整个世界简单到只剩下一种两种绿色植物,骆驼刺和芨芨草。一株一株的骆驼刺,形似球状,零零散散洒落在沙砾上,没有簇聚,单株单个,据地自生。看不到印象中的森林和草地上那种或互相拥挤互相缠绕的复杂,或勾肩搭背倚杆爬高的姿势，或交头接耳唾沫相溅的喧哗。干旱和寒冷的严酷，使一切绿色生命望而却步，只有骆驼刺以最简单的形式生存下来，形成柴达木的唯一点缀。

骆驼刺，短而又细的枝，针状的叶，无媚无娇，只是一个绿色的生命体。骆驼刺，开一种细小到几乎看不出的花，和孕育它的沙地一样的颜色，也应是花中最不起眼的色彩了。然而它的功能却与任何花相比毫不逊色，授粉，结籽，在沉静的等待中迎接雨水，便发芽了。

远处是昆仑山，寸绿不见，如铁打钢铸似的摆成一道屏障。白如棉絮的云团，在或高耸或低缓的峰巅和峰谷间缠绵。

一条泥浆似的河出现了。名曰饮马河，再恰切不过的好名字，却使人感到徒具虚名。赭红色的水，几乎看不见流动，细小到无法与河的概念联系起来，充其量只算得小河沟罢了。然而毕竟有水，便是理直气壮的河了。有水，不管赭红色也罢，浑如泥浆也罢，就能孕育繁衍出绿色的生命，各色水草，就围绕着水的走向蓬勃起来，蜿蜒出荒漠戈壁上一道惹人眼热的绿色。自然，拥挤和缠绕、簇聚和绣集、勾肩搭背和攀爬倚仗便如任何草地一样发生了，不可避免地形成了。然而，在苍茫而又苍凉的柴达木，饮马河毕竟流出来这一缕生动和一缕活泼，一缕让人遏制不住想要拥抱的俗世绿色。

毕竟使人难忘的还是骆驼刺。在柴达木，在毫不留情地虐杀一切绿色生命的干旱、暴风和严寒里，只有骆驼刺存活下来了。骆驼刺接受了严酷，承受了严酷，适应了严酷，保持而且繁衍着庞大的家庭，便可骄傲于所有的严酷，成为点缀和相伴柴达木的唯一秀色。

盐的湖
——车过柴达木之二

恰好在我划拉着几笔感触印象的时间里，火车已经进入盐的湖了。

骆驼刺和茇茇草所营造的单调而又令人敬畏的绿色消失了。消失得干干净净，一丝不留，堪称绝杀。一望无际的平坦得令人目眩的沙地，呈炭灰色。湿漉漉的泥沙地表，使人立即想到刚刚落过雨，再远也只能是昨天夜里下了一场透雨。应该是柴达木一年中难得的一个细雨润物的夏夜，还以为天公专意给我们这一帮远客额外的恩赐。错觉！错了！这里是盐湖，盐水千万年来就那么腌渍着泥沙，千万年来就是这种湿漉漉的如同雨淋的景象，让一拨一拨初踏此地的人产生错觉，空喜一场。这是盐湖。我乘坐的列车刚刚驶入盐湖的边沿。这是世界上储藏量最大的一个天然盐场，据说可以供现有的世界人口吃上十多万年。这盐湖在中国青海省的柴达木沙漠里。

白花花的类似浓霜一样的盐出现了，结晶在湿漉漉的沙地的表层，地表的下层蕴含着浓稠的盐的汁液。任何植物，包括英雄的骆驼刺和茇茇草，任谁也招架不住盐汁的浸泡和腌渍，连一丝生存的侥幸都不存在。这里不存在一滴淡水，无由生长一寸绿色，不哺养任何一个或大或小或蹦跳或匍匐的兽类和禽类。这是一个绝生地。

然而这里出产一切生命都不可或缺的盐。国家从二十世纪五十年代就开始勘探和采掘。我们的血液、肌肤和骨头里，早就注入了这里的盐。血液能够活泼地在身体里涌流，肌肤柔韧而富于弹性，骨头质地坚硬而具承载力，皆有赖于这盐湖里的盐。我便虔诚地感激那一代又一代工作在这绝生之地的工人和专家，他们的一生都在这里采掘着盐。

列车上骤起的小小的惊呼和骚动，是真正的盐湖的湖水惊起来的。一片汪洋！不，其实根本不是任何海和洋的颜色，也不是我所见过的湖的颜色。这里是一片灰白色的浑浊的水。无边无沿无法望尽的灰白色的水的世界，却看不到一根水草，不见一只与水相嬉戏的鸟儿，不见一个搅水翻浪的水中生物，甚至连一只蠓蝇和甲虫都不存在。

上边是蓝天和白云，下边就是这浑浊的灰白色的水，没有遮掩也没有骚扰，没有一缕响声和一丝动静。水便平静到如同死亡了一般，无波无纹，无光无色，使人怀疑这水是不是真正的水，因为作为水的素常的印象和水的相关的表征全部丧失了。

然而，这确凿是水，饱含着浓稠的盐汁的水。随意到湖里用手搅拂一把水，待风干之后，留在手上的盐足够一家人吃一顿午餐。这是什么水哦！是盐，是盐的湖。

盐湖的地名叫察尔汗，是蒙古语，盐的世界的意思。

威海三章

"天尽头"的咒符

朋友说,你到了威海,应该去领略一下"天尽头"的风光。随之又附加一句警告,如果你不怕丢官的话。

这种警告自然纯属调侃和玩笑,谁也不会上心不会在乎的。于是便踊跃着来到天的"尽头"了。

"天尽头",其实应该是陆地的尽头,是陆地伸进黄海最远的那一块巨礁,是中国版图上属于山东省辖的海岸线伸入海域最东端的那个"尖儿"。我现在就站在这个号称"天尽头"的"尖儿"上,真有一种走到尽头的感觉了。满眼都是涌动着的灰黄色的波浪,波涌迭起的浪堆掀起雪白的水花,骤起骤散,骤散又骤起,一刻也不停歇。风是平和的,海浪和波涌便呈现着宽容和优柔。

终生都生活在内陆西安的我,每一次面对大海,襟怀里感知浩渺阔远的无与伦比的气象的同时,总是潜伏着一缕不知所措的茫然。大海对我来说太陌生了。第一次看见大海是陌生的,第十次看见大海仍然是陌生的。二十年前在青岛第一次看见大海,不必说是新鲜而又陌生的；又一次在西西里岛上看见的几乎是黑色的地中海仍然是陌生的；在珠海，在台湾海峡的这边和那边，面对苍茫海天的陌生和新鲜，以及潜伏在深处的那一缕不知所措的茫然……毫无办法，海距离我太远了。

其实，我每一次站在海边的礁石上，都产生过走到天尽头了的感觉。其实，海岸上的任何一块礁石都是陆地的尽头。然而只有这里独占着"天尽头"的命名，而且起码有两千多年悠久的历史，恰恰却是因为民间俗成的一个恶谥或咒符。

恶谥或咒符来自千古一帝秦始皇。始皇帝一统天下，东巡到此，心情自然是好到不能再好的程度了，认为已经走到天的尽头了，就在这里筑造大桥以延伸视线，观赏日之出海。在《秦桥遗迹》的碑石上，刻着摘自《三齐略记》的一节文字：始皇造桥观日，海神为之驱石竖柱。始皇感其惠求见。神曰："我丑，莫图我形，当与帝会。"帝始入海四十里，与神见。左右有巧者，潜画其像。神怒曰："帝负约，可速去。"始皇转马前脚才立，后脚遂崩，仅得登岸。这个神话故事虽然也称得神奇与美妙，却毕竟只是一个传说的神话，类似的神话在中国的所有历史或地理的景点上都被津津乐道着，没有人认真地刨根问底的。因为所有神话和传说都无法推敲其合理性，更谈不上事实的考证了。这个传说里的那个巧者的形象颇耐人回味，自以为偷偷摸摸的行为可以掩人耳目，却忘记了是在无所不察的海神的眼下，搞这样的小动作只是弄巧成拙，坏了始皇帝的好事。

始皇帝从"天尽头"返回秦都咸阳时，暴病死在路上。这个"天尽头"从此便蒙上了一层黑色的恶谥，不祥的咒符——已经走到天的尽头了，已再无路了。据说许多历史上的官人多避讳此地，宁可不图一时观海之眼福，也不想让恶谥咒符在心里罩上一道阴影。

真是有点底虚过甚了。

街心的碑

到威海的当天晚上，出去观赏这个海滨城市的夜景。走到一个三股车道交叉的三角地带，有一小块街心草坪，时值五月，青草正绿，茸茸可爱。草坪里散落着一株株枝干苍劲却不高耸的松树，错落有致，枝叶参差出一抹绿色的流云。草地中间竖立着一块玉石三棱碑，看了碑文才知是收回威海卫纪念碑。街道上灯光朦胧，碑文有多处被风雨侵蚀变得模糊的字句，读来十分吃力，便只好放弃阅览。

隔日下午，得了闲空儿，心中仍念念着那块碑上的文字，不堪留下遗憾，就专意奔着这块三棱碑来了。

碑文有如下内容——

甲午战败，俄租旅大，法租广州湾，英人借口均势，于民国纪元前十三年七月一日即光绪二十四年五月十三日租借威海全湾十英里以内之地，及湾内各岛，并规定于必要时可利用威海及后山一千五百平方英里为军事上之设备。民国八年巴黎会议，我国山东问题交涉失败，威海收回几成绝望……

（民国）十九年四月十八日，经国民政府外交部长王正廷与英使兰普森几经周折，正式签定《收回威海专约》二十条，协定六条……遂于十月一日……完成一威海卫行政区……前后租期共三十二年有二月。

我从碑文里摘记的这一部分内容所概括的那一段历史中的耻辱，早在中学的历史课本中领受过了；对国家和民族的耻辱的心理承受能力,从识字伊始直到现在,终生都在进行着这种磨炼。然而,我还是在这个碑石下无法不心动,想来大约是这样几处触及我的敏感和易痛之处——

历史教科书毕竟是文字,我站在被租借过的威海卫的街心和收回威海卫的纪念碑下的感觉,是阅读教科书上的文字无法产生的。历史的耻辱就浸润在我脚下的土地里,青草和松树就从耻辱浸润过的泥土里蓬勃起来的。

这篇碑文有几句话尤使人感到刺激,之一便是"英人借口均势"。这个"均势"的最本质最龌龊的含义便是,从一头被宰割分食的牛身上,英人抢到手的肉还不够多,还不"均",于是便提出再"补贴"上威海卫这一块。我现在更贴切地理解了中国的一句成语"弱肉强食",真是语言中的经典。我又想了,进入现代文明国家的英人、俄人和法人,仅仅在百余年前,还是争相宰割中国人的起码不大"文明"的人,为宰割分赃而喊着争着的"均势",任何文明的遮羞布都是无济于强盗的原形的;今天的文明只说明今天,同样抹不掉遮不住他们祖先的野蛮。这样,羞耻应该是双重的——

我们承受的是被宰割的历史的耻辱。

他们承受的是宰割别人的耻辱的历史。

这个碑石立在这里,昭示的应该是这样的意蕴。

哦!刘公岛

站在威海的海岸上,刘公岛就横在眼前,避绕不过,不是因为岛子太大,恰是因为距离太近。小小的一个岛。

登刘公岛时,有白色的雾笼罩着海。

赴刘公岛的船上,湿溜溜的雾气拂面而过,海面变得迷茫混沌,心里也是难以理清的复杂,既有参观一个陌生岛屿的稀奇与新鲜,又潜伏着挥之不去的悲伤与苍凉,又兼蓄着凭吊千古英魂的虔诚与神圣。这个小小的刘公岛,该当是中国海疆里知名度最高的一个岛了,不是它的风景风光风水的奇巧或神秘,恰恰是它蒙受的耻辱。中日甲午战争就发生在这里。这个小小的刘公岛,替代一个国家和民族首当其冲遭遇了凌辱和羞耻,也替代一个国家和民族记录下中国第一代水兵将士喋血的庄严和凛然。

我登上刘公岛的诸种复杂心理中的最强烈的一点,还是准备接受历史的耻辱的洗礼。那生铁铸成的粗可搂抱的炮筒,曾经发射过抗御倭寇侵略的炮弹,现在供游人抚摸。那座指挥北洋水师的提督衙门,现在成为游客温习耻辱和心祭忠烈的祭坛,提督丁汝昌就自杀在他的这个衙门里。那一枚鱼雷是从德国进口的,应该是当年最顶尖级的武器了,躺在这里让后来的我们叹惋。

我更铭记了一个历史性的细节。"致远"舰管带邓世昌为掩护旗舰"定远"号开足马力直撞日军旗舰"吉野"号,被敌炮击中要害,锅炉爆炸,顷刻沉没。这个悲壮的过程在电影《甲午风云》里得到充分表现,然而关于邓世昌的一个细节却被舍弃了。邓世昌坠海后,侍从泅水将救生圈送来,邓世昌拒绝救护,自沉自杀。他的爱犬随之凫水来到身边,用嘴叼着邓世昌的发辫,救他浮出水面。邓世昌将爱犬按入水中,一起沉入大海。这是怎样超乎艺术想象的一个生活细节,一个铸成历史悲剧的生活细节!

中国第一支水军在甲午海战中全军覆没,除了历史和军事学家总结的种种败因和教训之外,有两个事实值得后人反复咀嚼:一是当时的北洋水师的总军力排亚洲第一世界第四,舰艇总吨位达四万吨,"二十五艘舰艇齐泊于刘公岛前,舳舻相接,旌旗蔽空,盛极一时",然而战争的结局是全军覆没。二是所有舰艇的将士,不仅没有逃跑投降的，且一个个都是战死，或是自杀，直至提督丁汝昌。应该说，从纯粹的军人的素质和牺牲精神来说，他们也应该是第一流的军人，然而依然挽救不了战争的败局。

丁汝昌、邓世昌们代表一个国家和民族抗击另一个国家的侵略和征服，然而他们撑不起一个腐朽王朝的腐败乃至溃烂的肌体，活着也承受不了失败的耻辱。无论从一个军人，无论从一个民族的精神来看，他们接受后人的崇拜，都是这个民族脊梁里永远不可缺失的钙。

温习耻辱，铭记耻辱，不在复仇。无论战犯认罪也好，不认罪也罢，忏悔也罢，不忏悔也罢，首先是我们自己该当图强。

哦！刘公岛。心中难言的隐痛之岛。

皮鞋·鳝丝·花点衬衫

第一次到上海,是一九八四年,大概是五月。上海文艺出版社举办"《小说界》第一届文学奖"颁奖活动,我的第一部中篇小说《康家小院》荣幸获奖,我便得到走进这座大都市的机缘,心里踊跃着兴奋着。整整二十年过去,尽管后来又几次到上海,想来竟然还是第一次留下的琐细的记忆最为经久,最耐咀嚼,面对后来上海魔术般的变化,常常有一种感动,更多一缕感慨。

第一次到上海,在我有两件人生的第一次生活命题被突破。

我买的第一双皮鞋就是那次在上海的城隍庙购买的。说到皮鞋,我有过两次经历,都不大美好,曾经暗生过今生再不穿皮鞋的想法。大约是西安解放前夕,城里纷传解放军要攻城,自然免不了有关战争的恐慌。我的一位表姐领着两个孩子躲到乡下我家,姐夫安排好他们母子就匆匆赶回城里去了。据说姐夫有一个皮货铺子,自然放心不下。表姐给我们兄姊三人各带来一双皮鞋。父亲和母亲让我试穿一下。我在屋子里走了几步就脱下来,夹脚夹得生疼,皮子又很硬,磨蹭脚后跟,走路都跷不开脚了。大约就试穿了这一次,便永远收藏在母亲那个装衣服的大板柜的底层。直到二十世纪七十年代初,我已经在家乡的公社里工作，仍然穿着农民夫人手工做的布鞋。

我家乡的这个公社辖区，一半是灞河南岸的川道，另一半即是地理上的白鹿原的北坡。干部下乡或责任分管，年龄大的干部多被分到川道里的村子，我当时属年轻干部，十有八九都奔跑在原坡上某个坪某个沟某个湾的村子里，费劲吃苦倒不在乎，关键是骑不成自行车，全凭腿脚功夫，自然就费脚上的布鞋了。一双扎得密密实实的布鞋底子，不过一月就磨透了，后来就咬牙花四毛钱钉一页用废弃轮胎做的后掌，鞋面破了妻子可以再补。在这种穿鞋比穿衣还麻烦的情境下，妻弟把工厂发的一双劳保皮鞋送给我了。那是一双翻毛皮鞋。我冬夏春秋四季都穿在脚上，上坡下川，翻沟踔滩，都穿着它。既不用擦油，也不必打光。乡村人那时候完全顾不得对别人的衣饰审美，男女老少的最大兴奋点都敏感在粮食上，尤其是春天的救济粮发放份额的多少。这双翻毛皮鞋穿了好几年，鞋后掌换过一回或两回，鞋面开裂修补过不知多少回，仍舍不得丢掉，几年里不知省下多少做布鞋的鞋面布和锥鞋底的麻绳儿和鞋底布，做鞋花费的工夫且不论了。到我和家庭经济可以不再斤斤计较一双布鞋的原料价值的时候，我却下决心再不穿皮鞋尤其是翻毛皮鞋了。体验刻骨铭心，双脚的脚掌和十个脚趾，多次被磨出血泡，血泡干了变成厚茧，最糟糕的还有鸡眼。

这回到上海买皮鞋，原是动身之前就与妻子议定了的重大家事。首先当然是家庭经济改善了，有了额外的稿酬收入，也有额内工资的提升；再是亲戚朋友的善言好心，说我总算熬出来，成为有点名气的作家了，走南闯北去开会，再穿着家做的灯芯绒布鞋就有失面子了。我因为对两次穿皮鞋的切肤记忆体会深切，倒想着面子确实也得顾及，不过还是不用皮鞋而选择其他式样的鞋，穿着舒服，不能光彩了面子而让双脚暗里受折磨。这样，我就多年也未动过买皮鞋的念头。"买双皮鞋。"临行前妻子说，"好皮鞋不磨脚。上海货好。"于是就决定买皮鞋了。"上海货好。"上海什么货都好,包括皮鞋。这是北方人的总体印象,连我的农民妻子都形成并且固定着这个印象。那天是一位青年作家领我逛城隍庙的。在他的热情而又内行的指导下,我买了一双当时比较贵的皮鞋,宽大而显得气派,圆形的鞋头,明光锃亮的皮子细腻柔软,断定不会让脚趾受罪,就买下来了。买下这双皮鞋的那一刻,心里就有一种感觉,我进入穿皮鞋的阶层了,类似进了城的陈奂生的感受。

回到西安东郊的乡村,妻子也很满意,感叹着以后出门再不会为穿什么鞋子发愁犯难了。这双皮鞋,只有我到西安或别的城市开会办事才穿,回到乡下就换上平时习惯穿的布鞋。这样,这双皮鞋似乎是为了给城里的体面人看而穿的,自然也为了我的面子。另外,乡村里黄土飞扬,穿这皮鞋需得天天擦油打磨,太费事了;在整个乡村还都顾不上讲究穿戴的农民中间,穿一双油光闪亮的皮鞋东走西逛,未免太扎眼……这双皮鞋就穿得很省,有七八年寿命,直到二十世纪九十年代初才换了一双新式样。此时,我居住的乡村的男女青年的脚上,各色皮鞋开始普及。

我第一次吃鳝鱼,也是那次上海之行时突破的。关中人尤其是乡下人,基本不吃鱼,成为外省人尤其是南方人惊诧乃至讥笑的蠢事。这是事实。这样的事实居然传到胡耀邦耳朵里,他到陕西视察时在一次会议上讲过:"听说陕西人不吃鱼?"其实秦岭南边的陕南人是有吃鱼传统的,确凿不吃鱼的只是关中人和陕北人。我家门前的灞河里有几种野生鱼,有两条长须不长鳞甲的鲇鱼,还有鲫鱼,稻田里的黄鳝不被当地人看作鱼类,而被视为蛇的变种。灞河发洪水的时候,我看到过成堆成堆的鱼被冲上河岸,晒死在苞谷地里,发臭变腐,没有谁捡拾回去尝鲜。直到二十世纪五十年代中期国家第一个五年计划实施时,西安拥来了许多东北和上海老工业区的技术人员和熟练工人,这些人因为买不到鱼而生怨气，就自制钓竿到西安周围的河里去钓鱼。我和伙伴们常常围着那些操着陌生口音的钓鱼者看稀罕。当地乡民却讥讽这些吃鱼的外省人："南蛮子"是脏熊，连腥气烘烘的鱼都吃！我后来尽管也吃鱼了，却几乎没有想过要吃黄鳝。在稻田里我曾像躲避毒蛇一样躲避黄鳝，那黑黢黢的皮色，不敢想象入口会是一种什么感觉。

那天在上海郊区参观之后，晚饭就在当地一家餐馆吃。点菜时，《小说界》编辑、现任副主编的魏心宏突然兴奋地叫起来："啊呀，这儿有红烧鳝丝！来一盘，来一盘鳝丝。"还歪过头问我："你吃不吃鳝丝？就是鳝鱼丝。"我只说我没吃过。当一盘红烧鳝丝端上餐桌时，我看见一堆紫黑色的肉丝，就浮出在稻田里踩着滑溜的黄鳝时的那种恐惧。魏心宏动了筷子，连连赞叹味道真好做得真好。随之就煽动我："忠实你尝一下嘛，可好吃啦，在上海市内也很少能吃到这么好的鳝丝。"我就用筷子夹了一撮鳝丝，放入口里，倒也没有多少冒险的惊恐，无非是耿耿于黄鳝丑陋形态的印象罢了。吃了一口，味道挺好，接着又吃了，都在加深着从未品尝过的截然不同于猪、牛、羊、鸡肉的新鲜感觉。盛着鳝丝的盘子几乎是一扫而光，是餐桌上第一盘被吃光掠净的菜。似乎魏心宏的筷子出手最频繁。多年以后，西安稍有规格的餐馆也都有鳝丝、鳝段供食客选择了，我常常偏重点一盘鳝丝。每当此时，朋友往往会侧头看我一眼，那眼神里的诧异和好奇是不言而喻的。

还有两把小勺子，也是此行在上海城隍庙买的，不锈钢做的，把儿是扁的。从造型到拿在手里的感觉，都特别之好，不知在什么时候弄丢了一把，现在仅剩一把，依然光亮如初，更不要说锈痕了。有时出远门图得自便，我就带着这把勺子，至今竟然整整二十年了。

还有一个细节，颇有点刻铭的意味。

还是那位年轻作家陪我逛街。我们随意走着，我已记不得那是条什么街什么弄了，只记得街道两边多是小店铺。陪我的青年作家随意介绍着传统风情和市井传闻，我也很难一遍成记，尽管听得颇有趣味。突然看见一个十分拥挤的场面，便停住脚步。一家仅一间窄小门面的小店，塞满了顾客，往里硬挤的人在门外拥聚成偌大的一堆；从里头往外挤的人，几乎是从对着脸拥挤的人的肩膀上爬出来；绝大多数为男性青年，亦有少数女性夹在其中，肌肤之紧密接触也不忌讳了；往外挤着的人，手里高扬着一种白底碎花的衬衫。不用解释，他们正是抢购这种白底上点缀着蓝的红的黄的橙的小花点的衬衫。

一九八四年春末夏初，上海青年男女最时髦、最新潮的审美兴奋点，是白底花点的衬衫。

十余年后，我接连两三次到上海。朋友们领我先登东方明珠电视塔，再逛浦东新区，令我眼花缭乱，目不暇接，新的景观和创造新景观的奇迹般的故事，从眼睛和耳朵里都溢出来了。我在宝钢的轧钢车间走了一个全过程，入口处看见的橙红色的钢板大约有两块砖头那么厚，到出口处的钢材已经自动卷成等量的整捆，厚薄类近厚一点的白纸，最常见的用途是做易拉罐。车间里几乎看不见一个工人，我也初识了什么叫全自动化操作。技术性的术语我都忘记了，只记住了讲解员所讲的一个事实：这个钢厂结束了中国钢铁业不能生产精钢的历史，改变了精钢完全依赖进口的局面。尽管是外行，这样的事实我不仅能听懂，而且很敏感，似乎属于本能性地特别留意，在于百年以来留下的心理亏虚太多了。

从小学生时代直到进入老龄的现在，我都在完成着这种从祖先遗传下来的先天性心理亏空的填垫和补偿过程。我们的第一台名为"解放牌"的汽车出厂了；我们有了自己生产的"红旗牌"轿车；我们的第一颗原子弹爆炸成功；我们的卫星上天了，飞船也进入太空了；

我们有了国产的彩色电视和国产空调和国产电脑和国产什么什么产品……这样的消息，每有一次都是对那个心理亏虚的填垫和补偿，增加一份骄傲和自信，包括制造易拉罐的这种钢材对进口依赖的打破，也属同感。我便想到，什么时候让欧美人发出一条他们也能"国产"中国的某种独门技术的产品的消息的时候，我的不断完成着填垫补偿心理亏空的过程，才能得到一个根本性的转折。

告别布鞋换皮鞋的过程发生在上海。吃第一口黄鳝的食品革命也始发于上海。这些让我的孩子听来可笑到怀疑虚实的小事，却是我这一代人体验"换了人间"这个词儿的难以轻易抹去的记忆。还有历历在目的上海青年抢购白底花点衬衫的场景，与我上述的皮鞋和黄鳝的故事差不了多少。在南方和北方、东部和西部都被灰色黑色和蓝色的衣服覆盖着的国家里，一双皮鞋一餐鳝鱼丝和一件白底花点衬衫，留给人的镂刻般的记忆，记忆里的可笑和庆幸，肯定不只属于我一个人。

从黄岛到济南

我第一次出远门参加文学写作笔会,在一九八一年溽热的三伏,是由时任《北京文学》小说组组长的傅用霖组织的,地点在与青岛隔海相望的黄岛上。人对于第一次经见的事物总是新鲜而难免惊奇的。因于黄土高原和秦岭之间的夹道——关中——半生的我,第一次看到大海时竟有些眩晕,而第一次乘坐驶往黄岛的轮船却不仅没有发生呕吐,连眩晕也解除了。我想象里的大海总是波浪排空,倒是为第一次看见的大海的平静而长舒了一口气。

黄岛是一个小岛,站在稍高一点的坡岗上,便可以看到四面无边无际的灰蒙蒙的海天。据说这岛上只有一个居住着十来户渔民的生产队(公社建制),岛中心刚刚建成一个体育宾馆。我在宾馆的大餐厅里吃到了各种海产的鱼,据说都是本岛渔民从海里捕捞得来后直接送过来的,再新鲜不过了。印象最深的是每张餐桌都配有一满盆铜钱大的小蚌,我也是第一次品尝,竟吃得很贪婪,同行的作家朋友常常瞪起眼睛问我,难道比西安的肉夹馍还好吃吗?我们常是把本桌那一大搪瓷盆小蚌吃完,再搜来邻桌上盆里吃剩的小蚌,蚌壳把餐桌铺满堆高,引来那些服务小伙儿小姐友善的笑。

这次笔会邀集了几位刚跃上新时期文坛的青年作家，锦云以《笨人王老大》横空出世，更有不同凡响的汪曾祺。此前我已在《北京文学》读过《受戒》，对汪曾祺这个名字就蒙上一层神秘莫测乃至莫解的感觉，尽管在火车上听他谈天说地纵古论今，尽管他机智幽默举止自如，不仅不摆谱儿，似乎随意自如到不拘小节，然而，我仍然排弃不掉那一缕神秘莫解的感觉。傅用霖把这些作家囚在黄岛一周，闭门写作，唯一可选择的消遣是晚饭后在夕阳里泡海水澡，沙滩上只有水鸟的爪痕而绝无人的足迹，即使脱光下海也不担心有碍观瞻。这自然也是我第一次触摸海水，尝到了海水咸腥的味道。直到每位受邀作家都如母鸡努出一个蛋来，交给傅用霖一篇短篇小说，才撤离了这个日夜都弥漫着海腥味的小岛。我后来在《北京文学》上看到的汪曾祺的《大淖记事》，就是他在黄岛上下的一个堪称精品的蛋。

从青岛再转到济南，我找到了一种类似西安的似曾相识的感觉。我们一伙人溜达在济南的大街小巷，自行车和架子车占据着或宽或窄的道路，人们仍然是中山装的统一服饰，唯一让我有异地感觉的是市井嘈杂里的口音，告知我在孔子的鲁地而不是在秦。那时候的济南，还看不到一幢高层建筑。

傅用霖领着这一帮背苋携袋的作家，在街巷里懒懒散散地转悠着，寻找一家可以进餐的饭馆。一九八一年的夏天，私营的小饭铺刚刚冒出，似乎还有点贼头贼脑。国营和集体属性的饭馆一律称作食堂，不仅门面小，而且少得很难寻觅。终于在一个记不清什么街巷的丁字口，迎面看见挂着食堂招牌的小饭铺，一帮人不由分说也别无选择地拥了进去。

我落在最后。不是我不饿，却是因无意的一瞥停步在食堂门口。这家食堂一间门面里的摆设一目了然，一排条桌，呈现着古久的油腻，桌上摆一只装满筷子的粗瓷箸筒，旁边摆着盐碟、醋瓶和酱油瓶，和西安食堂里的装备摆设一模一样，我没有感到任何异地的陌生。我在跨进食堂门口时看见了一个食客，是一位中年妇女，坐在门口的那张桌子边正在吃饭，左手端着一只白色的粗釉瓷碗，碗里盛着大半碗米饭，右手捏着筷子，往嘴里扒拉着米粒。那纯粹的大米呈酱紫色，我断定那是用酱油调味变色的。她的桌子上没有一碟下饭菜，也没有任何最廉价的汤。我就是在瞥见她大口大口吞嚼用酱油调拌的米饭时，心里猛然遭遇了撞击而停住脚步的。她的腿脚边，放着两只藤条笼，从笼里剩存的碎麦草判断，她是到济南来卖鸡蛋的农妇。鸡蛋卖完了，她也饿急了，花一毛钱买四两米饭，调上不花钱的酱油，就算下了一回馆子。在我驻足愣神的时候，她又往米饭里倒了一次酱油，大约还嫌味轻，我的眼睛已经模糊了。

　　这个卖鸡蛋的山东大嫂吃米饭的情景，我在此前二十五年的一九五六年就试验过了。我那时刚刚中止休学恢复初中学业，依旧是背着一周的玉米面馍到三十里远的城郊中学去念书，有时突破了用粮计划而吃不到周六，有时因为短命的玉米面馍霉坏变成黑色无法下咽，父亲每周给我两毛钱以备急用。记得我是和一个同样断顿儿的同学相约走进了一家食堂。我俩各掏各的腰包花一毛钱买下四两米饭，我趴在桌子上就大吞大嚼起来，白生生的大米是喷香的，比又冷又硬的玉米面馍好吃得多了。这个同学拿起酱油瓶子给自己碗里倒下酱油，又给我碗里倒下了，不无得意地说，酱油不要钱，放心调，调酱油香得很。我把碗里的米饭使劲搅拌，直至变成了紫黑色，尝了一口，尽是酱油的香味，一种陌生的香甜的味道。我的家里，一年四季不缺醋，全是母亲用谷糠酿制的，但从来没有买过酱油，酱油味对我是陌生又新鲜的味道。我俩抹着嘴走出食堂回学校的时候，都洋溢着一种开了一回洋荤的幸福感，也洋溢着白吃酱油的得意……

我和这位山东大嫂,都是经历过把白米饭调酱油当作超常大餐超级享受的人。

又二十五六年过去了。我自己也搞不清因为什么由头,竟触发出一桩久远的生活记忆,且挥之不去,顺手为记。

鲁镇记行

百草园的月色

　　从上海到绍兴，经过八九个钟头的长途旅行，傍晚到达。安顿了下榻的处所，匆匆吃罢晚饭，赶到鲁迅先生的故园去观瞻，天色已经完全黑下来了。

　　一条宽阔的水泥铺就的街道，两排树荫浓密的法桐，这是"鲁迅路"，以先生名字命名的街道，路灯的亮光和两边大小铺栈窗户的灯光交相辉映。

　　一方黑色的木板门已经关死，没有门楼，似乎也没有什么装饰，仅仅在砖墙上安着这样一方黑色的木板门，这就是鲁迅先生世代的故居了。中国现代的思想和艺术的巨人，就在这窄窄的门洞里面诞生。

　　宅院狭窄，颇深，门房、过庭、天井、先生住屋、鲁母住屋，再后边是"闰土"父亲在鲁家帮工时的住屋，屋里有一个捣米的石臼。

　　后院里，就是那个被先生浓墨重彩描绘过的百草园了。

　　灰蓝色的天幕下，有一弯细细的金钩似的月亮，洒下一片朦胧的月光。一株高大的树干，浓密的叶枝，辨不清是"高大的皂荚树"还是缀满"紫红桑椹"的桑树。草园里的花草,也辨不清哪儿是"碧绿的菜畦",哪儿有"何首乌藤和木莲藤缠络着"的情态,更难以摘食"覆盆子""又酸又甜"的"像小珊瑚珠"一样的果实了。

月色朦胧。我们这一帮从南方和北方聚拢到一起的先生的学生,现在都散立在月色朦胧的百草园里的草地上,听一位据说是鲁(周)家同族后裔的中年人,介绍这幢故园的今昔。他说一口绍兴的地方话,真是叫北方人大惑莫解,几乎一个字也听不懂。朦朦胧胧的夜空,朦朦胧胧的百草园,朦朦胧胧的树,朦朦胧胧的花、草,朦朦胧胧的鲁镇的地方语言……

既然听不懂,我索性不听了,一个人到园子里转悠。我心里似乎并不迫切要求听到介绍的话,只是想到这儿来走一走,看一看,站那么一会儿,有一次心理感受就满足了。是啊,百草园,我早就熟悉了,早就背熟了《从百草园到三味书屋》的散文,也就熟知这儿的一切了。"鸣蝉在树叶里长吟,肥胖的黄蜂伏在菜花上。轻捷的叫天子(云雀)忽然从草间直窜向云霄里去了。"在我心中印下的这幅动人的百草园的图画,掐指已近三十年了,今天晚上才得以漫步其境。

时值初夏,夜气温爽,听不到蝉鸣,也听不见蟋蟀的叫声。我漫步在草地上,自然地记起学习这篇课文时的情景。语文老师是一位刚从大学中文系毕业的青年,热情极高,甘肃人,一口南腔北调的普通话,却把课文朗诵得十分动人……我一边听着老师领读,脑子里却展开另一幅图画:刚刚收割过麦子的南坡上,田块层叠的坡地上,麦茬儿闪闪发亮,塄坎上和坟丘里,野蔷薇红的和白的花儿开得一片灿烂,野葡萄藤蔓一直攀缘到枸树梢上去,酸枣棵子是山坡上最大的家族,那翡翠般的绿色或紫色的蚂蚱,总是藏躲在酸枣棵子最稠密的枝杈里。我和小伙伴们,头顶艳阳,脚踩枣刺,整晌整晌地捕捉那可爱的生灵,忘了吃饭,忘了时辰,直到渴得舌头搅不动,头上无汗可流,也顾不得到沟底去喝一口泉水……我从来没有想到过这些生活如此富于意趣。而当我从乡野跑到城市，坐在高楼明亮的教室里，听陇音普通话朗诵《从百草园到三味书屋》的时候，才一下子戳开了记忆的窗户，唤起我对我的百草园——黄土高原之中的南坡——无限丰富有趣的依恋。

读先生的这篇课文的时候，尚在我的少年时期，人生的那个充满幼稚心理的时期，是极易与这篇文章的感情相吻合的。当我漫步在向往了近三十年的百草园中时，已经是个顶透而须密的中年人了，而心境却一下子回返到了童年……

哦！我的向往中的南国的先生的百草园！

哦！我的遥远的北方家乡的黄土高原之中的南坡……

在"咸亨酒店"

上午游览了东湖，下午又要到王羲之作《兰亭序》的地方去，明天一早就要返回上海了。东湖的山光水色令人赏心悦目，兰亭的幽雅景致也叫人神往。可是，没有到孔乙己曾经喝酒吃茴香豆儿的"咸亨酒店"光顾一番，怎么能算真正到过鲁镇呢？

午休时间，几位朋友相邀，正中下怀，虽然已觉腿酸眼困，仍然兴致勃勃地走出住所的大门了。

一块金字黑匾，老远就赫然入眼，上书：咸亨酒店。平房，黑色小瓦，坐落在街道旁边，夹挤在高高低低的楼房中间，自有一副古香古色的神采。门面宽约三四间，木门板全部拔除，整个酒店就完全无遮无挡地当街敞开着。依然保持着"鲁镇的酒店格局"，"当街一个曲尺形的大柜台"。那木板制的曲尺形的大柜台，油漆斑驳，木棱也已磨光，探过头去，可以看见赭红色的酒坛。我把钱递上去了。

卖酒的是一位中年女人，穿着白大褂，使人觉得有失鲁镇的格局，与那曲尺形的柜台也不协调。她用一只提斗从酒坛里提上酒来，倒入酒杯，黄酒其实是暗红色的液体。这杯子更古朴，用洋铁皮焊接而成，大到可以盛一斤酒，上端粗，下端细，状如漏斗。据说冬天喝酒时，可以把细端塞进热水里，用以温酒。鲁镇的长衫阶层或短衣帮，当年就是用这样的酒杯，孔乙己自然也用这洋铁皮酒杯。

茴香豆儿也不能不尝一尝。不尝一尝孔乙己津津乐道的茴香豆儿，也许不算真正地进过"咸亨酒店"呢！

"不多不多！多乎哉？不多也。"

我们刚刚在长条桌边落座，不知谁在拖长声调模仿着孔乙己的名言，摇头晃脑说起来了。木条桌长到丈余，从门口直通到墙根，实际应该算是木案子了。一切遵循孔乙己的习惯，他是穿长衫阶层中唯一站着喝酒的人，于是我们也都站着；他大约用手指捏茴香豆儿，于是我们也免去了筷子。那用精米酿成的名曰"加饭"的黄酒，说不准是一股怎样的滋味，既不似白酒那么烈，也没有葡萄酒那么甜，说不上好喝或不好喝，唯其因为孔乙己十分喜好，我拼着将那一杯全然灌下了。那茴香豆儿也没有多少特色，唯其因为孔乙己喜欢，我们嚼起来，似乎别具兴味。

酒店墙上，有一副裱饰过的题词，一副对联，题词曰：

上大人孔乙己高朋满座
化三千七十士玉壶生春

对联曰：

小店名气大

老酒醉人多

看看题款，竟是著名作家李凖献辞，著名表演艺术家于是之手书。辞联极致幽默的韵味，笔墨亦遒劲潇洒，使古朴的"咸亨酒店"平添了一丝风韵。

孔乙己确实是高朋满座了。小小的酒店里，现在拥拥挤挤坐着的酒客，大都是从南方或北方来到鲁镇而落脚此店的。有西装革履的学者风度的男女；也有一身正统的中山装的很有派头的干部，很难料定他们之中有没有县委书记或市委的部长；更有一帮一伙长发披肩紧绷牛仔裤的青年男女，一律坐着或站着喝着装在洋铁皮酒杯里的"加饭"酒，抓着茴香豆儿，笑语喧哗……新中国成立以后，自打先生的《孔乙己》收入中学语文课本，每一个受过中等教育的新中国的一代又一代青年，不管其是否特别喜欢文学，大约没有谁会忘却孔乙己的。

孔乙己不属英雄之列，而实实在在是一个被挤扁被碾轧为尘末的迂腐的老夫子。那些主宰鲁镇风云的鲁四老爷之流早该化为污泥了，而独有上大人孔乙己获得了川流不息的朝拜者，真是得其所哉！

林中那块阳光明媚的草地
——俄罗斯散记之二

早晨醒来便听见哗哗哗的雨声。拉开窗帘就看到满天低沉的黑云,从黑云里倾泻而下的雨条闪着些微的亮光。到俄罗斯整整一周了,走到哪里都是碧透的天空和鲜亮的阳光,今天遇到下雨了。有阳光又有雨,当是感受俄罗斯大地自然天象变幻的一个小小的又是难得的完满。

冒雨去图拉,拜谒托尔斯泰。车行四小时,大雨一路都在不歇气地下着。我总是忍不住拉开车窗,开阔的原野覆盖着望不透的森林,无边无沿的草场,都笼罩在迷迷蒙蒙的雨雾里。飞进车窗的雨滴打湿了我的头脸,这是托翁故乡的雨。临近图拉城的标志,是路边终于出现了人。一顶顶简便装置的帆布或塑料帐篷,零散地撑持在公路边上,摆列着一排货架,守候着一个一个女人,都在卖着以图拉命名的饼子。据说这种饼是闻名俄罗斯的土特产,以黑麦制成,别一番独特绵长的香味且不论,绝在不加任何防腐剂却可以存贮半年以上,久享盛名。看着在雨篷下守候过路客捎带图拉饼的女人,我顿然联想到家乡关中类同的情景,每到五月初,通往我的白鹿原的原上和原下的两条公路边,便摆满一筐筐一笼笼刚刚摘下来的樱桃;通往临潼秦兵马俑的路旁，九月的石榴和九月末的火晶柿子招惹着世界各方的男女；还有去女皇武则天陵墓的路边，垒堆如小塔的锅盔，既可以整摞整个售购，也可以切成西瓜牙儿一般大小零卖，还有人索性就把大铁锅支在路边现烙现卖。乾县的锅盔虽不及图拉饼的盛名，却在遍地锅盔的关中独俏一枝，皮脆里绵，满口麦子纯正的香味，武则天在锅盔的香味里滋润了一千多年，该当改为女皇牌锅盔了。看着那些伫立在路边的图拉女人，我想大约和关中路边守候的农夫农妇一样，卖下钱不外乎盖新房，供孩子读书，以及为儿女娶媳妇办嫁妆。托翁故乡的农民和关中乡民谋求生活的方式和思路如出一辙。

　　车过图拉城时，雨缓解松懈下来。汽车穿过图拉城，从街面建筑和街道的景致看，都显示着一种久远的陈旧，与中国任何一个中小城市一夜之间的全新面目都显示着距离性差别。雨时下时停，出图拉城就看到远方天际一抹蓝天和阳光。拐过两个交叉弯道，就看到一排很长的林木遮蔽下的围墙和一个阔大的门，这就是托翁自己命名的"林中那块阳光明媚的草地"——庄园故居了。

　　站在宽大的门口，一眼看见两排整齐高大的白桦树的甬道，通向林木笼罩的深处。我跨进大门并走上白桦树下的甬道，踏着用三合土铺垫的大平小不平的路面，庆幸自己终于有缘走在遍布着托翁脚印的土地上了。托翁一生都走在这庄园里的大路小径果园耕地和林荫草地上，我踏在已经消失沉寂了托翁脚步响声的印痕里，依然感知着一个伟大灵魂神圣的灵性。白桦树依然枝叶茂盛，白色鲜亮的树皮浮泛着诗意。头顶的枝叶不断洒下水滴。甬道土路的小坑浅洼里积着雨水。左边有一排涂成灰蓝色的木板房，是马厩，庄园里曾经耕田拉车以及溜达的好多匹马，就养在这里，现在依着原样原封不变地保存着，自然都已经圈干槽净了，我似乎还可以闻到马粪马尿和畜生混合的气味。甬道右边还有一排蓝灰色的木板房，是贮藏草料和马具的库房，可以看到门里散落的干草，还有犁具、围脖和套绳，似乎刚刚罢耕归来卸下，散发着马脖子的骚味儿。还保存着农耕生活记忆的我，顿然浮现出这里添草拌料和骡马踢踏喷鼻的生机勃勃的图景。现在是一片人畜不在的冷寂。

甬道尽头往右拐进去，是一座涂成黄色的两层小楼，这是托尔斯泰的居室和写作间。在下层一个大约不超过十平方米的小屋子里，托翁写成了《战争与和平》。我站在这间屋子的一瞬间，弥漫在心头的神秘顿然散失净尽了。一张不大的木板桌子，不仅谈不到精致或讲究，大约当初只刷过一层清漆，可以清楚地看到被磨损的或粗或细或直或歪的木纹；可以猜想长胳膊长腿的托翁伏案写作时，肯定会摊占大半个桌面。房间里还有一只小茶几和一张单人床，这床也应是我见过的最窄的一张床了，当是写得腰酸臂困时伸懒腰的设施。房间不仅没有装饰装潢，更没有如中国文人惯常装备的字画铭题之类，连一个像样的书架都不置备。二楼的一间几乎同样小的房间里，也有一张漆成淡黄色的木桌，椅子的四条腿截断了一节，低到如同我家里的马扎。据说是托翁视力不好，椅子低点就可以缩短眼睛和稿纸的距离，避免了低头躬腰。在这间小小的简便到简陋的书房里，托尔斯泰写成了《安娜·卡列尼娜》。我还想看看写作《复活》的房间，讲解员说这部写作长达十年的小说，托尔斯泰先后换过三个写作间，没有解释换房的原因。我走出这座二层小楼时，脑子里就凸显着两张淡黄色的木桌。我更加确信作家从事的写作这种劳动，最基本的条件不过就是一张桌子和一把椅子，可以铺开稿纸可以坐下写字，把澎湃在胸腔的激情和缠绕在脑际的体验倾泻到稿纸上就足够了，与房子的大小屋内的装备和墙面上贴挂的饰物毫无关系。说句不算抬杠的话，如果脑子里是空乏的胸腔里是稀薄的，即使有镶着宝石的黄金或白银的桌椅也无济于事。无论如何，我至今还想着那把太低太矮的椅子，坐上去就得把腿伸到很远，坐久了会很不自在的，何不加高桌子的四条腿，同样可以达到既不弯腰低头而缩短眼睛和稿纸的间距，况且能够让双腿自由自如地屈伸……

在这座托尔斯泰写作和生活的黄色小楼前，有一块不大的空地，该当算作院子吧。在这方小院的三面，都是稠密到几乎不透阳光的树林，林间长满杂草，俨然一种森林的气息。楼前的这方小院，除了供人走的台阶下的土路，也都栽种着花草，却不是精细琢磨的管理，完全是自由生长的泼势。花草园子里有一棵合抱粗的树，不见一片绿叶，粗壮的枝股和细细的枝条，赤裸在空中，在四周一片浓密的绿叶的背景下，这棵树就令人感到一种死亡的凄凉。我初看到这棵枯死的树时，就贸然想到保存它与周围的景致太不协调，随之了解到这棵树非凡的存在，竟然有一种内心深处的震撼。枯枝上挂着一颗金黄色的铜钟，我初看时就想到小学校里上课下课敲出指令的铜钟。托尔斯泰属于贵族，却操心着贫苦农民的疾苦和委屈，以真诚之心帮助那些寻求救助的人，久而久之，那些四野八乡遭遇困境的乡民便寻到这个庄园来。托尔斯泰在楼前院子的这棵树上挂了这只铜钟，供寻访的穷人拉响。托尔斯泰会放下钢笔推开稿纸，把敲钟的穷人请进楼里，听其诉叙困难和冤屈，然后给予帮扶救助。据说有时竟会在这棵树下发生排队等候敲钟的情况。然而没有哪怕是粗略的统计，曾经有多少穷人贫民踏进这座庄园走到这棵树下，憋着一肚子酸楚和一缕温暖的希望攥住那根绳子，敲响了这只铜钟，然后走进了小楼会客厅，然后对着胡须垂到胸膛的这位作家倾诉，然后得到托尔斯泰的救助，脱离困境。

这棵曾经给穷人和贫民以生存希望的树已经死了，干枯的枝条呈着黑色，枝干上的树皮有一二处剥落，那只金黄色的铜钟静静地悬空吊着，虽依原样系着一条皮绳，却再也不会有谁扯拉了。救助穷人的托尔斯泰去世已近百年，这棵树大约也徒感寂寞，已经失去了承载穷人希望的自信和骄傲，随托翁去了。

托翁晚年竟然执意要亲手打造一双皮靴，而且果真打造出来了，而且很精美很结实也很实用。我自然惊讶这位伟大作家除了把钢笔的效能发挥到无可替及的天分之外，还有无师自通操作刀剪锥针制作皮靴的一双巧手；我自然也会想到这位既是贵族庄园主又是赫赫盛名的作家，绝不会吝啬一双靴子的小钱而停下笔来拎起牛皮；恰恰是他几乎彻底腻歪了已往的贵族生活，以亲自操刀捏锥表示向平民阶层的转向和倾斜。一种行动，一种决绝，一种背离。我在听着那位端庄的俄罗斯姑娘说这个逸事时，瞬间想到曾经在什么传媒上看到谁说谁已有了贵族的气象和派势，显然是一种时尚推崇。我似乎感到某些滑稽，昨天还用旧报纸（城里人）和土圪垯（乡下人）擦屁股，一夜睡醒睁开眼睛竟成了贵族了……托尔斯泰把他精心制作的这双皮靴送给一位评论家朋友。这位评论家惊讶不已，反复欣赏之后，郑重地把这双皮靴摆到书架上，紧挨着托尔斯泰之前送给他的十二卷文集，然后说："这是你的第十三卷作品。"这话显然不单是幽默，是以俄罗斯人素有的幽默语言方式，表述出对一位伟大作家最到位最深刻的理解。

我真感觉到幸运，在林中的这块草地上领受到了明媚的阳光。雨在我专注于黄色小楼里的一张桌子一把椅子一张照片一页手稿的时候，完全结束了。头顶是一片蓝色的天空和自在悬浮着的又白又亮的云。林子顶梢墨绿的叶子也清亮柔媚起来。阳光从枝叶的空隙投到林子里的硬质土路上，洒在小小的聚蓄着雨水的坑洼里，更显一种明媚。走到一大片苹果园边，天空开阔了，阳光倾泻到苹果树上，给已经现出颓势老色的叶子也平添了柔和和明媚。树枝上挂着苹果，有的树结得繁，有的树稀稀拉拉挂着果子。苹果长足了时月停止再长，正在朝成熟过渡，青色里已淡化出一抹白色。从果树的姿势看，似乎疏于管理；从果型判断，当是百余年前的老品种了，在中国西北最偏远的苹果种植区，它早在十几二十年前都被淘汰了。这些苹果树和大面积的园子，自然完全不存在商业生产的意义，而是作为托翁的遗存保留给现在的人，现在依然崇拜和敬仰这位伟大灵魂的五洲四海的人。我看不到托翁了，却可以抚摸托翁栽植的苹果树，在他除草剪枝施肥和攀枝折果的果林间走一走，获得某种感应和感受，不仅是慰藉，而且是一种心理的强力支撑。

沿着一条横向的硬质土路走过去。湿漉漉的路面上有星星点点的阳光。路两边是高耸的树，从浓密的树叶的空隙可以看到碎布块似的蓝天和白云，平视过去则尽是层层叠叠的湿溜溜的树干。我尽可以想象雨后初霁的傍晚，阳光乍泄的林间树丛中，托翁拨开草叶采摘蘑菇的清爽。树林间有倒地的枯木，杆皮上生出绿苔和白茸茸的苔衣，都依其自由倒地的姿态保存着，更添了一种原始和原生形态的气息。这里已没有了剪枝疏果吆马耕田采蘑制靴的托尔斯泰，没有了闻铃迎接穷人听其诉苦的托尔斯泰，也没有了在木纹桌前摊开稿纸把独自的体验展示给世界的托尔斯泰。然而，一个伟大的灵魂却无所不在。恰在我到这儿来之前几天，《参考消息》转载一篇文章，说欧美一些作家又重新阅读陀思妥耶夫斯基和托尔斯泰了。我便想，小说的形式和流派如狗追兔子般没命地朝前抢着，跑到"后后后"的地段上，终于有人歇下来缓口气，又往来路上回眺了。看来似乎没有完全过时的形式，只有空虚肤浅的内容最容易被淡忘被淹没。

横着的路出现了三岔口，标示左边通托翁的墓地。路上的光线似乎暗下来，许是树木更密了，也许是太阳光照角度的差异，路面和小水坑里已经看不到亮闪闪的光斑了。在树林的深处，看到了托翁的墓地，完全是意料不及想象不出的一块墓地。在一块临近浅沟的边沿，有一片顶大不过十平方米人工培植的草坪，中间堆着一道土梁，长不过一米，高不过半米，是用一种黑褐色的泥土堆培而成。上面没有遮掩，四周没有栅栏防护，小土梁就那样无遮无掩地堆立在小小的草坪上。我站在草坪前，竟有点不知所措。这样简单的墓地，这样低矮的土梁标志，比我家乡任何一个农民的墓堆都要小得多。没有任何碑石雕像，就是一坨草坪一撮褐黑的泥土，标志着一个伟大灵魂的安息之地。那个小土梁上，有一束鲜花。我在转身离去的一瞬，似乎意识到，托尔斯泰是无须庞大的墓地建筑来彰显自己的，也无须勒石刻字谋求不朽的，那小小的草坪和那一道低矮的土梁，仅仅标示着一个业已不朽的灵魂安息在这里。

离开墓地和通往墓地的林间幽径，有一片开阔的草地，灿烂着红的白的紫的金黄色的野花。季节还算是夏天，雨后的太阳热烈灿烂，仍不失某种羞羞的明媚。我沉浸在野草野花和阳光里，心头萦绕着托翁为自己的庄园所作的命名——"林中那块阳光明媚的草地"，真是恰切不过的诗意之地，又确凿是现实主义的具象。

 三　我的读书故事

第一次借书和第一次创作

上到初中二年级,中学语文老师搞了一次改革,把语文分为文学和汉语两种课本。汉语只讲干巴巴的语法,是我最厌烦的一门功课,文学课本收录的尽是古今中外的诗词散文小说名篇,我最喜欢了。

印象最深的一篇课文是《田寡妇看瓜》,一篇篇幅很短的小说,作者是赵树理。我学了这篇课文,有一种奇异的惊讶,这些农村里日常见惯的人和事,尤其是乡村人的语言,居然还能写文章,还能进入中学课本。这些人和事还有这些人说的这些话,我知道的也不少,我也能编这样的故事,写这种小说。

这种念头在心里悄悄萌生,却不敢说出口。穿着一身由母亲纺纱织布再缝制的对襟衣衫和大裆裤,在城市学生中间无处不感觉卑怯的我,如果说出要写小说的话,除了嘲笑再不会有任何结果。我到学校图书馆去了,这是我平生第一次踏进图书馆的门,冲着赵树理去的。我很兴奋,真的借到了赵树理的中篇小说单行本《李有才板话》,还有一本短篇小说集,名字记不得了。我读得津津有味,兴趣十足,更加深了读《田寡妇看瓜》时的那种感觉,这些有趣的乡村人和乡村事,几乎在我生活的村子都能找到相应的人。这里应该毫不含糊地说,这是我平生读的第一和第二本小说。

我真的开始写小说了。事也凑巧，这一学期换了一位语文老师，是师范大学中文系刚刚毕业的车老师，不仅热情高，而且有自己的一套教学方法。尤其是作文课，他不规定题目，全由学生自己选题作文，想写什么就写什么。这真是令我鼓舞，便在作文本上写下了短篇小说《桃园风波》，大约三四千字或四五千字。我也给我写的几个重要的人物都起了绰号，自然是从赵树理那儿学来的。赵树理的小说里，每个人物都有绰号。故事都是我们村子发生的真实故事，农业生产合作社由初级转入高级，把留给农民的最后一块私有田产——果园也划归集体，我们家的果园也不例外。在归公的过程中，发生了许多冲突事件，我侬一个老太太的事儿写了小说。同样不能忘记的是，这是我写作的第一篇小说，已不同于以往的作文。这年我十五岁。

车老师给我的这篇小说写了近两页评语，自然是令人心跳的好话。那时候仿效苏联的教育体制，计分是五分制，三分算及格，五分算满分，车老师给我打了五分，在五字的右上角还附添着一个加号，可想而知其意蕴了。我的鼓舞和兴奋是可想而知的，同桌把我的作文本抢过去看了老师用红色墨水写的耀眼的评语，一个个传开看，惊讶我竟然会编小说，还能得到老师的好评。在那一刻里，我在城市学生中的自卑和畏怯得到缓解，涨起某种自信来。

我随之又在作文本上写下第二篇小说《堤》，也是村子里刚成立的农业社封沟修小水库的事。车老师把此文推荐到语文教研组，被学校推荐参加西安市中学生作文比赛评奖。车老师又亲自用稿纸抄写了《堤》，寄给陕西作家协会的文学刊物《延河》。评奖没有结果，投稿也没有结果。我却第一次知道了《延河》，也第一次知道发表作品可以获取稿酬。许多年后，当我走进《延河》编辑部，并领到发表我的作品的刊物时，总是想到车老师，还有赵树理的田寡妇和李有才。

在灞河眺望顿河

我准确无误地记得,平生阅读的第一部外国文学作品,是肖洛霍夫的《静静的顿河》。

我读初中二年级时,年轻的车老师不仅让学生自选作文题,想写什么写什么,而且常常逸出课本,讲些当代文坛的趣事。那时正当"反右",他讲了少年天才作家刘绍棠当了"右派"的事。我很惊讶,便到学校图书馆借来刘绍棠的短篇小说集《山楂村的歌声》,读得很入迷且不论,在这本书的"后记"里,刘绍棠说他最崇拜的作家是肖洛霍夫,我就从这儿知道了《静静的顿河》。耐着性子等到放暑假,我把四大本《静静的顿河》借来,背回乡村家里。

我的年龄不够农业合作社出工的资格,便和伙伴们早晚两晌割草,倒不少挣工分。逢着白鹿原上两个集镇的集日,光一天后晌在农业社菜园逛了黄瓜、茄子、西红柿、大葱等蔬菜,天不明挑着菜担去赶集,一次能挣块儿八毛的,到开学就挣够学费了。割草卖菜的间隙和阴雨天,我在老屋后窗的亮光下,领略顿河草原的美丽风光,骁勇剽悍的格里高利和风情万种的阿克西妮娅。

小说里的顿河总是让我和我家门口的灞河混淆,顿河草原上的山冈，也总是和眼前的骊山南麓的岭坡交替叠映。我和伙伴坐在坡沟的树荫下，说着村子里的这事那事，或者是谁吃了什么好饭等等，却不会有谁猜到我心里有一条顿河，还有哥萨克小伙子格里高利和阿克西妮娅。我后来才意识到，在那样的年龄区段里感知顿河草原哥萨克的风情人情，对我的思维有着非教科书的影响，尽管我那时对这部书的历史背景模糊不清。我后来喜欢译文本，应该是从这次《静静的顿河》的阅读引发的。此后便基本不读"说时迟那时快"和"且听下回分解"的句式了。

书念到高中阶段，我在学校图书馆发现了肖洛霍夫的一本短篇小说集《顿河故事》，便借来读。平时功课紧张不敢分心，往往是周六回家时，沿着灞河河堤一路读过去，除了偶尔有自行车或架子车，不担心任何机动车辆撞碰。这部集子收录了大约二十个短篇小说，一篇一个故事，集中写一个或两个人物，几乎都是顿河早期革命的故事，篇篇都写得惊心动魄。这是肖洛霍夫写作《静静的顿河》之前的作品，可以看作练笔练功夫的基础性写作，却堪为短篇小说典范。

到二十世纪六十年代，我高考名落孙山，回到老家做乡村教师，确定把文学创作正经作为理想追求时，从灞桥区文化馆图书室借到肖氏的另一部长篇小说《被开垦的处女地》。小说写的是苏联搞集体农庄的故事，使我感到可触摸可感知的亲切，总是和我身在的农业合作社的人和事联系起来，设想把作品中的人物名字换成中国人的名字，可以当作写中国农业合作化的小说。

直到前几年，我才读了他的那篇超长短篇小说《一个人的遭遇》，这是他最后一部影响深远的作品，我算是把他的主要著作都拜读了。写作这个短篇小说时的肖洛霍夫，从精神和心理气象上看，完全蝉蜕为一个冷峻的哲思者了。他完成了生命的升华。

一个空前绝后的数字

柳青长篇小说《创业史》的阅读,在我几乎是大半生的沉迷。

那是一九五九年的春天,我从报纸上看到,柳青新著长篇小说《创业史》,即将在《延河》杂志连载的消息,早早俭省下两毛钱等待着。我上到初三时,转学到离家较近的西安市第十八中学,在纺织城东边,我背馍上学少跑十多里路。当我从纺织城邮局买到泛着油墨气味的《延河》时,正文第一页的通栏标题是手书体的《稻地风波》(初定名),背景是素描的风景画,隐没在雾霭里的终南山,一畦畦井字形的稻田,水渠岸边一排排迎风摇动的白杨树,是我自小看惯了的灞河风景,现在看去别有一番盎然诗意。当我急匆匆返回学校,读完作为开篇的《题叙》,便有一种从未发生过的特殊的阅读感受洋溢在心中。

这个小说巨大的真实感和真切感,还有语言的深沉的诗性魅力,尤其是对关中人情的细腻而透彻的描写,不仅让我欣赏作品,更让我惊讶自己生活的这块土地,竟然蕴藏着可资作家进行创作的丰富素材。或者说白了,我所熟视无睹的乡村的这些人和事,在柳青笔下竟然如此生动而诱人。我第一次开始关注自己生活的这块土地。我几次忍不住走出学校大门,门外便是枣园梁上正待抽穗的无边的麦田,远处便是隐隐约约可见山峰沟岩的终南山，在离我不过四五十里地的神禾原下，住着柳青。我的发自心底的真诚的崇拜发生了。十二三年后，"文革"中备受折磨的柳青获得"解放"，我在大厅里听柳青讲创作时，第一眼看见不足一米六个头、留着黑色短发的柳青，顿然想到我在枣园梁校门口眺望终南山的情景。三十四五年后的初夏时节，我和长安县的同志在柳青坟头商议陵园修建工程，眼见着柳青坟墓被农民的圈粪堆盖着，我又想到十七岁时在枣园梁上的眺望。

后来我到位于灞桥镇的西安市第三十四中学读高中。镇上的邮局不售《延河》，阅读中断了。随之得知巴金主编的《收获》一次刊发《创业史》，我托在西安当工人的舅舅买到了这期《收获》，给我送到学校，我几乎是置功课于不顾而读完了《创业史》（第一部）。我在该书发行单行本的时候，又托舅舅买了首版《创业史》。我对文学的兴趣已经几乎入迷，对这部小说的反复阅读当是一个主要诱因。高中二年级时，我和班里几个喜欢文学的同学组织起学校的第一个文学社，办了一份不定期的文学墙报，自己发表自己的作品。

我后来进入社会，确定下来文学创作的人生命题，《创业史》便成为枕边的必备读物。一九七三年发表第一个短篇小说时，许多人说我的语言像柳青。编辑把这篇小说送给柳青看，他把第一章修改得很多，我一句一字琢磨，顿然明白我的文字功力还欠许多火候。我后来到南泥湾劳动锻炼，除了规定必带的《毛选》，还私藏着《创业史》，在南泥湾的窑洞里阅读，后来不知谁不打招呼拿去了，也不还。我大约买了丢、丢了又买了九本《创业史》，这是空前的也肯定是绝后的一个数字。

关键一步的转折

我的人生道路的关键一步转折，发生在一九七八年的夏天，从工作了十年的人民公社调动到当时的西安郊区文化馆。

我当时正负责为家乡的灞河修建八华里的防洪河堤。在我们那个很穷的公社，难得向上级申请到一笔专项治理灞河的资金，要修筑一道堤面上可以对开汽车的河堤，在那个小地方，称得上是一项令人鼓舞的宏伟工程了。工程实际上是从一九七七年冬季开始的，我作为工程负责人，和七八个施工员住在一道红土崖下灞河岸边的一幢房子里，没有床也没有炕。从邻近的村子里拉来麦草铺在地上，各人摊开自己带来的被褥，并排睡地铺了。我那时候心劲很足，想一次解决灞河涨水毁田的灾害，尤其是给包括我的父母妻儿生活的村子在内的大半个公社修建这样一个工程。为此，我从早到晚都奔跑在各个施工点上。一个严峻的节令横在心头，必须在初夏灞河涨水之前，不仅要把河堤主体堆成，而且必须给临水的一面砌上水泥制板，不然，一场大水就可能把沙堤冲成河滩。工程按计划紧张地进行，四月发了一场大水，只是局部损伤，我的信心没有动摇。

到初夏时节，我在麦草地铺上打开一本新寄来的《人民文学》

杂志。夜晚安排完明天的事，施工员们便下棋，或者玩当地人都喜欢玩的"纠方"游戏，我也是参与者。这一晚我谢辞了下棋和"纠方"，躺在地铺上看一篇小说，名曰《班主任》，作者是我从未听说过的刘心武。我在这篇万把字的小说的阅读中，竟然产生心惊肉跳的感觉。每一次心惊肉跳发生的时候，心里都涌出一句话：小说敢这样写了！请注意这个"敢"字。我作为一个业余写作者，尽管远离文学圈，却早已深切地感知到其中的巨大风险了，极左的政治思想影响下的文艺政策更"左"得离谱，多少作家都栽倒了，乃至搭上了性命。《班主任》竟然敢这样写，真是令我心惊肉跳。

我在麦草地铺上躺不住了。我走出门，不过五十米就到了哗哗响着的灞河水边，撩水洗了把热烫的脸，坐在河石上抽烟，心里又涌出一句纯属我的感受来：文学创作可以当作事业来干的时候终于到来了。这是我从《人民文学》发表《班主任》这样的小说的举动上所获得的最敏感的信号。我几乎就在涌出这句话的一刻，决定调离公社，目标是郊区文化馆。那儿的活儿比公社轻松得多，也有文学创作辅导干部的职位，写作时间很宽裕，正适宜我。即将完成河堤工程的六月，我如愿以偿到郊区文化馆去了。我的仍然属业余文学创作的人生之路开始了。

《班主任》在文学界的影响可谓深远。文学界先把其称为中国的"解冻文学"的先声，这是借用苏联二十世纪五十年代初一个文学现象的名词，随后又称其为新时期文艺复兴的发轫之作。其实，两种称谓的意思相近，即从极左文艺政策下解放出来的第一声鸣叫，一个时代开始了。我的人生之路也发生了关键一步的转折。

摧毁与新生

一九八二年五月，陕西作家协会在延安举行毛泽东《在延安文艺座谈会上的讲话》发表四十周年纪念活动，胡采主席亲自率领七八个刚刚跃上新时期文坛的陕西青年作家到延安去，我是其中之一。有一个细节至今难忘，胡采在杨家岭中央大礼堂外的场地上，给我们回忆当年他聆听毛泽东讲话的情景。我和几位朋友在一张大照片上寻找当年的胡采，竟然辨认不出来。最后还是由胡采指出那个坐在地上的年轻人，说是当年的他。相去甚远了。四十年的时光，把一个朝气蓬勃的小伙子变成了睿智慈祥的老头，我的心里便落下一个生命的惊叹号。

参加这次纪念活动的几个青年作家，各自都据守在或关中平原或秦岭山中或汉中盆地的一隅，平时难得相聚，参观的路上、吃饭的桌上就成为交流信息的最好平台。尤其是晚上，聚在某个人的房间，多是说谁写了一篇什么小说，多好多好值得一读。被说得多的是路遥，他的一个中篇小说即将在《收获》发表，篇名《人生》。这天晚上，大家不约而同聚到路遥房间，路遥向大家介绍了这部小说的梗概，尤其是说到《收获》责任编辑对作品的高度评价，大伙都有点按捺不住的兴奋，便问到《收获》出版的确切时间，路遥说已经出刊了。记不清谁提议应该马上到邮局去购买。路遥显然也兴奋到恨不得立即看到自己钢笔写下的文字变成铅字的《收获》，还说他和邮局有关系，可以叫开门，便领着大家出了宾馆，拐了几道弯，走到延安邮局门口。敲门敲得很响，也敲得执拗。终于有一位很漂亮的值班女子开了门，却说不清《收获》杂志是否到货，便领着我们到业已关灯的玻璃柜前，拉亮电灯。我们把那个陈列着报纸杂志的玻璃柜翻来覆去地看，失望而归。

我已经被路遥简略讲述的《人生》故事所沉迷，尤其是像《收获》这样久负盛名的刊物的高调评价，又是头条发表，真有迫不及待的阅读期盼。我从延安回到文化馆所在地灞桥镇，当天就拿到馆里订阅的《收获》，几乎是一口气读完了这部十多万字的中篇小说《人生》。读完时坐在椅子上是一种瘫软的感觉，显然不是高加林波折起伏的人生命运对我的影响，而是小说《人生》所创造的完美的艺术境界，对我正高涨的创作激情是一种几乎彻底的摧毁。

连续几天，我得着空闲便走到灞河边上，或漫步在柳条如烟的河堤上，或坐在临水的石坝头，却没有一丝欣赏古桥柳色的兴致，而是反思着我的创作。《人生》里的高加林，在我所阅读过的写中国农村题材的小说里，是一个全新的面孔，绝不同于此前文学作品里的任何一个乡村青年的形象。高加林的生命历程里的心理情感，是包括我在内的乡村青年最容易引发呼应的心理情感。路遥写出了《人生》，一个不争的事实便摆列出来，他已经拉开了包括我在内的这一茬跃上新时期文坛的作者一个很大的距离。我的被摧毁的感觉源自这种感觉，却不是嫉妒。

我在灞河沙滩长堤上的反思是冷峻的。我重新理解关于写人的创作宗旨。人的生存理想，人的生活欲望，人的种种情感情态，准确了才真实。一个首先是真实的人的形象，是不受生活地域文化背景以及职业的局限，而与世界上的一切种族的人都可以完成交流的。到这年的冬天，我在反思中形成新的创作理念，写成了我的第一个篇幅不大的中篇小说《康家小院》，后来获得了《小说界》的首届评奖。许多年后，我对采访的记者谈到农村题材的创作感受时说出一种观点：你写的乡村人物让读者感觉不到乡村人物的隔膜就好了。这种观点的发生，源自在灞河滩上的反思，是由《人生》引发的。

一次功利目的明确的阅读

在我的文学生涯中，阅读不仅占有一个很大的时间比例，而且是伴随终生的一种难能改易的习惯意识。然而，几乎所有阅读都不过是兴趣性的阅读而已，可以增添知识，开阔视野，见识多种艺术风格的作品。只有一次阅读是怀有很实际具体甚至很功利的目的，这就是二十世纪八十年代中期的一次阅读。

那时候我正在酝酿构思第一部也是唯一的长篇小说《白鹿原》，用了两年左右的时间。随着几个主要人物的成型和具象，自我感觉已趋生动和丰满，小说的结构便很自然地凸显出来，且形成一种甚为严峻的压力。这种压力的形成有主客两方面的因由，在我是第一次写长篇，没有经验自不必说，况且历史跨度大，人物比较多，事件也比较密集，必须寻找到一种恰当的结构形式，使得业已意识和体验到的人物能得到充分的展示；另外，在这部小说刚刚萌生创作念头的时候，西北大学当代文学评论家蒙万夫老师很郑重地告诫我说，长篇小说是一个结构的艺术。他似乎担心我轻视结构问题，还做了一个形象化的比喻，长篇小说如果没有一种好的结构，就像剔除了骨头的肉，提起来是一串子，放下去是一摊子。我至今几乎一字不差地记着蒙老师的话，以及他说这些话时平静而又郑重的神情。当这部小说构思逐渐接近完成的时候，结构便是自然形成的最迫切也是最严峻的一大命题。

我唯一能做出的选择就是读书。我选择了一批中外长篇小说阅读。我的最迫切的目的是看各个作家是怎样结构自己的长篇，企望能获得一种启发，更企望能获得一种借鉴。我记得有二十世纪八十年代中期最具影响的两部长篇，一是王蒙的《活动变人形》，一是张炜的《古船》。我尤其注意这两部作品的结构方式，如何使多个人物的命运逐次展开。这次最用心的阅读，与最初的阅读目的不大吻合，却获得了一种意料不及的启发。这就是，每一部成功的长篇小说，都有自己风格独特的结构方式，而平庸的小说才有着结构形式上相似的平庸。我顿然省悟。从来不存在一个适宜所有作品的人物和故事展示的现成的结构框架，必须寻找到适宜自己独自体验的内容和人物展示的一个结构形式，这应该是所谓创作的最真实含义之一；我几乎同时也理顺了结构和内容的关系，是内容——即已经体验到的人物和故事决定结构方式，而不是别的。这样，我便确定无疑，《白鹿原》必须有自己的结构形式，不是为了出奇一招，也不是要追某种流派，而是想建一个让白嘉轩、鹿子霖、朱先生们能充分展示各自个性和命运的比较自然而顺畅的时空平台。

小说出版许多年了，单就结构而言，也有不少评说，有的称为网状结构，有的称为复式结构等等，多为褒奖的好话，尚未见批评。我一直悬在心里的担心，即蒙老师告诫的那种"一串子""一摊子"的后果避免了。我衷心感激已告别人世的蒙老师。

我也感慨那次较大规模又目的明确的阅读，使我获得了关于结构的最直接最透彻的启发。其实不限于长篇小说，其他艺术样式的创作亦是同理，实际已触摸到关于创作的最本质的意义。

米兰·昆德拉的启发

米兰·昆德拉热遍中国文坛的时候，大约稍晚加西亚·马尔克斯几年。从省内到省外，每有文学活动作家聚会，无论原有的老朋友或刚刚结识的新朋友，无论正经的会议讨论或是三两个人的闲聊，都会说到这两位作家的名字和他们的作品，基本都是从不同欣赏角度所获得的阅读感受，而态度却是一样的钦佩和崇拜。谁要是没接触这两位作家的作品，就会有一种落伍的尴尬，甚至被人轻视。

我大约是在昆德拉的作品刚刚进入中国图书市场的时候，就读了《玩笑》和《生命中不能承受之轻》《生活在别处》等。先读的哪一本后读的哪一本已经忘记，却确凿记得陆续出版的几本小说都读了。每进新华书店，先寻找昆德拉的新译本，甚至托人代购。我之所以对昆德拉的小说尤为感兴趣，首先在于其简洁明快里的深刻，篇幅大多不超过十万字，在中国约定俗成的习惯里只能算中篇。情节不太复杂却跌宕起伏，人物命运的不可捉摸的过程中，是令人感到灼痛的荒唐里的深刻，且不赘述。更让我喜欢昆德拉作品的一个因由，是与马尔克斯《百年孤独》截然不同的艺术气象。我正在领略欣赏魔幻现实主义的兴致里，昆德拉却在我眼前展示出另一番景致。我便由这两位大家决然各异的艺术景观里，感知到不同历史和文化背景里的作家对各自民族生活的独特体验，以及各自独特的表述形式，让我对小说这种艺术形式发生了新的理解。用海明威的话说，就是要"寻找属于自己的句子"。这个"句子"不是指通常意义上的文字，而是作家对生活——历史和现实——独特的发现和体验，而且要有独立个性的艺术表述形式。仅就马尔克斯、昆德拉和海明威而言，每一个人显现给读者的作品景观都迥然各异，连他们在读者心中的印象也都个性分明。然而，无论他们的作品还是他们个人的分量，却很难掂出轻重的差别。在马尔克斯和昆德拉的艺术景观里，我的关于小说的某些既有的意念所形成的戒律，顿然打破了；一种新的意识几乎同时发生，用海明威概括他写作的话说就是，"寻找属于自己的句子"。只有寻找到不类似任何人而只属于自己独有的"句子"，才能称得上真实意义上的创作，才可能在拥挤的文坛上有一块立足之地。

　　在昆德拉小说的阅读过程中，还有一个在我来说甚为重大的启发，这就是关于生活体验与生命体验的切实理解。似乎是无意也似乎是有意，《玩笑》和《生命中不能承受之轻》这两部小说一直萦绕于心中。这两部小说的题旨有类似之处，都指向某些近乎荒唐的专制事项给人造成的心灵伤害。然而《玩笑》是生活体验层面上的作品，尽管写得生动耐读，也颇为深刻，却不像《生命中不能承受之轻》那样让人读来有某种不堪承受的心灵之痛，或者如作者所说的"轻"。我切实地感知到昆德拉在《生命中不能承受之轻》里进入了生命体验的层面，而与《玩笑》就拉开了新的距离，造成一种一般作家很难抵达的体验层次。这种阅读启发，远非文学理论所能代替。我后来在多种作品的阅读中，往往很自然地能感知到所读作品属于生活体验或是生命体验，发现前者是大量的，而能进入生命体验层面的作品是一个不成比例的少数。我为这种差别找到一种喻体：生活体验如同蚕，而生命体验是破茧而出的蛾。蛾已经羽化，获得了飞翔的自由。然而这喻体也容易发生错觉，蚕一般都会结茧成蛹再破茧而出成蛾，而由生活体验能进入生命体验的作品却少之又少。即使写出过生命体验作品的作家，也未必能保证此后的每一部小说，都能再进入生命体验的层次。

阅读自己

　　一部或长或短的小说写成，那种释放完成之后的愉悦，是无以名状的。即使一篇千字散文随笔，倾诉了自以为独有的那一点感受和体验，也会兴奋大半天。之后便归于素常的平静，进入另一部小说或另一篇短文的构思和谋划。到得某一天收到一份专寄的刊登着我的小说或散文的杂志或报纸，打开，第一眼瞅见手写在稿纸上的文字变成规范的印刷体文字，便潮起一种区别于初写成时的兴奋和愉悦的踏实，还掺和着某种成就感。如果没有特别紧要的事相逼，我会排开诸事，坐下来把这部小说或短文认真阅读一遍，常常会被自己写下的一个细节或一个词语弄得颇不平静，陷入自我欣赏的得意。自然，也会发现某一处不足或败笔，留下遗憾。我在阅读自己。这种习惯自发表第一篇散文处女作开始，不觉间已延续了四十多年，直到今天，仍然如此。

　　阅读自己的另一个诱因，往往是外界引发的。一般说来，对自己的作品，如上述那样，在刚发表时阅读一过，我就不再翻动它了，也成了一种难改的积习。有时看到某位评论家涉及我的某篇作品的文章，尤其是他欣赏的某个细节，我便忍不住翻开原文，把其中已淡忘的那一段温习一回，往往发生小小的惊讶，当初怎么会想出这样生动的描写，再自我欣赏一回。同样，遇到某些批评我的评论中所涉及的情节或细节，我也会翻出旧作再读一下，再三斟酌批评所指症结，获得启示也获得教益，这时的阅读自己就多是自我审视的意味了。我的切身体会颇为难忘，在肯定和夸奖里验证自己原来的创作意图，获得自信；在批评乃至指责里实现自我否定，打破因太久的自信所不可避免的自我封闭，进而探求新的突破。几十年的创作历程，回头一看，竟然就是这样不断发生着从不自信到自信，再到不自信，及至新的自信的确立的过程，使创作完成了一次又一次的新探寻。

有一件事记忆犹新。一九七八年是改革开放的标志性年份，也是被称作中国新时期文艺复兴的一个标志性年号。正是在这一年，我预感到可以把文学创作当作事业追求的时代终于到来了。一九七九年春夏之交，我写成后来获得全国第二届短篇小说奖的《信任》。小说先在《陕西日报》文艺副刊发表，随之被《人民文学》转载（当时尚无一家选刊杂志），后来又被多家杂志转载。赞扬这篇小说的评论时见于报刊，我的某些自鸣得意也难以避免。恰在这时候，当初把《信任》推荐《人民文学》转载的编辑向前女士，应又一家杂志之约，对该杂志转载的《信任》写下一篇短评。好话连一句都记不得了，只记得短评末尾一句：陈忠实的小说有说破主题的毛病（大意）。我初读这句话时竟有点脸烧，含蓄是小说创作的基本规范，我犯了大忌了。我从最初的犯忌的慌惶里稍得平静，不仅重读《信任》，而且把此前发表的十余篇小说重读一遍，看看这毛病究竟出在哪儿。再往后的创作探寻中，我渐渐意识到，这个点破主题的毛病不单是违背了小说要含蓄的规矩，而是既涉及对作品人物的理解，也涉及对小说这种艺术形式的理解，影响着作品的深层开掘。应该说，这是最难忘也最富反省意义的一次阅读自己。

这种点拨式的批评，可以说影响到我的整个创作，直到《白鹿原》

的写作，应该是对"说破主题"那个"毛病"较为成功的纠正。我把对那一段历史生活的感受和体验，都寄托在白嘉轩等人物的身上，把个人完全隐蔽起来。《白鹿原》出版十余年来有不少评论包括批评，倒是没有关于那个"毛病"的批评。

　　我又有启示，作为作家的我，在阅读自己的时候，不宜在自我欣赏里驻留太久，那样会耽误新的行程。

 四 动心一刻

难忘一渠清流

在村子里的初级小学校念书到四年级期满，算是毕业了。要继续深造，需要通过升学考试，到所辖学区的高级完全小学接着读五、六年级。严峻的前提是，必须通过考试得以录取。初级小学是复式教学，一个教室里四个年级的三四十个男女学生，由一位既是教师也兼校长的青年教师独统这一方乡村教育领地。他很负责任，在我们毕业前夕已经打听到准确的招生消息，属于西安市辖区离我家最近的两所高级小学都不招生，蓝田县辖的高级小学却在招生。我家所在的地域属西安市辖的最东头一个村子，再往东就属蓝田县辖的地域了；往北是灞河，河北边也是蓝田县辖地，正对着我们村子的灞河北边的油坊镇上有一所高级小学，距家不过三里地。我和同村的两个同班同学搭伙儿涉过灞河，抱着碰运气的心理找到那所小学，再找到管招生的老师说明来意，竟破例允许不属蓝田县辖的我们报名应考……考试的结果，我们三人有一个落榜，我竟有幸得中。这是一九五三年的事，我十一岁。

即将开学的时候，天降暴雨，灞河涨起洪水，多日不退，我几乎天天乃至一天三次跑到河边，看河水落下去的情状。直到水落到我可以过的时候，开学已过一周了。父亲送我上学，他肩头扛着一袋面粉，我背着一捆被卷，走进学校大门时竟然忍不住心跳。学校给北边岭上和南边白鹿原上的远路学生安排住宿，并设有学生灶，学生把自家磨好的面粉交来，再交大约一元人民币的副食费。只有盐和醋两种调味品，酱油属于奢侈品，不供，更谈不到蔬菜或肉了。

父亲回家之后，我进入教室上课，陌生是不消说的，麻烦发生在晚上。我们五年级新班的教室在一幢新建的房子里，有部分房间是用木板铺的，作为睡觉的宿舍。宿舍尚未完全做好，工匠正在赶做尾巴活儿。学校把我们班临时安排在一个既老又低矮的教室里，晚上就睡在桌子上过夜。我初来乍到，不知底里，天尚未黑，课桌被人并拢占定了，连长条坐凳都被合并，各有其主。我把剩下的三条木腿活络的板凳并拢起来，铺开被子，自然是一半做褥一半做被，又找来一块旧砖做枕头，睡下了。睡到不知什么时候，我有从悬崖跌下的恐惧，惊醒后半天反应不过来，迷迷蒙蒙还以为在自家炕上，摸到左右的木板凳，才顿时醒悟，我是从以凳做床的板凳上掉到地上了。我爬起来，眼前黑咕隆咚，那时候尚未通电，照明需学生自备油灯。我刚来一天，还未来得及买油置灯。摸着黑把掉在地上的被子拎起来，才发现三条并拢做床的长条凳分开了，我掉到地上时夹在木凳之间，也就明白是木凳的腿子太活络而难以固定，才造成这场虚惊。这是我第一次离家出门在外过夜的经历，竟铸成永久记忆。

到第二或第三四天，我的紧张心情才逐渐缓解，也才敢把这个学校的前院后院走了一遍看了个明白。大门朝南临街，将一排作为教室的房子中间留一间作为通道。进入校内，西边一排低矮的房子，是老师的餐厅和学生灶，还有储藏杂物用房；北边是一排教室，中间夹着校长和几位教师宿办兼用的单间房；东边就是新建成的即将启用的我们班的教室了。四面被连排房子连接，中间是一方甚为宽敞的空地，下课后便被拥出教室的学生渲染得生动活泼。最令人难忘的一景，是从围墙外引进一渠清流，从北边那一排教室前折拐到我们的教室门外，再向西折拐到大门通道，从石板铺盖的地下流出学校，穿过街道流进对面的村子。这条水渠的水一年四季都清澈无浑，是地下渗出的一股颇为丰盛的清泉，大约流过许多许多年了，渠边上粗大的小叶杨树即可见证。北排教室外的水渠边，有小块竹林，是冬天里校园内的一抹绿色。竹林边，还有一大丛玫瑰花。北排房子中间也有一条通道，出去后便是偌大的操场。操场上只有一副木制篮球架，再无任何体育设施。操场东北角还有两座教室，供低年级学生学习。操场西边是土打围墙的厕所。北围墙紧靠着一条砂石出路。我出围墙门站在公路边上，平生第一次看到大卡车。那些从北岭和南原上来的同班同学，晚饭后常不约而同走出北围墙后门，站在公路边等待过往的汽车。那时候汽车很少，往往等半个多小时也未必能看到一辆汽车，小车几乎没见过。后来我才知道，这是关中通中国南方的唯一一条公路。

  我很快便和同学混熟悉了。大约是年龄造成的不同兴趣，我和那些年龄接近个头也相差不多的小同学很自然地聚拢为友。我学习不是太用功，把老师讲的课本内容听懂了，很顺利地做完作业，就不再翻揭书本了，课余便尽着性情玩。那时候尚未使用钢笔，必备一支大字毛笔和一支小楷毛笔，一个砚台或墨盒，每天写一张大字，两天写一页小楷字，连算术作业的洋码字也是用小楷毛笔书写。我现在还后悔那时候把大仿字和小楷字只当成作业去完成，没有认真用心地练习书法基本功。我们班有一位个头不高却很老气的同学，毛笔字写得好到被老师划归为柳体，即大书法家柳公权的笔体风格。我常见他在课余独自写毛笔字，用粗糙的黑麻纸钉成一个大厚本子，一张一张地写，左手边就放着一本柳公权的字帖，作临摹。我第一次听说大书法家柳公权的名字，第一次见到字帖，皆源于此。我和不少同学写毛笔字还处于描"影格"的初始阶段，"影格"是班主任杜老师写的，放在纸下，再在上面的白纸上照着描摹。杜老师后来把给学生写"影格"的事转嫁到那位同学身上，他在全班同学面前说："谁要用'影格'，别找我，让×××同学写，他比我写得好。"可惜，我忘记了这位同学的名字。

学校最火的体育运动是篮球比赛。班级之间搞得热火朝天，大多是那些年龄大个头也高的学生。如我一样年龄小个头又矮的同学，流行玩耍一种小皮球，比赛人数和规则与篮球完全一致。我曾经热衷到入迷的程度，但一个篮球场，很难有给玩小皮球的学生尽兴的机会。我在闲余时就踢毽子，仅仅一条灞河之隔，我们河南边的村子里的小孩，几乎人人会踢用鸡毛扎的毽子，女孩也踢，而河北岸的同学却把我的毽子当作稀罕物，无人会踢，许多同学竟然没见过。不过，他们好奇地试踢几回之后就索然了，我一个人玩不出兴趣，就又找机会和他们一起打小皮球了。

我是顶着"毛盖"发型走进这所高级小学的。还有北岭南原偏僻乡村的同学也蓄着这种乡村未成年男孩传统的发型，即前脑上蓄留一绺长发，苫住了前额。在已经普及了所谓"一边倒"和"平头"等文明发型的学校里，常常遭到讥笑。班主任杜老师倡议男同学每人交一毛钱，买回推子、剪刀和梳子，亲自动手，把我和其他所有蓄着"毛盖"发型的同学的头发剪掉了，一律变革为新式文明发型。他随之培养了两个心灵手巧而又热心服务的男同学做理发师，给全班男生义务理发。我后来由此番发型革命约略可以感知当年辛亥革命男人剪辫子的心理。

从教室门口流过的清湛湛的水，是我们寄宿学生洗脸的再好不过的水了。因为是地下涌泉，夏天清凉，冬天又显得温热，洗手洗脸是一种享受。半夜从楼上宿舍下来小解，出门便对着水渠撒个痛快，尿被水流冲走，不留任何遗味。记得某年初夏，我似乎睡醒后还有点迷糊，下楼后刚站到水渠边，看到前方站着一个没有脑袋的人，吓得折身跑上楼去，躺进被窝再无法入睡。第二天早晨起来在水渠边洗脸时，才看出那个无头的"鬼"是那丛含苞待放的玫瑰。我把这场虚惊写成作文，受到杜老师的表扬，他不仅在全班通篇读完，而且对几处生动描写做了点评。这是我的作文获得的第一次评论，而且以阅读的形式公开"发表"在全班同学面前，难以忘记。

在油坊街高级小学的两年寄宿生活，几乎记不起任何不愉快的事。唯一的缺憾，春末初夏时节遇到暴雨，灞河涨起洪水，周六回不了家。寄宿的同学和学校老师都回家了，只留下我和灞河南岸的三五个同学，好生恓惶。我常站在河边，看着南岸走动的大人和小孩，清晰到可以辨认出张三李四来，却总无法回到母亲身边，忍不住滴泪。尤其是升中学考试的关键时候，遭遇洪水，不能回家，不仅口袋无钱，关键是我穿着一双鞋底快要磨透的布鞋，踏上行程三十里的砂石公路，很快就把脚后跟磨破流血了……

风吹过白色的原野

心中的圣火

我举着奥运火炬在西安跑过四十米。

这是从佛家的小雁塔通往佛家圣地大雁塔途中的四十米。

这是从希腊奥林匹斯山通往北京——传过六大洲之间的四十米。

几个月前,当我得到通知被推举为奥运火炬手的那一刻,神圣的感觉便产生了。在我的意识里,这火是在希腊的奥林匹斯山上点燃的,采自太阳,即为天火。天火是圣火。我感觉到这火的神圣。

太阳普照大地,驱逐黑暗和阴霾,滋养万物,无论国界、无论种族、无论肤色、无论语言、无论信仰,把光明和温暖洒到地球的各个角落,才有这五彩缤纷万紫千红的世界。来自太阳的天火,是神圣的。这种神圣的感觉,几个月来一直蕴积于胸萦绕于心。今天,我举着这采自太阳圣火的火炬,在我的家乡长安大地上跑过四十米的时候,每一步都释放着纯粹的神圣。

前几天有位记者别出心裁对我提问,你演练跑步姿势了吗?你最想以什么姿势跑步?我几乎不假思索地回答说,我就想以我最习惯的跑步姿势,自在自如自由地跑过那一段路程。道理很简单,如果用一种演练出来的姿势去跑,肯定影响心中那种蕴积已久的神圣的释放,演练的姿势不属于我的肢体本能，也不属于我心趋向。

　　这个有趣的问话，倒勾起我积久的记忆。我刚学走路时便学会在坑洼不平的黄土路上移步，也学会在乡村泥泞的道路上走路。我的大半生都是在乡村晴天的土路和阴雨天的泥泞里走过的。这很可以类比我的人生，泥泞里摔倒过，干燥的平路上也摔倒过；决定人生某一段取向的岔路口的犹疑，择错后的懊悔和重新选择之后的酣畅淋漓。我在乡村的黄土路或泥泞里体验乡村，感受和体验我们国家历经泥泞和挫折之后，终于能够承办举世瞩目的奥运会这样的盛事了。我也在自身的人生历程中体验人生，不断丰富着也深化着生活体验和人生体验，形成自己。用一句话概括，我在自己的人生行程中，承受追求的艰难和痛苦，也享受追求的欢乐和欣慰，这种反复发生的过程，建构成承受痛苦继续追求的心理承受能力。我在跨过五十岁时写过一首拙诗，其中有两句颇能见得这种感受：踏过泥泞五十秋，何论春暖与春寒。

　　今天，我举着从奥林匹斯山上采来的圣火火炬，在小雁塔通往大雁塔的道路上跑过，无论距离长短，都会铸成永久的最神圣的记忆。

　　这圣火已经荡涤记忆里的泥泞。

　　这圣火必然温暖我踏过还可能遭遇的泥泞。圣火留在心中，就是在心中留驻着太阳。

动心一刻

下班了就有松懈和慵懒,悠悠地走在回家的小巷里,整个上午对几茬子来人说过什么话大都忘记了,如此而已。

突然听到背后有人连声叫着"爷爷",想到自己尚不可能有在街巷里跑着玩着的孙子,便放心继续优哉游哉地移步前行。未几,真有一个孙子抢到我前边挡住去路,喘着小气说:"陈爷爷,听说新办公楼盖好了,要买新乒乓球案子?"

我随口答道:"是的。会买的。"

他竟然发出挑战:"那咱们比赛一场?"

我略有迟疑,随之反问:"你为啥要找我比赛?你的同学伙伴不是很多吗?"

他也略有迟疑,稍显羞涩,还是坦陈出原委:"因为我输给你了……"

我心里一动,真是始料不及,正为白捡来的这么一个俊气的孙子得意,不料却是要求"复仇"而且当面送来挑战书的"敌手"。正应了一则民间笑话,一个农夫捡到一封包装整齐的点心喜不自禁,打开来却是一只刺猬……我看看这位挑战者,白净的脸膛,睫毛很长的眼睛，俊气而漂亮，瞅着瞅着竟发觉有点面熟，也想在"决战"前先了解一下"敌手"来自何方姓甚名谁。我刚一发问，他便答道："我是×××的孙子。"我便明白了，×××是另一家协会的老编辑，已经退休，就住在我们单位的另一座住宅楼上。其实这个小家伙也不是生人，常在机关下班后和一伙孩子乘虚而入，爬梨树捉迷藏，把楼梯上宽大的水泥护栏当作溜溜板爬上溜下，我却根本搞不清这一伙孩子是谁家的儿女或孙儿孙女。我说："好哇，趁着我现在还可以上乒乓球场子，你来试试。"小家伙满脸欢悦地说着"谢谢陈爷爷"，临走还给我躬了一个九十度的大躬。我竟很感动。多么文明的一位挑战者！×××教养出来这么可爱的一个孙子！

我继续优哉游哉走过小巷，渐渐记起来，前几年机关买了一台乒乓球案子，因为没有房子安置，就支在露天院子里。男女工作人员和编辑们常在工间休息和工余时打一阵乒乓球，常常为胜负而耍孩子气，常常打得大汗淋漓红颜浮现，以坐为职业特征的机关院里便有了一股活气和生气。我也是乒乓爱好者，球技平平却有几十年的挥拍球史。正经比赛和一般玩耍或打球，自然都要分个胜负，得胜的小小得意和失败的小小不快都发生过，一旦离开乒乓球桌便自动消解。我隐隐记得可能与这个小孩子打过一次或两次，胜负早已不存记录了。然而这孩子却记着。

这将是一个无须判断结局的比赛。可以设想即将到来的这场比赛他又输了，按他的这种优良的不服输的个性，肯定还会向我发出挑战书的……直到他取得胜利。这里存在一个不可逆转更不可论比的条件，便是年龄。他处于少年而我已跨入老年，他训练球技的时日太富裕而我早已不在这方面下功夫了。他肯定是总体上的胜利者，这是无须判断也无须等视的结局。我倒是另有心动的一面，如果这个孩子规规矩矩走到我面前说："爷爷你打得好，我打得不好，我很服你。请你教我打球吧！"我肯定赞赏他的谦逊和礼貌，也会在相遇的球场机缘里帮他练点基本功，然而肯定不会引发心动，不会感到某种挑战的咄咄逼人的少年壮气的冲击。

这个马路上捡来的孙子发出的挑战，使我泛起相仿年纪里我的美妙记忆：背一周的干粮（馍）走五十里路进入西安，一日三餐都是开水泡软的玉米面馍馍，竟然在爱上文学的同时也迷上了乒乓球，常常是一边啃着发硬的馍馍一边抢占乒乓球台子。文学创作后来成为我毕生难舍的职业，乒乓球也断断续续伴着我成为名副其实的业余玩具。

经历过生活的演变也经历过人生的坎坷之后，常常容易感慨，容易以当下发生的事与过去发生过的事互为参照，容易发生由今日之事勾连起往昔里那些尘封沉寂的琐事履痕，往往令自己心里一动，陷入一种陈年佳酿般的迷醉。人生无论从事什么职业无论崇尚何种理想，可贵在那么一股不服输的气（这气当然不是赌气，此气非彼气）。输是正常的，失败也是正常的，输十次失败十次甚至更多都是正常的，关键在于去争取第十一次的赢或成功的气还足否？如果输不起也失败不起因而撒了那一股气，便永远消失了赢和成功的机会和可能。

这个捡来的孙子的可爱不单在那一张俊秀的脸膛，而在那一股不服输的气。我便想了，他在赢我之后，应把下一个对手瞅到刘国梁或瓦尔德内尔身上，那是乒乓世界的顶点标志。目标远了高了大了，气会蕴积得更壮，无论对他个人和这个民族的未来，都特别珍贵，乒乓球不过是一个喻体而已。

动心的一瞬之后反躬自省，尽管有了这样的年纪，那个底气还应不断蕴蓄，以备新的行程。这个马路上捡来的孙子肯定只想着赢我这样一个业余水平的老球员，却不会料及他的行为本身给我的人生警示。快哉善哉。

回家折枣

在巷子的水果摊上看到红枣摆上来,自然想到又到枣月了,也自然想到该回家折枣了。妻子肯定也知道了枣子开始上市,催促我说,抽空回家折枣。在关中乡村,一般不说摘字,凡用摘字的地方,大多数时候用折,譬如折豆荚,折桑叶,折棉花等,摘一切水果都说折。

"在我的后园,可以看见墙外有两株树,一株是枣树,还有一株也是枣树。"这是鲁迅《秋夜》开篇的绝句。我已记不得什么年纪读的,却记得是一遍成诵,自此便把一缕无尽的意味绵延到现在,也把一种文字的魅力绵延到现在。在我的前院中院和后院,栽了七八种树,有南方和北方的两种白玉兰,粉红色的紫薇,黄色的蜡梅,紫荆花树有红白两株,石榴树,火晶柿子树,还有三株枣树,都是我十余年间先后栽植的。几种花树依着各自的习性在不同季节开花,柿树和枣树也都挂果。每当花开或果熟时月,得空回到原下老屋小院,或尝花闻香,或攀枝折果,都是一种难以表达的清爽和愉悦。今天又要回家折枣了。虽然都是面对自家院子里的枣树,我已很难体验先生在"风雨如磐"的"秋夜"里的那种忧思的情境了。

正是秋高气爽的好季节。树依旧很绿。天空是少见的澄澈和透碧。

可以看到远方影影绰绰起伏着的秦岭的轮廓。左首的北岭和右首的南原沉静地摆列在两边，清晰透彻，不时现出掩蔽在村树里的一角红瓦屋脊或一方净白的檐墙。路两边的樱桃园里显示着收获过的败落和冷寂。这条在我生活历程中走得最多也最熟悉的回家的土路，却从来都不曾发生熟悉里的厌倦，视力触摸到任何一个角落，都会在昨天的记忆里泛出新鲜的差异性意味来。夏收后泛着白光的麦茬地，采摘樱桃时不慎攀折断了的枝条，从路边野草丛中突然蹿飞的野鸡，都会把我在城市楼房里的所有思绪排解到一丝不剩，还有乡野的风对城市的污染空气的排除与置换。

进得我原下的村子，再踏进村子里我祖居的院子，先来到柿树下。缀满枝头的柿子，深绿渐变为浅绿，尚不到成熟的时月，似乎比往年结得稀。穿过前屋到了中院，扑面而来就是满树的枣子了。今年的枣子结得顶繁了，细软的枝条不堪重负，一条一条垂吊下来，像母亲过去挂在明柱上的蒜辫儿。且不说品尝吧，单是看见这缀满枝条的枣子，就令当初栽树的我有一种实现期待收获果实的无以名状的舒悦和幸福了。枣子已从绿色蜕变出鲜亮的乳白，果皮上有一坨一丝紫红色，尚未熟透到通体变成红色，完全可以折来品尝了。这种枣子比红透的枣子更脆更甜更有水津味儿。东墙根下一株，西墙根下两株，都把蒜瓣儿似的枣子展现在我的眼前，一派来自土地结晶而成的鲜活，一派无遮无喧亦无言的丰盛，真是让种植它的我感受体验到无与伦比的欢欣了。亲友已搬来梯子。我听到一声吃枣子的咔嚓的脆响，还有对枣子美味的欢叫声。

七八年前，我在早春的时候回家，路过一个业已城市化了的乡村，正逢着传统的庙会，顺便到会场去溜达。到处都摆着乡村人生产和生活的用品，庙会已无庙无神可敬，纯粹变成商品交易市场了。到处都摆着树苗，北方乡村适宜种植的柴树果树和花树秧子，成捆成捆堆放在路边。我总是忍不住在那些有树秧的摊儿前驻足停步；总是在抚摸那些树秧嫩秆的时候忍不住心动，绝不弱于面对稿纸拔开笔帽时的冲动和激情。也许是自小跟着喜欢栽树的父亲受到的影响，也许是应了一个乡村"半迷儿"卦人给我算就的木命，我确凿爱栽树。和我一起溜达的妻子更喜欢那些民间编织的生活用品，装馍用的竹篮和装筷子的箸笼，还有装提水果的竹编长条笼。她不时拽我并提醒我，不要再买任何树苗了，屋前院内再找不到栽树的空地了。其实我心里也明白，能容得我栽树的地皮，只有老家庄前屋后和小院里那几分庄基地了，早被我栽得满满当当的了。不经意间，碰见一位老相识，他也曾弄过文学，却仍然在乡间种地，还在业余写着剧本。我看见他就有说不出口的话，城里有十余家专业剧团，或排场或别致的舞台整年都凉着，一年也敲响不了几回梆子锣钹，你把剧本写给鬼演呀！他的架子车厢里放着一捆打开的枣树秧子，是他培育的一种新品种，结的枣子比普通枣子个儿大，味更脆更甜，名曰梨枣，却与梨不相干。他卖得很好，满满一车只剩下半捆了。他一边给我说他正在写作的剧本，一边往我手里塞枣树秧子。他知道我乡下有屋院。再三谢辞不掉，我便拿了三株梨枣回家，下决心把中院一株老品种的樱桃和一株太泼也太占地盘的花树挖掉，给这三株枣树腾出空位。令人惊诧的是，这枣树一年就长到齐墙头高了。直到这枣树秧委实出脱成苗壮的枣树，而且挂了果，赠我枣树的朋友打电话说，他的剧本早已写完，请几位高手名家看过，都在说写得不错的同时，也都说着遗憾。不是剧本能不能排，而是专业剧团根本就不排戏演戏。他问我能不能帮忙想点办法。我不仅没有办法可支，连安慰他的话都说不出口。

到新世纪到来时，我终于下决心回到乡下久别的老宅新屋住下了。枣树是我的院子里最晚发芽的树。当那嫩芽在日出日落的日子里蓬勃出鲜绿的叶子，我发现了短短的叶柄根下的花蕾，它们不过小米粒大小，绣成一堆。我在那个早晨的心情顿然变得出奇地好。每天早晨起来，我都忍不住到枣树下站一会儿，看那小米粒似的花蕾的动静。直到有一天早晨，我刚走到屋檐下，便闻到一缕奇异的香气，凭直觉就判断出枣花开了。小米粒似的花苞绽放开来的花儿自然不起眼，比小米的黄色浅些，接近于白色，香味却很浓郁，枝条上稀稀拉拉的枣花，却使整个小院都弥漫着清香。蜜蜂先我绕着枣树飞舞了。枣花蜜是蜂蜜中的上品。

眼看着那枯萎的枣花里挣出一只枣子来，恰如刚落生的婴儿，似乎可以听到那进入天地之间的啼哭。小米粒大的枣子，似乎一夜或两夜之间就长到扁豆粒大了，豌豆粒大了，花生粒大了，最后就定格在乒乓球那般大小了，个别枣子竟然有柴鸡蛋的个头。在桌子前在椅子上坐得久了，无论读着什么或写着什么，走出屋子走到枣树下，看着隐蔽在枝杈叶丛里的青枣，那正在你眼皮下丰满和长大的果实，一种蓬勃的生命的活力便向人洋溢着。枣子青绿的颜色，在我日复一日的注视下，渐渐淡了，泛出乳白色了，又浮出一丝一坨的紫红，它成熟了。我折下最先显出红色的一颗，咬了一口，便确信是我有生以来吃到的最好的一颗枣子了。这枣子皮薄肉细，又脆，让我满口竟有一股蜂蜜味儿。我便不忍心再吃第二颗，给家人品尝，也给那些从城里跑到乡下来找我的朋友享一回口福，让他们知道还有这样好吃的枣子。我给他们宣布政策，每人只能品尝一颗。无论年轻朋友，无论德高望重的老教授，都是咬下一口便禁不住声地赞叹起来。我便相信我的口感不粘连栽种者的偏爱因素，也毫不动摇地拒绝要吃第二颗的申求——总共只结了六七十颗，该当让更多的远道来客添一份情趣……后来几年的枣子，结得多了繁了，味道却大不如头一年。今年是前所未有的丰年，味道更差了，有点干巴。我心知肚明，肯定是干旱造成的。没有办法，我住了两年又离开原下的院子，一年回不来几回，枣子在每年伏天的旱季能保存不落，已属幸事了。

我已经不太在意枣子的多少和品味的差别了。我只寻找折枣的过程。常常庆幸得意我尚有一个可以栽植枣树的院子，以及折枣折柿子的机会。这心理往往是瞅见城里人悬在空中阳台上盆栽的花草而生发的。他们已无可以栽一株树或一窝花的土地，只能栽在盆里悬在楼房的阳台上。我在被晒得烫烧脚心的水泥路和被油气污染的空气里憋得透不过气时，得空逃回乡下的屋院，拔除院子疯长的草，为柴树花树和果树浇一桶水，在树荫里在屋檐下喝一瓶啤酒，与乡党说几句家长里短的话，尤其是回来折一回枣，心里顿然就净泊下来了。

今年回了家，折了一回枣。

明年还回家折枣。

《白鹿原》创作散谈

一

一九八二年陕西省作家协会决定把我吸收为专业作家，从那以后我的创作历程发生了重要的转折，这个转折带来的一个重要的问题就是：这个专业作家怎么当？之前做业余作者的时候一年能写多少写多少，写得好写得差，评价高评价低，虽然自己也很关注，但总有一个"我是业余作者"的借口可以作为逃遁之路。做了专业作家之后，浮现在我眼前的，国内国外以前的经典作家不要说，近处就有柳青、王汶石、杜鹏程、魏钢焰等小说家、诗人，无论长篇、短篇、诗歌，在当时都是让我仰头相看的。跟他们站在一块儿，我的自信心无疑将面临巨大的威胁。那我应该怎么做呢？也就在那前后，陕西省作协先后调进几个专业作家，他们先后都搬进了作协刚建好的一幢小住宅楼，我在这个时候的选择却是回到乡下，回到我的老家。当时我在区文化馆工作，是周六回去，周日晚上返回机关单位，做所谓"一头沉"干部——最沉的那一头在农村。做这样选择的主要原因有两点。我离开学校进入乡村社会，先当小学教师再到公社和区上的机关，整整二十年，有了很多生活积累。成为专业作家对我的意义，就是时间可以完全由自己来支配了，可以全身心投入创作和学习上来了，回嚼我的生活。我希望找一个更安静、更少干扰的地方，因此就决定回到乡下。第二个回归老家的原因是我对自身的判断。四十岁的我和当时陕西起来的那一茬很有影响的青年作家们相比，年龄属于中等偏上，比我更年轻的像路遥、贾平凹等。尽管也有几位比我年龄大的，但更多的感觉还是年龄的压力和紧迫感，我已经四十岁，再也耽搁不起。我想充分利用这个时间把之前的农村生活积累提炼出来，形成一些作品。回到乡下去，离城市远一点，和文坛保持一种若即若离的关系，既可保持文坛信息的畅通，又可避免某些文坛上的是是非非，省得被一些闲话搞得心情不愉快，影响到作品构思和对生活的思考。当时想，一生的专业作家生活就在乡下度过了，没有做过进城的打算，心态很坦荡。作协分给我的四十平方米房子，我只支了一张床，连个桌子都没放。回到乡下除了正常的工资外还有稿费收入，虽然很低，但对我来说也够了，于是我就把三十、五十的稿费积攒下来盖房。就像高晓声的《李顺大造屋》，这个我是深有体会，李顺大怎么造屋我就怎么造，一根椽子、一块水泥板都要去讲价。我是我们村里较早几个盖新房子的户主，农民都说我的房子盖得阔气。其实不过就是砖头搭的水泥板。当时花了七千块钱，欠了三千块钱的债。家里面夫人和孩子的户口都迁到西安了，我建这个房就是打算永远在祖居宅院里生存下去。从筹备到盖起这个房的过程也是我创作最活跃的时期。

二十世纪八十年代初期、中期，我的短篇小说和中篇小说写得兴趣很足、劲头很大。写作短篇小说的意识还不太明确，就是有什么感觉、有什么体验赶紧把它写成一个短篇。到后来以中篇小说写作为主的时候，就略作调整，不是盲目随意去写，每一部的结构都不能重复前一部。我记得当时引发我的创作发生重大变化的是《蓝袍先生》。

这个中篇小说开始时涉及一九四九年以前的乡村生活，好像突然打开我的生活记忆中从来没有触及过的一块。蓝袍先生的父亲从小施加给他的乡村传统文化的规范和教育，对他的个性产生了重要影响。这一下子触发了我的很多生活记忆，由此而波及乡村社会里很多人和事给我留下的最初印象。但这些印象性的生活包容不进我要写的那个中篇小说《蓝袍先生》里去，因为这部小说在艺术结构上没有大的情节，是以人的心理和精神经历来建构的，和由此激发起的生活记忆、生活积累完全是两码事。长篇小说写作的欲念发生了。这个中篇小说发表后也引起过一些反响。然后我就开始长篇小说创作的准备，记得那是一九八五年年末的事。一九八五年春夏之交，陕西省作协的老领导为了促进陕西省中青年作家长篇小说的创作，专门在延安召开了"陕西长篇小说创作促进会"。此前连续两届"茅盾文学奖"评奖，让各省的作协推荐作品时陕西都拿不出来，因为没有出版一部长篇小说，全部陷在中短篇写作的热潮之中。省作协领导经过认真分析论证，认为一部分青年作家已经进入了艺术的成熟期，可以开始长篇小说的创作了，所以就开了这个"促进会"。这个会我也参加了，开会时让大家谈写作长篇小说的计划。我记得我发言没超过两分钟，很坦率也很真诚，说我现在还没有写作长篇小说的考虑，因为我还需要以中短篇小说的写作继续对文字功力、叙事能力做基本的训练。我当时的心态和意识里，长篇写作是一个很庄严的，甚至令人敬畏的事情，不是随意轻举妄动的事。始料不及的是，那年十一月左右写完《蓝袍先生》，写作长篇小说的欲念突然被激发出来了。

二

创作长篇的想法激发了我想了解自己生存的这块土地的欲望，我顿然觉得之前一些生活经历太肤浅了。一九八六年春天，春节一过，我就离家去蓝田县查阅县志，当时计划查阅包围着西安这个古老城市的三个县的县志：蓝田、长安和咸宁（辛亥革命后撤销归并给长安县，但县志还在）。这些县志和后来各级党委以及人大、政协编的那些地方党史、回忆录等，让我对我生活的那块土地有了意想不到的更真实更贴切的了解。由于关中很大，我常说我是关中人，实际上是关中地区边沿的白鹿原下的一个小山村中的人。西安城在关中平原的东南角，整个平原部分是朝西朝北铺展开来的。我选择这三个县有一个基本考虑，就是它们紧紧包围着西安。应该说城市从古以来无论任何一个历史时期都是政治、经济、文化的中心，首先辐射到距离它最近的土地上。通过查阅县志了解这片土地近代以来受到的辐射和影响，让我有种震撼的感觉。我举个例子，一九二七年农民运动席卷中国一些省份的时候，我们都知道湖南农民运动闹得很凶，因为有毛泽东的《湖南农民运动考察报告》，恐怕很少有人知道陕西关中的农民运动普及到什么地步：仅蓝田一个县就有八百多个村子建立了农会组织。这里就有个很尖锐很直接的问题让人深思，关中是我们这个民族和国家封建文明发展最早的地区，也是经济形态落后、心理背负的历史沉积最沉重的地方，人很守旧，新思想很难传播，那它如何爆发出如此普遍的现代农民运动呢？在县志和相关资料的搜集过程中，有一些记忆是很令人震撼的。我在蓝田查阅县志时有个意料不到的收获，就是一九四九年前蓝田县志的最后一个版本，这个版本是蓝田县的一位举人牛兆濂编的。这二十多卷县志中，有四五卷全部是用来记载蓝田县有文字记载以来的贞妇烈女的事迹和名字的，我记得大概内容就是某某乡、某某村、某某氏，没有这个女人的真实名字，前面是她夫家的姓，后面是娘家的姓。比如一个女人姓王嫁给一个姓刘的，那就是刘王氏，这就是她的姓名。这个刘王氏十五岁出嫁，十六岁生孩子，十七岁丧夫，然后抚养孩子、伺候公婆,终老都没有改嫁,死时乡人给挂了个贞节牌匾。我记得大约就是这些内容,她成了贞妇烈女卷第一页的一个典型,第二第三个人大体与此类似。后面几卷没有记载任何事迹,把贞妇烈女们的名字一个个编进去,我没耐心再看下去,在要推开的一瞬,突然心里产生了一种感觉:这些女人用她们整个一生的生命就只挣得了县志上几厘米长的一块位置。悲哀的是牛先生把这些人载入县志,像我这样专程来查阅县志还想来寻找点什么的后代作家都没有耐心去翻阅它,那么还有谁去翻阅呢?这时有一种说不清什么样的感觉促使我拿着它一页页地翻、一页页地看,把它整个翻了一遍,我想由我来向这些在封建道德、封建婚姻之下的屈死鬼们行一个注目礼吧。也就在这一刻,我萌生了要写田小娥这么一个人物的念头,一个不是受了现代思潮的影响,也不是受任何主义的启迪,只是作为一个人,尤其是一个女人,按人的生存、生命的本质去追求她所应该获得的。这是给我印象很深的一件事。第二件事就是通过翻阅资料,我心里最早冒出来的一个人物,就是后来小说中的朱先生,获得了活力。朱先生的原型就是县志的主编牛兆濂,清末的最后一茬举人。他的家离我家大概只有八华里远,隔着条灞河,他在灞河北岸我在灞河南岸。我还没有上学时,晚上父亲叫我继续剥玉米的时候,就会讲牛先生的种种传闻故事。当地人都叫他牛才子,因为这个人从小就很聪明,考了秀才又考了举人,传说很多。在一个文盲充斥的乡村社会,对一个富有文化知识的人的理解,最后全部演绎为神秘的卜筮问卦的传说。我听我父亲讲,谁家丢了牛,找他一问,他说牛在什么地方,然后去一找,牛就找着了。这样的传说很多,我也很想把他写到作品中去,但最没有把握,或者说压力最大的也是这个人,因为这个人在整个关中地区的影响很大。他在蓝田开设的芸阁学舍相当于现在的书院,关中很多学子都投到他的门下,在二十世纪初还有韩国留学生。关于他的民间传说很多，反倒形成了创作这个人物的巨大压力。你要稍微写得不恰当，知情的读者就会说："陈忠实写的这个人不像牛才子。"他在编县志时严格恪守史家笔法，尤其对近代以来蓝田县发生的重大事变，不加任何个人观点，精确客观地叙述，都用很简练的文字一一记载下来。他写了一些类似于今天编者按的批注，表达了自己的观点。正是从那七八块编者按中，我感觉我把握到了这个老先生的心脉和气质，感觉到有把握写这个老先生了。这是查阅县志的一大收获，却是始料不及的。

在酝酿这部小说时，受到一个很重要的影响，一位作家写的理论文章，大致叫作"文化心理结构说"，估计也是从国外解读过来的，但这个给我很大启发，对于我正在构思的这部长篇小说具有很重要的启示意义。之前我一直遵循现实主义创作的基本手段，刻画人物，尤其注意肖像描写、行为描写、语言个性化等等。这个"文化心理结构说"给我揭开了另一条塑造、刻画人物的途径，就是探究你所要写的人物内心的心理形态。不同的人的心理各有不同的结构形态，这个心理结构形态有多种结构与支撑点，是他的价值观、道德观、文化观等等。接受这个理念以后，我在构思人物的时候，尤其是对从清末民初一直到一九四九年以前这段时间的乡村社会的人物的把握上，受到了很大的启示。特别是对几个作为我们传统文化的人物的心理形态的解析，为了准确把握他们的心理结构，我决定对人物不做肖像描写，这和我以前的中短篇写作截然不同。除了对白家、鹿家两个家族象征性的特点做了一个相应的点示以外，其他人物都没有个人肖像描写。由牛先生演绎过来的朱先生，也没有肖像描写。我想试试看能否不经过肖像描写，通过把握心理结构及其裂变过程写活一个人物。另外我要说的是关于小说的语言。最初构思的时候想到这么多的人物类型、这么多的内容、那样长的时间跨度，估计得写两三部书才可能充分展示。

到二十世纪八十年代中期偏后那两年，即我要动笔之前，文坛上开始出现一种危机感。新时期文学一路繁荣昌盛，第一次危机感就是文学书籍出现滞销，连名家大家的集子也没有订数，由此引发"文人要不要下海"的争论。我对这个话题有个简单化理解，想下的就下，不想下的就继续写。除文人下海话题之外，一种不容简单化理解的危机感，就是一九八七至一九九○年这段时间，新时期以来长篇小说出版第一次遭遇市场的冷遇，这是我记忆很深刻的一件事。报纸上登过某某大作家新作仅征订八百册，一部长篇小说或一部中短篇小说集印数一两千册是普遍的，对于任何一个正在写作的作家都是一种巨大的威胁，起码对我是一种巨大的威胁。这个威胁直接影响到我正在构思的这部小说的篇幅问题。我原想写两三部，面对这样的图书市场环境，我决定压缩，一部完成，哪怕这部多写点字，也不要弄成两部三部。这个篇幅规模的大小直接影响到我的文字叙述。如果用以往白描的写法篇幅肯定拉得很长，我唯一能想到的就是以叙述语言统贯全篇，把繁杂的描写凝结到形象化的叙述里面去。这个叙述难就难在必须是形象化的叙述，就是人物叙述的形象化。作为写作者，我知道难度很大，当时自己心里没有底。在开始长篇写作之前，我先写了两三个短篇试验一下，我记得最清楚的是《辘辘子客》。这个短篇写了农村的一个赌徒，带有政治赌博的一个赌徒。写这个短篇就是要试验一种叙述语言。这篇一万字的小说从开篇到结束不用一句对话，把对话压到叙述语言里头去完成，以形象化叙述完成肖像描写和人的行为细节。作为试验的几个短篇，我感觉还可以，发表以后给周围的评论家看，他们都说与我以前的写作风格很不相同，最直接的感觉就是语言叙述上的变化。我感觉这种形象化叙述是缩短篇幅、减少字数、达到语言凝练效果的途径。还有一点我觉得印象深的就是关于这部作品的结构。这部作品时间跨度比较长，事件比较多，人物也比较多，结构就成为一个很棘手也很重要的问题。当时，西北大学有一个比较关注我写作的老师蒙万夫教授，我把长篇小说的构思第一个透露给他，他用一句话很真诚地指导我说："长篇的艺术就是一个结构的艺术。"我当时正担心结构问题，老教授就直接点到要害上了。这个结构该怎么结构呢？我静下心来读了十来部国外、国内比较有名的长篇，发现没有一部跟另一部结构是类似的。倒给我以最切实的启示，优秀的长篇、好的长篇都是根据题材和作家体验下的人物、事件来决定结构的，最恰当的结构就只有自己来创造。作家创造的意义可能是重要的一点。

三

原来计划用三年完成的小说，实际上仅草稿就写了四十多万字，写作草稿的用意主要是把人物、事件和框架搭起来，把结构初步确定下来。草稿只写了八个月，接下来打算用两年时间写完正式稿。草稿我是用大笔记本子写的，写得很从容，不坐桌子，坐在沙发上把笔记本放在膝盖上，写得很舒服，一点也不急。正式稿打算两年完成，很认真，因为几十万字，那时又没有复印机，不可能写了再抄一遍，所以我争取一遍作数，不要再修改、再抄第二遍了。写正式稿的时候心里很踏实，因为草稿在那儿放着，写得还比较顺利，本来应该两年写完，不料此间发生了一些意想不到的事，影响了我，不得不停写了两个半年。一九八九年四月到八月正式稿就写了十二章，这书一共才三十四章。但过了八月就拿不起笔来了。而等再提起笔时，我基本把前面写的都忘了，还得再看一遍，重新熟悉，让白嘉轩们再回来，我就把之前写成的十二章又温习了一遍。春节前后写了几章，刚到夏天的时候，写作又中断了，到春节前又重新温习重新接上写。一九九一年从年头到年尾除了高考期间为孩子上学耽误了一两个月，这一年干了一年实活,到春节前四五天画上最后一个标点符号。如果没有那两个耽误掉的半年,应该在一九九〇年末就完成了。写作的大体经过就是这样的。

后来我接受采访时常说三句话。一句话是说写这部小说的时候我基本处于一种"蒸锅"的状态。那几年中篇基本不写了,写长篇的空当插空写个短篇。大家都能猜到陈忠实可能在写长篇,不是我玩什么高深,完全出于我个人的写作习惯。作家的写作习惯都不一样,各人有各人的特点。我在西安的一些作家朋友,有人心里刚有个构思就要找人交流,希望得到一点补充的东西,思路也会受到启发。我恰恰相反,我想到什么就不断地去想,一般不敢给人说。不敢给人说不是害怕别人把这个东西抢先写了,而是我正在兴趣盎然地酝酿着的构思,如果给谁一说,就如同把气撒掉了,兴趣减弱到甚至都不想写了。《白鹿原》完成的过程也是这种状态,别人问我,我说这个写作过程就跟蒸馍一样,不能撒气。我不知道南方人蒸不蒸馍,不蒸馍就蒸米饭啊,不管蒸馍还是蒸米饭都必须把气聚足,不能跑气,跑了气馍蒸不熟,米饭也蒸不熟,夹生。我的创作习惯,包括长篇和前面的中短篇都是这样的,从开始写作到完成要把这口气聚住。这是一种写作习惯,无论好坏,反正对我适用。

另一句就是"给自己死的时候做枕头"的这句话。这是我在长安县查县志的时候,和一个比我年轻的作家朋友说的。那些县志都是很珍贵的版本,无论是县图书馆还是文史馆借给你的时候,只肯借一到两本,你看完两本还回去再给你换两本来,一套县志往往是几十本啊。我住在八块钱一晚的旅馆里,拿着本子把县志里重要的东西一条条抄下来,抄完了再去换。抄一天这种东西比写作要累,写作有激情,干起来没有抄写这么累。到晚上那个长安县的作家朋友赶来和我喝酒。酒喝多了人就有点张狂,我也是。他问:"你在农村几十年的生活体验和积累还不够吗?到底要写个什么东西,还把你难到跑上好几个县查阅资料。你到底想干什么？"我在农村工作了二十年，还不包括幼年青年上学时期，在农村生活积累上我比柳青深入得更多。柳青在长安县兼职副书记，兼了两年就不兼了，我在公社乡镇里头整整干了十年，搞工程，学大寨，那个期间的积累是最实在的。尽管当时没有创作的打算了，"文革"中间已经没有任何文学创作希望了，只把工作当工作干，然而生活积累和体验却存储着。想到这些，我随口说了一句："老弟，我想弄一个死了可以放在棺材里垫头的书。"当时喝得有点高，却没醉，说过以后就忘了。事隔两三年，我有幸参加党的十三大，需要在《陕西日报》上发一篇宣传基层党代表的文章，由长安那位朋友写了一篇，标题大致就是我酒后说的那句垫棺做枕的话。文章发了以后，影响不大，很快就过去了，并没有引起人在意。到《白鹿原》小说出版了以后，这句话才开始流行起来，到处都在说。后来我反省这句话似乎有点狂，但不是乱说狂话，完全是指向自己，我要为自己死的时候做一个枕头，与别人没有关系，完全是出于我对文学创作的热爱，以至我个人的生命意义和心理满足。从初中二年级在作文本上开始写小说，经历了二十世纪五六十年代极左政治的风风雨雨，我仍然不能舍弃创作。按当年的写作计划，完成这部小说我就四十九或者五十岁了，在我习惯性的意识里，即村子里农民的习惯意识里，过了五十岁就是老汉了，人的生命中最具活力的时期就过去了。那么，我到五十岁的时候写的这个长篇小说，如果仍然不能完成一种自我心理满足，肯定很失落、很空虚，到死都要留下遗憾。出于这种心理，我说弄一本死的时候可以放在棺材里做枕头，让我安安心心离开这个世界的书。这是第二句话。

我再说第三句话。这部小说从萌生到写成历时六年，从草稿到正式稿两稿，大概一百万字。写完的那一天下午，往事历历在目，想起来都有点后怕的感觉。历时六年，孩子从中学念到大学，我的夫人跟我在乡下坚守,给我做饭。年近八十的母亲陪着大孩子到西安去念书,直到一九九一年的最后几个月,母亲腿不行了,孩子和她都需要人照顾,于是夫人也进城去照顾她们了。祖居的空院子就剩下我一个人坚守写作。夫人在城里把馍蒸好送回乡下,最后一次离过年不到一个月了,我说这些馍吃完进城过年的时候,书肯定就写完了。腊月二十五的下午写完,我在沙发上呆坐半天,自己都不敢确信真的写完了,有一种眩晕的感觉。这四年时间,从早上开始写作到下午停止写作,按我们正常工作就应该休息下来了,但我的脑子根本休息不下来,手不写了,那些人物依旧在我脑子里头活跃着,过去写作从没有如此强烈的真实体验。我便想,必须把白嘉轩、田小娥等从我的脑子里驱赶出去,晚上才能睡好。作品中的主要人物结局都是悲剧性的,对我自己的情感来说,纠结得很厉害。要把这些人物情节排除和忘记,我开始采取的方法是散步,时间稍长就不灵了,这个时候学会了喝酒。喝酒以后,我脑子好像就能放松,才能把那些人物驱赶出去,然后好好睡一夜觉,第二天才能继续写。到腊月二十五写完以后,情绪好像一下子缓不过劲来,我在沙发上坐了好长时间,抽着烟,情感总是控制不住。傍晚的时候,我就到河滩上散步去了,一直走到河堤尽头。冬天的西北风很冷,我坐在那儿抽烟,直到腿脚冻得麻木,我也有了一点恐惧感才往回走。在家的小屋子里写了整整四年,突然对家产生了恐惧感,不想回去,好像意犹未尽。回家以后,我把包括厕所灯在内的屋里所有灯都打开,整个院子都是亮的。村子里的乡亲以为家里出了什么事呢,连着跑来几个人问。我说没什么事,就是晚上图个亮,实际是为了心里那种释放感。第二天一早我就进城了,夫人说:"你来了我就知道你写完了。"到吃饭的时候她问:"你这个写完了要是发表不了、出版不了咋办?"我说:"如果发表不了、出版不了,我就回来养鸡。"这是真话,我当时真是有这种打算。为什么呢?你投入了这么多的精力和心思的作品不要说出版不了，就是反应平平，都接受不了，我就决定不再当这个专业作家，重新把写作倒成业余，专业应该是养鸡。因为四年期间没有稿费收入，生活很艰难，有一年，三个孩子相继上高中、上大学，暑假我拿不出三个孩子的学费钱，曾经跟我在乡下一块搞过文学的人闻讯送来了两千块钱，他搞了一家乡办企业赚了钱。我当时真是感觉到，农民企业家很厉害，两千块钱就给你摔在桌子上，多豪壮啊。后来我很踏实地对夫人说："这个小说要是能出版，肯定会有点反响。"因为我清楚作品里写的是什么。但是我在这里很坦率地跟大家讲，这本书出版后引起那么强烈的反响我从来就没有设想到，再给我十个雄心壮志我都料想不到。

四

这个书的出版过程也有点意思。书稿为什么给人民文学出版社，这完全是一种朋友间的友情和信赖。我在"文革"期间发表了第一个短篇小说，尽管国家还处在动荡之中，但已经开始恢复刊物，逐步恢复文艺创作、培养文学新人，人民文学出版社也开始恢复出版。该社的一个编辑何启治到陕西来，找了几位老作家，有人就说陈忠实写了一个短篇小说，大家都反映不错。我当时正在郊区区委开什么生产会，这个编辑就到区上来找到我，他对我说："你这个短篇我已经看了，再一扩展就是二十万字的长篇。"我当时给他吓得几乎不敢说什么了，能发表一个短篇我当时就很欣慰了。但这个何启治的动人之处就是由此坚持不懈。回到北京以后，他不断给我写信，鼓励我写长篇。半年之后，我被派到南泥湾五七干校接受劳动锻炼半年，几乎同时他也被派到西藏去做援藏干部，但我们还保持着书信联系。他虽然已经不在岗位上，但还鼓励我写长篇。新时期以后，何启治跟我有一次相遇时说:"我现在再不逼你写长篇了,但咱们约定一点,你的第一个长篇,你任何时候写成,你给我。"我就答应了。所以《白鹿原》写完之前,几家出版社闻讯我有长篇,先后来找我,我都说已经答应给别人了。写完以后一个月我就给何启治写了信,按我说的时间来了两个编辑。这两个人来西安以后还等了两天,我把最后两章梳理完,把改好的长篇稿交给他们以后,他们下午就离开了,要到四川开个什么会,然后再回北京。因为当时出版程序不像今天,一个礼拜就可以印刷出一部长篇小说来,我预计最少得两个月以后才会有消息,心里倒很坦然。出乎预料的是,大概不到二十天,我从乡下再回到城里就见到了人民文学出版社的回信。我当时以为肯定不会有什么结论,打开一看,我几乎都不敢相信,大叫一声就跌坐在沙发上了。我夫人从灶房里跑过来,吓得脸都青了,我躺在那儿一句话都说不出来。这两个人从西安把稿子拿上以后,在去四川的火车上就看完了。他们回到北京就给我写了这封信,评价之好之高,大出我的意料,让我心里一下子就踏实下来,觉得出版肯定没有问题。对一部五十万字的长篇小说表态如此之快,在我看来是非常少有的。在此之前也有一件让我感觉欣喜的事。我曾把《白鹿原》的复印稿给作家协会的一位年轻评论家李星看过,让他给我把握一下。他跟我是同代人,是朋友。我从乡下回到作家协会,在院子里撞见李星,问他看过了没有,他说看完了。我说:"我都不敢问你感觉如何。"李星拽着我的手说:"到我家里去说。"刚一进他家的门,李星转过身就跳起来说:"这么大的事,咋叫咱们给弄成了!"我听完了以后也愣在那儿。后来我调侃李星,我说:"李星第一次用非文学语言评价文学作品。"

我经历的狼

　　几个根系都扎在乡村的朋友遇到一起,很随意也更自然地慨叹着生活发生的急促到不敢想象的变化,由此而不由自主地感慨童年时期乡村生活的艰难。有人说到一块糖疙瘩留下的难忘的记忆;有人说到他直到进县城读寄宿中学时,晚上睡觉脱裤子时才发现别人穿着贴身衬裤,回家哭闹着要母亲赶制一条;有的人说他和一位女同学同坐一条长凳同趴一张课桌整一个学年,竟然没有说过一句话,甚至不敢正眼看对方一眼,往往是伪装看书用眼角的余光偷瞄一眼;如此等等。这些旧时生活经历的细节,几乎是一人道来人人呼应,都有过同样的或类似的经历。其实不难理解,那时候关中乡村乡民的生活情况大同小异,如上三种在今天几乎是不可思议的事,在我都经历过也发生过,那时候寻常存在的生活世象,今天竟有恍若隔世之感,却又如此鲜活,如在昨天发生。

　　这种老朋友老同学老乡党的聚合,没有任何主题话语,纯粹闲聊,想到哪儿就说到哪儿,一种再轻松不过的气氛,再加上几杯酒下肚,情绪愈加亢奋,往往几个人同时说话,各说各的人生际遇以及感慨。我往往在这种境况里省下口舌,享受听的乐趣,却也有控制不住的时候,便是有人说到了狼。几个人都争抢着说道自己幼年遭遇狼的险事和趣事,我也加入了说狼的旧话之中。朋友中竟有人插话说:"你能写文章,把你这些狼的故事写出来,挺有意思。"我曾动过此念,之后又觉得意思不大,便拖下来。前几日在电视上看到一个说狼的短片,业已沉寂的写狼的兴趣又发生了。

自有生活能力的幼稚时期,我对自己生活的世界最早产生的恐惧来自两种东西,一个是狼,另一个是鬼。印象里对狼的恐惧肯定早于鬼,先说狼,暂且搁置鬼的故事。

小时候闹性子耍脾气,父母顺口一句恐吓的话:"狼来了。"尤其是晚上,玩得兴奋不安生睡觉,或是因什么不高兴的事使性子,父母没招了就请出狼来吓唬我。狼是什么样子无法想象,恐惧的效应却在心里形成了。我对狼的近距离感知,发生在十三四岁的时候。

那年实行了农业合作化,劳动分红须等到年底,父母平时只顾在农业社出工干活,属于自己的土地和土地上的物产都归集体了,自然没有任何经济收入了。家里总不能缺盐,醋可以由母亲酿造,也难免头疼脑热去看病买药,还有我和家兄的学费,都得花钱。父亲想到了养猪,猪养肥杀了卖肉,或是把肥猪卖给屠户,都会赚一点利钱。父亲在后院垒了猪圈,春天买回一只小猪,放进猪圈。那个猪圈的上方,横着搭了几根木棍,上边又架着一束一束从坡坎上砍下来的满身长刺儿的野酸枣棵子,是为防狼跳进猪圈咬小猪的。在猪圈的外墙上,用当地出产的一种白土化成浆水画了几个圆圈,据说狼怕钻圈。其实,村子里凡养猪的人家,猪圈四周和上边都是这种防狼的措施。然而,不妙的是,把小猪放进猪圈仅仅半天一夜的第二天早晨,父亲便在猪圈外边的地面上发现了狼的蹄印。尽管小猪安然幸免,父亲仍断然采取措施,白天把小猪关进猪圈,晚上把小猪放出来安置到屋子里,在后门左侧的木梯下的墙拐角,铺了一层黄土,又撒了一撮稻草,小猪便卧在那里过夜。

我那时在城里读初中，寄宿学校，周六晚上才回家一次。有天晚上睡到半夜，我被敲击后门的响声惊醒。父亲却依旧打着鼾声。我摇醒父亲说谁在敲门。父亲随口不在意地说："是狼。"我不由得"啊"的一声，睡意全吓跑了。父亲便告诉我，自打把小猪安置到后门门内的墙角，夜里时不时就有狼来守在后门口，初发生门被撞响的头两次，他手抓一根木棍，拉开后门门闩时，狼便蹿到后门外的白鹿原坡上了。他曾在月光下看见慌急逃窜的狼的身影，佯装追赶几步，吓一下狼，多少能安生几晚。过不了十天半月，狼又来了，又把后门板弄得咣咣当当响，他不仅懒得招理，而且照睡不醒。父亲告诉我，狼能够在很远的原坡上闻到猪的气味，总想吃猪。父亲还告诉我，狼是用屁股碰撞后门板，狼是铜头铁尻子（屁股）豆腐腰，打狼要打腰。说罢，又睡着了。

我却睡意全无，似乎心还在慌跳着。后门板停住了响声，大约是狼听见了父亲说话的声音。当父亲睡着不久，后门板又响起来，我更加害怕了，从我睡觉的后屋的炕，到后门不过几步，狼就在后门外用尻子碰撞后门，门板响几声，卧在后门内的猪就发出却也不甚惊慌的一两声哼哼。我怎么也睡不着，想象着狼的发着绿光的眼睛，龇着长牙的大嘴，越想越怕越睡不着。我又摇醒父亲。他披衣下炕，懒得开后门，只听他用脚把后门板蹬得山响，就回屋睡下了。后门再未发出响声，狼吓跑了。我缓了好久才睡着。

到这年冬天放寒假时，这头猪已长成一头大肥猪了，正在加精料追肥，不久就该卖掉或宰杀了。我几乎每天晚上半夜时分都能听到狼用尻子碰撞后门板的响声，竟然也不再发生惊吓睡不着的事了。有一晚，又被狼碰撞后门板的声响惊醒，我竟然想和狼有一个短距离接触的冒险举动，捞起父亲常备的那根木棍，走到后门口，本想拉开后门敲那只恶作剧的狼一棍子，但到后门前却胆怯了，万一我在拉开后门板的一瞬间，那馋急了的狼朝我扑来怎么办？我便学着父亲的做法，用脚猛蹬后门板，狼逃走了。这是我与狼的最短距离的接触，之间仅隔两扇门板。过了几天，杀了肥猪，再也听不到夜半狼用尻子撞碰后门板的响声了，我竟觉得有点寂寞，似乎缺失了什么。

早在一年前的冬天，还经历过一回狼的故事，不是发生在通常的乡野，却是发生在省会城市西安。我刚刚考上初中，新建的校舍尚未完工，便把新招的四个班级的学生临时安排在一所停歇的教堂里。教堂在西安城东门外的东关北边一条狭窄的小巷里，倒也清静，是一方听讲写字的好地方。教堂的后门外，是一块很大的平场，有一孔早已废弃的砖窑，可以判断这儿曾经是一个制砖烧砖的场地。有人在这里养了一群羊，用很简陋的围栏围住羊群，养羊人自己在废弃的也很破旧的砖窑里食宿。教堂的后门外设置男女厕所，我和同学一天几次走出后门去方便，不久也就看出过去的砖场，现在的"牧场"上的生活景象，大约在太阳出来许久后，养羊人才赶羊出场（据说羊吃不得有露水的草）到野外去放牧。太阳落山时，他又把吃饱了牧草的羊拦回"牧场"，圈进围栏里。入学时看见的小半大羊，眼看着到冬天就长成大羊了。

临近寒假，正是关中地区最寒冷的数九季节。我在某日早晨进入教室开始早读，听班里同学说，昨晚"牧场"上的羊被狼咬死了两只。我架不住好奇，和一个同学跑出教堂后门，头一眼就看见，放羊汉子正在持刀剥着羊皮。那羊是倒挂在一根凌空架起的横杆上，并排挂着两只，一只已经剥光了皮，鲜红的肉体，且已开膛，内脏就堆在放羊汉子脚旁边的一只木盆里，他正在剥离这一只羊的羊皮。我闻到一股血腥味，却也没问羊的主人，想来昨天夜里发生狼咬死羊的惨事是无疑的了。

这是一九五五年的冬天，西安城东门外的东关北边一条小巷里发生的狼咬死羊的事。顺便简介一下那时的西安古城的格局。西安古城有一圈虽则破旧却基本完整的明代修筑的城墙，墙顶上可以对开汽车，足见其雄厚。西安城中心有钟楼鼓楼作为标志，以此展开东西南北四条大街，也就有了东门西门南门北门四道大城门。四道城门外仍然延续着城市的格局，分别为东关西关南关北关，比之四道城门内的四条大街的规模自然小而短得多了。我在一九五五年看到的东关的东面南面和北面都是庄稼地。

这里那里散落着村庄，却不与东关里的城市人混居。就在东关的北面的小巷里，庄严肃静的教堂后门外，竟然有狼光顾，且咬死了两只即将出栏的肥羊，约略可以想到五十多年前古城西安的一斑。我曾猜想，说不准那野狼完全可以窜进东门，在东大街乃至钟楼鼓楼下转悠觅食……在我却是看到了弱肉强食的直观现场，竟然是在城市范围内的教堂后院。

我第一次看见狼，是在两年后的一天早晨。我上初中三年级时，转学到离家较近的一所中学，约二十华里，依旧继续着背馍寄宿的生活。已成规律的生活秩序，是周六下午放学回家，周日下午背着母亲蒸好的馍上学，绝大部分的农村学生都是这样求学读书的，不仅不以为只啃干馍喝白开水的生活艰苦，而且对新中国给予的上中学的机会心怀感恩。记不得那个周日下午因何故未能返校，周一天不明便起身背馍赶路，那时没有公交车，更不敢奢望自行车，只有步行，却也习以为常。因为天尚未明，父亲便陪我赶路，主要担心是怕遇见狼，那时候拦路打劫的凶事几乎闻所未闻。

暑末秋初的灞河川道的黎明时分，弥漫着一层白色的水雾。路上不见行人。过了一个马家村，也未遇见一个早起的村人。出马家村要翻一道流沙沟，很深，仅有一步宽的小道，这是传说中多有野狼出没的地方，往往使人有阴森的心理压迫。有父亲相陪，我只顾走路，没有任何恐惧，下沟再上沟丝毫也不觉得累，只怕迟到，尤其是陌生的新学校的开学第一天。不觉间翻上流沙沟对面的平地，天色有亮光了。父亲突然惊叫一声："狼！"我吓得当即收住脚步，便看见离我们不过十来步远的谷子地头，有两只狼，灰黄色。两只狼在谷子地头的流沙沟边上嬉戏，这只跳起来扑向那只，那只歪头躲过，纵身跃起又扑向这只。狼肯定看见了父亲和我，却不逃走，依然戏耍着。人说虎不失威，我直接看到了的狼也不失威。父亲似乎不甘于就此走掉，顺手在地上捡起两块石头，接连朝狼扔去。那两只玩得正开心的狼并不惊慌，却也终止了戏闹，缓缓慢跑着朝北边去了，给人以悻悻的感觉。这是我平生唯一一次在乡野间和狼的遭遇，距离很近。有父亲在身边，短暂的惊怕很快过去，我又真实体验了父亲存在的意义。再说，那两只戏耍着的狼，没有任何凶猛残忍的外相，和我见惯了的戏耍的狗几乎没有差别。这是一九五八年九月初"大跃进"正热火的年月的一次奇遇，这年我十六岁。

这时候，我尚无在生产队参加劳动挣工分的资格，每逢学校放假，寒假时到坡上拾柴火，暑假也是到坡上割草，可以挣工分。这里所说的坡，就是地理上白鹿原的北坡，起伏有急有缓，形成一条连着一条的大沟浅峪；舒缓的坡地上被先人们开垦为田地，种植小麦；陡峭的坡坎和沟峪里只能生长荆棘和野草，间有杂树。我和伙伴拾柴割草的时候，常常能发现狼拉下的新鲜粪便。狼的粪便很容易辨认，常常挟裹着白色的羊毛和黑色的猪毛，其他任何动物不会拉出这种粪便来。可以想到，就在昨夜，狼从这里走过，不由得心里发紧，偶尔还会看到被狼撕扯破烂的小孩的衣裤，那是不幸早夭的孩子因为埋得浅，被狼刨出来了，却不见残骨，我常被吓得不敢多看一眼。后来的许多年间，时不时会听到村人中间的传闻，临近哪个村子什么人家的猪或羊被狼咬死了或叼走了，甚至偶尔传闻吓人的惨事，什么村什么人家的小孩被狼伤害了。这样积久的传闻，即使无意，也在加深着我对狼的印象——凶残。

大约到了一九六七年，我所工作和生活的西安东郊地区有两只狼似乎也被疯狂的社会气氛感染了，到处为非作歹，前日咬死了坡上某人家的猪，昨天夜里又叼走了河川一户人家的羊，还有威胁行人的危险事相继发生，已经闹得人心惶惶。我那时候正在一所民办中学任教，学校因故停课，我坚守在学校养那只正待产的老母猪（农业中学自力更生办校）。我这时几乎心如死灰，却也没有了任何欲望的烦恼，业余爱好文学创作的兴趣早都消亡了，能否继续做一名教师都不敢太乐观。尽管如此，却仍然不敢马虎对老母猪的保护，到坡地上挖来酸枣刺棵子，几乎把猪圈上边纵横交错架满了，料定那两只癫狂的狼也只能徒叹奈何。我真的在猪圈外边的土地上不仅发现了狼的蹄印，还发现了狼拉的粪便，完全可以想见在猪圈外踅摸着又不能得逞施暴的狼猴急的样子，可惜这里没有我家的后门板供它用尻子碰撞撒野，我自安然睡觉。

这年春节过后不久的一天，早晨起来便看到地上落了一层不薄亦不太厚的雪，原也不足为奇。我正洗脸的当儿，突然听到学校背后传来几声响亮的枪声，扔下毛巾便跑到院子里往后看去，白鹿原北坡上茫茫一层白雪，蓝天下的白雪地上，有三四个人在缓慢行走，可以辨认出是穿着绿色服装的军人，手里提着枪。起初以为驻军借着难得的雪地演练，随之遇到一位路过学校的熟人说，解放军为民除害，打死了那两只呈疯狂状态作恶多端的狼。我当下便有欢呼的欲望，表现出来却是脱口而出的一句"这下好嘞"的话。

我的家乡有一所军事性质的高校，就在白鹿原北坡一个很大的深洼里。据说是经过反复论证，认为这是一方最可隐蔽的好地方，便把军校设置在这里。军校有警卫连，常常做许多爱民的善事，在当地群众中口碑甚好。他们肯定听到乡民被那两只癫狂的狼危害的议论，便决定为民除害。难得这一场雪，再狡猾的狼也无法消除行走留下的蹄印。战士便循着狼的蹄印，在白鹿原北坡的沟梁坡坎之间追踪发现了两只狼，先打死一只，再追着逃脱的另一只，又打死了。我听到的那几声枪响，就是射击逃到学校背后坡沟里的那只狼时发生的。

战士们从坡坎上走下来，从学校门前的公路上经过。我站在路边等着，看见两个战士用步枪抬着一只狼，另两个战士跟在左右，侍候着换肩。那只狼的皮毛上染着血，刚刚结束它癫狂的生命。狼头耷拉着蹭着地皮，舌头伸到长嘴外边。我不自觉地留心看了看狼的皮毛的颜色，灰黄色，只是比我十年前上学路上碰到的那两只狼的灰色偏重一点，感觉却相去甚远，那两只狼在熹微的晨光里嬉闹，尽情撒着欢，眼下看到的却是被枪击致死的一具狼尸。

这是我的家乡灞河川道白鹿原坡地最后的两只狼，死在解放军战士的枪口下。四十多年过去，这方有原有坡有河有川的颇为适宜野生兽类生存的地方，却再也没有发现过狼的行踪。

在濒临灭绝的动物名单中，似乎还没有狼，可见狼的生命力之强。然而，就我眼见的关中平原地区，自不必说，单是渭北高原乃至毛乌素沙漠，十余年间已是铁路、公路和高速公路纵横交错，形成网状体系，火车奔驰汽车穿梭，狼们便失去了任性撒野随性作恶的自由空间，迁徙到更僻远也更阔大的荒野地带去了。可以想见狼的数量在减少，比不得二十世纪五十年代随处都有狼的蹄印的现象了，却远远不到濒临灭绝的危急状态。我又想到，有些濒临灭绝的动物，除了生存环境恶化等因素外，很重要的一条是这些动物自身所具备的商品价值，被那些生财无道挣钱无门的人盯住，或捕捉或猎杀，偷换几张钞票。譬如老虎，虎皮虎骨乃至虎血，都是任人随意张口要价的昂贵之物。狼的皮毛不值几个钱，狼的骨头亦无保健的药用功能，内脏无疑属于废物。即使作为动物的一个品种，狼在动物园里，其形象也缺失观赏趣味，甚至连狐狸的毛色也不及。狼是以凶残而造成深远影响的。如果不是它对人类和家畜危害太过太烈，一般情况下，人是不会和狼计较的，也懒得费劲劳神去捕杀它。同样可以对比的是狐狸，人不在乎它天性就喜欢偷鸡，可见人的宽容；人之所以捕杀狐狸，诱因全在它那一身珍贵的皮毛，狐皮做褥不仅色彩漂亮，而且特别暖和，尤其是它的尾毛，是中国传统的书写工具毛笔的绝佳用料。狼与狐狸是连一点优势都比不出的，且不说虎。

时不时地从媒体上得知老虎生存的危机，便引发担心；获知仅剩几只的朱鹮，经持续多年的精心救助和保护，已经繁衍到一千余只的颇为壮观的族群，完全脱离灭绝的危情，我甚为欣慰，那鸟儿实在太漂亮了；无论狼是否会灭绝，我却怎么也操不上心来。平心而论，我和狼没有构成成见的因由，尽管它曾经用尻子撞碰过我家的后门门板，却不过是猴急的无奈的举动罢了，没有对家养的猪造成伤害；尽管上学的路上遇见过两只狼，因为身边站着如山的父亲，我也没有受到威胁，倒是看到戏闹着的狼的可爱的一面。在我生存的白鹿原下灞河川道，四十年不见狼的声息和踪迹，似乎也没有听到过一声惋惜或遗憾。

我相信狼不会绝种，少几只就少几只吧；也希望狼不要灭绝，它毕竟是野生动物之一种，是造化赋予世界的一种生命形态，无论其可恶或可爱与否。

舒悦里的亲情和友谊

过年在我的整个意识里，就是亲情和友谊。不寻常之处，是在一种特有的欢乐祥和的气氛里，享受亲人和朋友之间的情谊。

匆匆忙忙从年头奔到年尾，最想做的事最想观的景以及不可或缺的应酬，紧紧张张着，做成一件事高兴了，未做好的事遗憾了，乃至被生活里的垃圾事龌龊着心了，到年尾就意味着一概过去了。过去了就抖搂掉了，都成为"过去"而不含任何意义了，自然是身心俱为轻松舒缓的状态。此时，一种幽幽的情绪浮上心头，便是亲情和友谊的亏缺。

虽然生活在同一座古城里，交通也应快捷，然而常常是一月两月见不了儿子一面。他扛摄像机赶着追着社会镜头，偶尔回家来，我却出门了。如此等等。乡下的亲戚也都为耕庄稼和挣钱的生计各忙各的，无事就舍不得时间进城，进城来家或打电话来，肯定有事需要帮办，或孩子上学就业，乃至生病住院受到冷遇，也不管我能办不能办，反正就指望你这个"名声很大"的亲戚来了。而在真正没有压力没有闲事的纯粹亲情和友谊的心境下对面促膝，说说家道，谈谈儿女和孙辈，聊聊熟人，喝一杯酒，笑三五声，便觉得与过去的生活和曾经交过手的亲戚朋友又浑然一体了。至于儿女，那反而简单了，看一眼胖了瘦了黑了白了，接受一声最真实的问候，就看着他们在屋子里走来走去，姊弟间互相说话逗趣，孙子出出进进瞎忙着玩，就足以让心境涨满温馨。这时候吸一支烟，喝一口茶，甚至不说什么话，都是最踏实最平静最美好的心情。

尽管从理智上不想进入回忆，然而情绪总是无法闸断。逝去的父亲和母亲总是在心头徘徊，更多地带着那个时月的艰难，动我心怀的却是慈祥与温情。那种在今天想来不堪承受的艰难里的慈爱与温情，常常在烟雾缭绕和举杯咂饮之间令我心颤。父亲刚刚贴在街门上墨汁未干的对联，门外刚刚点燃的迎接列祖列宗神灵的纸火，扔到半空爆炸的雷子炮，母亲刚刚揭开锅盖的白面包子……尽管距今天的生活已经遥远，那气氛那欢乐那祥和那些难以言说的美好，却一脉相传到现在，以新的方式弥漫在我的这套城市里的小居室里。

难得一年之终结一年之复始之间的这几天轻松和舒缓。生命里不能缺失的温暖的亲情和友谊，滋养我有一个健康健全的心理，继续自己想做的事，面对人生，也面对良知。

原上原下樱桃红

白鹿原的樱桃红了。

时令刚过立夏，向阳面的原坡上的樱桃率先红了；晚不过两天，原下灞河川道里的樱桃接着也红了；再过两三天，受地理高度温差制约的原上的樱桃，最后红了。

这个时候的白鹿原，便进入一年里最红火的时月。原上原下和原坡，新修的水泥大道和田间小径，便呈现着车水马龙熙熙攘攘的车流和人群，这是西安城里的男人女人或搭伙结伴或扶老携幼摘樱桃来了。他们散漫在樱桃园里，伸手攀下缀满或紫红或金黄的樱桃的树枝，摘下一串一串熟透的樱桃，填到嘴里，便发出舒心的赞叹："好鲜好甜耶。"更有男孩或女孩，攀爬到树上，从树梢上摘下最大也熟透的樱桃极品，下树来送到情侣手里，会心的微笑里荡漾着别具一格的浪漫。喧哗声嬉笑声和呼朋唤友的声浪，此起彼伏在樱桃园里。原上原下通往樱桃园的大道和小路两边，摆满了盛着樱桃的筐篮和纸箱，叫卖声议价声嘈嘈一片，交易活跃。那些抱着一箱箱樱桃乘车离去的男人和女人欣慰的脸色，无疑是北方这种第一料鲜果独有的滋味带来的。我更感兴趣的是那些出售樱桃的卖方收款装钱的动作，无论农夫农妇抑或小伙姑娘，从买方手里接过钱来数一数，尽管数钱的手指的动作有灵巧和笨拙的差别，而脸上的表情却无多大差异，不见惊喜，更不见得意，多是数过之后塞入挂在胸前的布兜，无论三十五十乃至三百五百，都是以习惯性的动作塞入布兜了事，又忙着招呼围过来的新的顾客了。他们一把一把往布兜里塞着钱时所显示的平静而又平常的表情，可以透见原上原下乡民的心理气象了。

这里的樱桃，在我已形成难以化释的情结。

我至今依旧清楚地记得，四十六年前的一九六五年，我在《西安晚报》发表过散文《樱桃红了》，是歌颂一位立志建设新农村，带领青年团员栽植樱桃树的模范青年。这是我初学写作发表的第二篇散文，无论怎样幼稚，却铸成永久的记忆，樱桃也就情结于心了。樱桃在我生活的白鹿原地区，是当地乡民种植的诸如桃、杏、沙果等果类中的一种，多在原坡不能种植庄稼的坡地上生长。没有资料显示何朝何代开始栽植这种水果，村子里年龄最大的长者也说不清，只记得自己穿开裆裤的幼稚年纪，就吃樱桃，吃着自家园里的樱桃还嫌不够味儿，常常结伙偷摘品尝别家的樱桃。当地人自古以来不称樱桃，称作玛瑙。如果依这种水果的果形和色彩而论，玛瑙远比樱桃更为恰切也更富诗意，那缀满树枝的一嘟噜一嘟噜或鲜红或金黄的小颗粒，活脱就是一串串珍珠玛瑙。

加深且加重这种樱桃情结的另一种因素，说来就缺失浪漫诗性了。我在白鹿原地区生活和工作大半生，沉积在心底的记忆便是穷困的种种世相。不单是我和我的家庭，整个白鹿原的乡民，从年头到年尾都纠结在碗里吃食的稀了稠了有了空了。尤其是我在公社工作的十年时间里，体味尤深。每年交上五月，即民间俗话说的青黄不接的时月，一些生产队的干部便三天两头赶到公社来，堵住分管粮食的干部，百般申述缺粮的困境，要求多给他们分配救济粮食。

这些求助的生产队干部，多是来自白鹿原北坡上或大或小的村庄。坡上沟道里有小股泉水，仅供人畜饮用，"学大寨"大潮中修建过一些蓄水池，效益甚微。北坡上的田地，多为跑水跑肥不蓄墒的薄田，仅种一料庄稼的小麦产量，顶好的年份不过二百斤，遇到干旱缺雨的灾年，稀疏矮小的麦秆儿搭不住镰刀，只好用手撅拔，俗称猴拔毛，产量就可想而知了。上级调拨下来的救济粮可以说是杯水车薪，分管粮食的专干即使慈心软肠也只能撒胡椒面儿。那时候的樱桃虽然依旧开花结果，却当不得饭吃。"文革"期间樱桃树虽然没有被铲除，却也不提倡，处于自生自灭状态。

在西安郊区辖属的二十六个公社里，地处坡、原和山岭地区的公社不过两三家，它们与那些占据渭河平原腹地的公社相比，难以望其项背。这两三家自然环境较差的公社干部遇合到一起，便自我调侃定位为"第三世界"。在"第三世界"里，我工作的原坡地区当属垫底的一家，走到何处似乎都有矮人半截的感觉，所谓人穷气短，不单说个人，工作单位似乎也应此话，我有双重体验。

彻底扭转以至完全改换那种不良感觉的卓绝一笔，便是樱桃。我约略知道，自二十世纪八十年代中期起始，灞桥区的领头人，既得改革开放之"天时"，更度白鹿原地理特质之"地利"，确定该地区以樱桃种植为主业，为乡民开创一条脱贫致富的途径。且不赘述领头人和技术人员如何四处奔走，引进西洋大樱桃品种；如何向乡民推广普及樱桃种植的技术要领；还有为樱桃的销售不遗余力……我尤为赞赏尤为敬重的一点，二十余年来，灞桥区的领头人调换过一茬又一茬，而一茬又一茬的新继任的领头人，都一如既往地瞅住樱桃园的建设和发展，让樱桃园终于形成气候，形成产业化的规模。单是白鹿原原上原下和原坡，现已种植樱桃2.4万亩，结果的樱桃树有1.5万亩。3000余户乡民现在年均收入超过4万元，人均超过万元，竟然比本区那些过去的盛产粮食的平川地区的人均收入超出近两成。尽管我知道读者逆反文章里引用数字，仍然忍不住要把这些数字摆列出来。这些数字牵涉我的情感，甚至颠覆了情感记忆里最软最短的那一脉。我确凿相信这些数字，尽管没有必要挨家逐户去询问谁收入了多少，因为你随便走进原上原下和原坡的或大或小的村庄，一街两行全部都是新建的房子，有平房也有二层小楼，三合院司空见惯，迎着大门的正面几乎全部都用白色瓷片包装，一派崭新气象。这里的乡民积习已久善于门楼的建筑，但如今上面几乎很少见到老祖宗们用青砖刻着神鹿白鹤的图案，而是用现代建筑材料或白色或紫红颜色的瓷砖，给人直观的感觉是清爽和温暖。每每看到这些宽敞漂亮的农家小院，我便想起高晓声的小说《李顺大造屋》来，如果说李顺大是二十世纪八十年代初以前的中国农民生活形态和心理形态的一个典型，那么白鹿原上下一幢幢新房小楼的主人，便是对李顺大的终结。我在原坡的樱桃园里散步时，看到龙湾村几幢破旧的厦屋，墙皮多半脱落，房檐多处垮塌，垒墙的土坯暴露无遗。这些尚未拆除的旧房破屋，却勾起我的似曾相识的记忆，在这些屋子里，我当年下乡时吃过派饭，约略还记得房子的主人。他们不是作家创造且难免夸张的李顺大，却是我亲历且认识的真实的村民。

　　有朋自远方来，若恰逢樱桃成熟的五月，我便领他们上原摘樱桃。站在白鹿原头，原上平地里是蓬勃着的樱桃树，一眼难尽；原坡上随着坡势和浅沟起伏错落着一派绿色，自然都是樱桃树了，几乎看不到裸露的地皮；原下的川道，灞河自东而西蜿蜒过来，几乎被满川的樱桃树遮掩住了。朋友无论男女，也不论长幼，站在原头观赏这一方自然景致的时候，无不发出由衷的慨叹：“你老兄（或老弟）竟独得这一方活水绿山！”我便凑兴纠正：“这不是山，是原和原下的坡。”另有一点需要纠正的，活水绿坡绿原只是当今的景象，为不致扫兴，我不想提过去。远方的朋友多见过世界多处的好风景，能对白鹿原的樱桃园流连忘返感慨连连，储存在我心底的那种"第三世界"的块垒，便悄然化释了。

　　进入五月，便进入这座古原最红火的季节。果农们选择了早熟和晚熟的多种樱桃品种，让采摘的时间可以延续月余。这座雄踞于西安东南方位的开阔的古原，距离西安不过十来公里，工余假日，人们呼朋唤友引妻携子，驾车不过半个多小时便进入樱桃园了，或上原或上坡或到原下的河川，眼前都是缀满红色金黄色珍珠玛瑙的樱桃树，诸种烦恼和疲倦顿然消解了。当各种媒体大呼急叫着西安城区应该形成"低碳"的健康空间的时候，这里的樱桃园无疑是一方天然氧吧，从城里赶来的男女老幼，从树枝上摘下一颗颗樱桃填到嘴里嚼咂品尝的时候，或在樱桃园里逸情漫步的时候，把在城市里吸入的污浊废气全都排出了，获得一种神清气爽的生命活力。即使在樱桃清园以后的夏天和秋天，原上原下和原坡的果园和小路上，仍有不少城里人观光散心，迷恋这个天然氧吧的洁净的空气。

　　每到清明，樱桃花开，原上原下和原坡，尽皆是粉白的樱桃花，香气弥漫。树叶刚刚吐芽，花儿却灿烂了，这原这川这原坡，望去是纯一色的樱桃花的世界。果农们忙着种种技术性管护，只企盼樱桃开花时不要下雨，因为雨水灌花就结不出樱桃。城里人搭帮结伙来赏花了，散漫在樱桃花的海洋里，留几张以樱桃花为陪景的照片，在农民开办的"农家乐"饭馆吃一顿地道的农家饭菜，不仅释放了胸中积存的废气，缓解了办公室或工作台上的紧张的神经，还把粉白的樱桃花储入胸间，当属滋养精神心理的氧。

　　有朋友要约见，我便顺口说，如果事由不急，最好五月来，或清明前后来，或摘樱桃或赏花，坐在农家屋院或果园里说话，我会有最佳的情绪；相信南方北方来的朋友，也会感应而生诗性的灵气。

我的秦腔记忆

在我最久远的童年记忆里顶快活的事，当数跟着父亲到原上原下的村庄去看戏。

父亲是个戏迷，自年轻时就和村子里几个戏迷搭帮结伙去看戏，直到年过七旬仍然乐此不疲。我童年跟着父亲所看的戏，都是乡村那些具有演唱天赋的农民演出的戏。开阔平坦的白鹿原上和原下的灞河川道里，只有那些物力雄厚而且人才济济的大村庄，不仅能凑足演戏的不小开销，还能凑齐生、旦、净、末、丑各种角色。我们这个不足四十户人家的村子，演戏是连想也不敢想的事，我和父亲就只有到原上和原下的那些大村庄去看戏了。

不单在白鹿原，整个关中和渭北高原，乡村演戏集中在一年里的两个时段，是农历的正月二月和伏天的六月七月。正月初五过后直到清明，庆祝新年佳节和筹备农事为主题的各种庙会，隔三岔五都有演出。二月二是传统的龙抬头日，这一天会形成演出高潮，原上某个村子演戏的乐声刚刚偃息，原下灞河边一个村子演戏的锣鼓梆子又敲响了，常常发生这个村和那个村同时演出的对台戏。再就是每年夏收夏播结束之后相对空闲的一个多月里，原上原下的大村小寨都要过一个各自约定的"忙罢会"。顾名思义，就是累得人脱皮掉肉的收麦种秋的活儿忙完了，该当歇息松弛一下，约定一个吉祥日子，亲朋好友聚会一番，庆祝一年的好收成。这个时节演戏的热闹，甚至比新年正月还红火，尤其是风调雨顺小麦丰收家家仓满囤溢的年份。

我已记不得从几岁开始跟父亲去看戏，却可以断定是上学以前的事。我记着一个细节，在人头攒动的戏台下，父亲把我架在他的肩上，还从这个肩头换到那个肩头，让我看那些我弄不清人物关系也听不懂唱词的古装戏。可以断定不过五六岁或六七岁，再大他就扛架不起了。我坐在父亲的肩头，在自己都感觉腰腿很不自在的时候，就溜下来，到场外去逛一圈。及至上学念书的寒暑假里，我仍然跟着父亲去看戏，不过不好意思坐父亲的肩膀了。

同样记不得跟父亲在原上原下看过多少场戏了，却可以断定我那时候还不知道自己看的戏种叫秦腔。知道秦腔这个剧种称谓，应在二十世纪五十年代中期离开家乡进西安城念中学以后，我十三岁。看了那么多戏，却不知道自己所看的戏是秦腔，似乎于情于理说不通。其实很正常，包括父亲在内的家乡人只说看戏，没有谁会标出剧种秦腔。原上原下固定建筑的戏楼和临时搭建的戏台，只演秦腔，没有秦腔之外的任何一个剧种能登台亮相，看戏就是看秦腔，戏只有一种秦腔，自然也就不需要累赘地标明剧种了。这种地域性的集体无意识就留给我一个空白，在不知晓秦腔剧种的时候，已经接受秦腔独有的旋律的熏陶了，而且注定终生都难能取代的顽固心理。

在瓦沟里的残雪尚未融尽的古戏楼前，拥集着几乎一律黑色棉袄棉裤的老年壮年和青年男人，还有如我一样不知子丑寅卯的男孩，也是穿过一个冬天开缝露絮的黑色棉袄棉裤，旱烟的气味弥漫不散；伏天的"忙罢会"的戏台前，一片或新或旧的草帽遮挡着灼人的阳光，却遮不住一幢幢淌着汗的紫黑色裸膀，汗腥味儿和旱烟味儿弥漫到村巷里。我在这里接受音乐的熏陶，是震天轰响的大铜锣和酥脆的小铜锣截然迥异的响声，是间隔许久才响一声的沉闷的鼓声，更有作为乐团指挥角色的扁鼓密不透风干散利爽的敲击声。板胡是秦腔独有的个性化乐器，二胡永远都是作为板胡的柔软性配乐，恰如夫妻。我起初似乎对这些敲击类和弦索类的乐器的音响没有感觉，跟着父亲看戏不过是逛热闹。记不得是哪一年哪一岁，我跟父亲走到白鹿原顶，听到远处树丛笼罩着的那个村子传来大铜锣和小铜锣的声音，还有板胡和梆子以及扁鼓相间相错的声响，竟然一阵心跳，脚步不自觉地加快了，一种渴盼锣鼓梆子扁鼓板胡二胡交织的旋律冲击的欲望潮起了。自然还有唱腔，花脸和黑脸那种能传到二里外的吼唱（无麦克风设备），曾经震得我捂住耳朵，这时也有接受得颇为急切的需要了；白须老生的苍凉和黑须须生的激昂悲壮，在我太浅的阅世情感上铭刻下音符；小生和花旦的洋溢着阳光和花香的唱腔，是我最容易发生共鸣的妙音；还有丑角里的丑汉和丑婆婆，把关中话里最逗人的语言做最恰当的表述，从出台到退场都被满场子的哄笑迎来送走……我后来才意识到，大约就从那一回的那一刻起，秦腔旋律在我并不特殊敏感的乐感神经里，铸成终生难以改易更难替代的戏曲欣赏倾向。

我记不得看过多少回秦腔戏了。有几次看戏的经历竟终生难忘。上学到初中三年级，学校在西安东郊的纺织工业重镇边上，住宿的宿舍在工人住宅区内。晚自习上完，我和同伴回宿舍的路上，听到锣鼓梆子响，隐隐传来男女对唱，循声找到一个露天剧场。这是西安一家专业剧团为工人演出，而且有一位在关中几乎家喻户晓的须生名角。戏已演过大半，门卫已经不查票了，我和同学三四个人就走进去，直到曲终人散。无论从哪方面说，都比乡村戏台上那些农民的演出好得多了，我竟兴奋得好久睡不着觉。第二天早上走进学校大门，教导主任和值勤教师站在当面，把我叫住，指令我站在旁边。那儿已经站着两个人，我一看就明白了，都是昨晚和我看戏的同伴——有人给学校打小报告了。教导主任是以严厉而著名的。他黑煞着脸，狠声冷气地训斥我和看戏的同伙。这是我学生生涯中唯一的一次处罚……

二十多年后的一九八〇年，我被任命为区文化局副局长的同时，新任局长就是训斥并罚我站的教导主任。我和他握手的那一刻，真是感慨"人生何处不相逢"灵验了。从和他握手直到我离开这个单位，始终都不曾提及此事。他肯定不记得这件事了，他训斥过可能就置诸脑后了，又忙着训导另一位违纪的学生去了。不过，这个时候的他，已经半老，依然严厉的脸上总是洋溢着微笑，大笑的时候很爽朗。一张棱角严厉的脸无论畅怀大笑还是微笑，尤其生动感人，甚为可爱。

还有一次难泯的记忆。这是"四人帮"倒台不久的事。西安城里那些专业秦腔剧团大约还在观望揣摩文艺政策能放宽到何种程度的时候，关中那些县管的也属专业的秦腔剧团破门一拥而出了，几乎是一种潮涌之势。他们先在本县演出，又到西安城里城外的工厂演出，几乎全是被禁演多年的古装戏。西安郊区的农民赶到周边县城或工厂去看戏，骑自行车看戏的人到傍晚时拥满了道路。我陪着妻子赶过二十里外的戏场子。我的父亲和村里那几个老戏友又搭帮结伙去看戏了。到处都能听到这样一句痛快的观感："这才是戏！"更有幽默表述的感慨："秦腔到底又姓秦了！"这种痛快的感慨发自一个地域性群体的心怀。"文革"禁绝所有传统剧目的同时，推广八个"样板戏"，关中的专业剧团和乡村的业余演出班子，把京剧"样板戏"改编移植成秦腔演出，我看过，却总觉得不过瘾，多了点什么又缺失了点什么。民间语言表达总是比我生动比我准确："这是拿关中话唱京剧哩嘛！"还有"秦腔不姓秦了"的调侃。

到二十世纪八十年代中期，我的经济状况初得改善，便买了电视机，不料竟收不到任何节目，行家说我居住的原坡根下的位置，正好是电视信号传递的阴影区域。我不甘心把电视机当收音机用，又破费买了放像机，买回来一厚摞秦腔名家演出的录像带，不仅我把包括已经谢世的老艺术家的拿手好戏看了个够，我的村子里的老少乡党也都过足了戏瘾。我常常要把电视机搬到院子里，才能满足越拥越多的乡党。我后来又买了录音机和秦腔名角经典唱段的磁带，这不仅更方便，重要的是那些经典唱段百听不厌。大约在我写作《白鹿原》的四年间，写得累了需要歇缓一会儿，我便端着茶杯坐到小院里，打开录音机听一段两段，从头到脚、从外到内都有一种无以言说的舒悦。久而久之，连我家东隔壁小卖部的掌柜老太婆都听上了戏瘾，某一天该当放录音机的时候，也许我一时写得兴起忘了时间，老太太隔墙大呼小叫我的名字，问我："今日咋还不放戏？"我便收住笔，赶紧打开录音机。老太太哈哈笑着说她的耳朵每天到这个时候就痒痒了，非听戏不行了……在诸多评说包括批评《白鹿原》的文章里，不止一位评家说到《白鹿原》的语言，似可感受到一缕秦腔弦音。如果这话不是调侃，是真实感受，却是我听秦腔之时完全没有预料到的潜效能。

  我看过、听过不少秦腔名家的演出剧目和唱段，却算不得铁杆戏迷。不说那些追着秦腔名角倾心倾情胜过待爹娘老子的戏迷，即使像父亲那样入迷的程度，我也自觉不及。我比父亲活得好多了，有机会看那些名家的演出，那些蜚声省内外的老名家和跃上秦腔舞台的耀眼新星，我都有机缘欣赏过他们的风采。然而，在我久居的日渐繁荣的城市里，有时在梦境，有时在一个人独处的时候，眼前会幻化出旧时储存的一幅幅图景：在刚刚割罢麦子的麦茬地里，一个光着膀子握着鞭子扶着犁把儿吆牛翻耕土地的关中汉子，尽着嗓门吼着秦腔，那声响融进刚刚翻耕过的湿土，也融进正待翻耕的被太阳晒得亮闪闪的麦茬子，融进田边沿坡坎上荆棘杂草丛中，也融进已搭着圆顶的太阳的霞光里。还有一幅幻象：一个坐在车辕上赶着骡马往城里送菜的车把式，旁若无人地唱着戏，嗓门一会儿高了，一会儿低了，甚至拉起很难掌握的"彩腔"，在乡村大道上朝城市一路唱过去……

秦人创造了自己的腔儿。

这腔儿无疑最适合秦人的襟怀展示。

黄土在，秦人在，这腔儿便不会息声。

一九八〇年夏天的一顿午餐

一

一顿午餐，留下两个人半生的记忆。

这两个人，一个是作家刘恒，一个是我。

十一月中旬在北京召开的中国作家协会第七次全国代表大会期间，在堪称豪华的北京饭店的过厅里，我和刘恒碰见了，几年不见，他胖了，头发却稀疏了。心想着按他的年纪，头发不该这么稀，眼见的却稀了。对视的一瞬，都伸出手来握到一起。没有热烈的问候，也没有搂肩捶胸的亲昵举动，他似乎和我一样不善此举。刚握住手，他便说起那顿午餐，在我家乡的灞桥古镇上吃的那一碗羊肉泡馍。正说间，围过来几位作家朋友，刘恒着意强调是站在街道边上吃的。我说是的，一间门面的小饭馆容纳不下汹涌而来的食客，就站在饭馆门外的街道上吃饭，站着还是蹲着我记不清了……

这是一九八〇年夏天的事。

这年的春节刚刚过罢，我所供职的西安郊区随区划变更为雁塔、未央和灞桥三个区。我的具体单位郊区文化馆也分为三个。我选择了离家较近的灞桥区文化馆，为着关照依赖生产队生活的老婆孩子比较方便，还有自留地须得我播种和收割。刚刚设立的灞桥区缺少办公房舍，把文化馆暂且安排到距离区政府机关近十里远的灞桥古镇上。这儿有一家电影院，用木材和红瓦建构的放映大棚，据说是一九五八年"大跃进"年代兴建的文化娱乐设施，地上铺的青砖已经被川流不息的脚步踩得坑坑洼洼了，既可见久远的历程，更可见当地乡民观赏电影的盛况。放映棚后边，有一排又低又矮的土坯垒墙的平房，是电影放映人员工作和住宿兼用的房子，现在腾出一半来，给我等文化馆干部入住，同时也就挂出一块灞桥区文化馆的白底黑字的招牌。我得到一间小屋，一张办公桌、两把椅子和一块床板，都是公家配备的公物，一只做饭烧水的小火炉是自购的私家财物，烧煤是按统购物资每月的定量，到三里外的柳巷煤店去购买。我那时已官晋一级，兼着区文化局副局长，舍弃了区政府给文化局分配的稍好的办公室，选择了和文化馆干部搅和在一起。我喜欢这个古人折柳送别的千年老镇，一缕温情来自桥南头的高中母校，三年读书留下的美好记忆全都浮泛出来了；另一缕情思或者说情调，来自职业爱好，多年来舞文弄墨尽管还没弄出多大的响声，尽管生活习性生活方式和当地农民差不了多少，而文人的那些酸不酸甜不甜的情调却顽固地潜在着，诸如早春到刚刚解冻的灞河长堤上漫步，看杨柳枝条上日渐萌生的黄色嫩芽，夏日傍晚把脚伸进水里看长河落日的灿烂归于模糊，深秋时节灞河滩里眼看着变得枯黄的杂草野花，每逢集日拥挤着推车挑担拉牛牵羊的男女乡民⋯⋯大自然在这个古镇千百年来周而复始地演绎着绿了枯了暖了又冷了的景致。刚跨入二十世纪八十年代的古镇周边的乡民在这里聚集，呈现出从极左律令下刚刚获得喘息的农民脸上的轻松和脚下的急迫，我常常在牛马市场木材市场和小吃摊前沉迷⋯⋯我觉得傍着灞河依着一堤柳绿的古镇灞桥，更切合我的生活习性和生存心理。

刘恒突然来了，是我在这个古镇落脚扎铺大约半年时。一九八〇年正值酷暑三伏最难熬的季节，一个高过我半头的小伙子走进电影院后院的平房，找我，自我介绍是《北京文学》的编辑。我在让座和递茶的时候，心里已不单是感动，更有沉沉的负疚了。古镇灞桥通西安的公交汽车，那时候是一小时一趟，我每逢到西安赶会或办事，在车上前胸后背都被挤拥得长吸粗呼；汽车在坑坑洼洼的沙石路上左避右躲，常常抵不上小伙子骑自行车的速度。这是唯一的公共交通设施，别无选择，出租车的名称还没有进入中国人的生活。刘恒肯定是冒着燥热乘坐西安到城郊的这班公共汽车来的，而且是从北京来的。我的那间宿办合用的屋子，配备两把椅子，超过两个来客我便坐在床沿上，把椅子让给客人，沙发在那时也是一个奢侈的名词。刘恒便坐在另一把椅子上，喝我递给他的粗茶。他说他来约稿。他似乎说他刚进《北京文学》做编辑不久。他说是老傅让他来找我的。说到老傅，我顿然觉得和近在咫尺的这位小伙子拉得更近了，距离和陌生顿然大部分化释了。

二

老傅是傅用霖，年龄和我不相上下，还不上四十，大家都习惯称老傅而很少直呼其名，多是一种敬重和信赖，他的谦和诚恳对熟人和生人都发生着这样潜在的心理影响。我和他相识在一九七六年那个在中国历史不会淡漠的春天。已经复刊出版的《人民文学》杂志约了八名业余作者给刊物写稿，我和老傅就有缘相识了。他不住编辑部安排的旅馆，我和他也就只见过两回面，分手后也没有书信来往。一九七八年秋天我从公社调到西安郊区文化馆，专注于阅读，既在提升扩展艺术视野，更在反省和涮涤思想和艺术概念，有整整三个月的时间，完全是自我把握的行为。到一九七九年春天，我感到一种表述的欲望强烈起来，便开始写小说，自然是短篇。正在这时候，我收到老傅的约稿信。这是一封在我的创作历程中不会泯灭的约稿信，在于它是第一封。

此前在西安的一次文学聚会上，《陕西日报》长我一辈的老编辑吕震岳当面约稿，我给了他一篇《信任》。这篇六千字的小说随之被《人民文学》转载（那时没有选刊，该杂志辟有转载专栏），到一九八〇年年初被评上第二届全国短篇小说奖。老吕是口头约稿。我正儿八经接到本省和外埠的第一封约稿信件，是老傅写给我的，是在中国文学刚刚复兴的新时期的背景下，也是在我刚刚拧开钢笔铺开稿纸的时候。我得到鼓舞，也获得自信，不是我投稿待审，而是有人向我约稿了，而且是《北京文学》杂志的编辑。对于从中学就喜欢写作喜欢投稿的我来说，这封约稿信是一个标志性的转折。我便给老傅寄去了短篇小说《徐家园三老汉》，很快便刊登了。这是新时期开始我写作并发表的第三个短篇小说。直到刘恒受他之嘱到灞桥来的时候，我和他再没见过面，却是一种老朋友的感觉了，通信甚至深过交手。

三

我和刘恒说了什么话，刘恒对我说了什么话，确已无从记忆。印象里是他话不多，也不似我后来接触过的北京人的口才天性。到中午饭时，我就领他去吃牛羊肉泡馍。这肯定是作为主人的我提议并得到他响应的。在电影院我的住所的马路对面，有镇上的供销社开办的一家国营食堂，有几样炒菜，我尝过，委实不敢恭维。再就是八分钱的素面条和一毛五的肉面条。我想有特点的地方风味饭食，在西安当数羊肉泡馍了。经济政策刚刚松动，我在镇上发现了头一副卖豆腐脑的挑担,也过了久违的豆腐脑口瘾;紧跟着就是这家牛羊肉泡馍馆开张,弥补或者说填充了古镇饮食许久许久的空缺。这家只一间门面的泡馍馆开张的炮声刚落,在古镇以及周围乡村引起的议论旷日持久,波及一切阶层所有职业的男女,肯定与疑惑的争论互不妥协。这是一九八〇年特有的社会性话题,牵涉到两种制度和两条道路的议争。无论这种议争怎样持续,牛羊肉泡馍馆的生意却火爆异常,从早晨开门并拨旺昨夜封闭的火炉,直到天黑良久,食客不仅盈门,而且是排队编号。呼喊着号码让客人领饭的粗音大响,从早到晚响个不停。尤其是午饭时间,一间门面四五张桌子根本无法容纳涌涌而来的食客,门外的人行道和上一阶土台的马路边上,站着或蹲着的人,都抱着一只大号粗瓷白碗,吃着同一个师傅从同一只铁瓢里用羊肉汤烩煮出来的掰碎了的馍块。

  我领着刘恒走出文化馆所在的电影院的敞门,向西一拐就走到熙熙攘攘吃着喊着的一堆人跟前。我早已看惯也习惯了这壮观的又是奇特的聚吃景象,刘恒肯定是头一回驾临并目睹,似不可想象也无所适从吧。我早已多回在这里站着吃或蹲着吃过,便按着看似杂乱无序里的程序做起,先交钱,再拿七成熟的烧饼,并领取一个标明顺序数码的牌号,自然要申明"普通"或"优质",有几毛钱的差价,有两块肉的质量差别。我招待远道而来的贵宾刘恒,自然是肉多汤肥的"优质"。那时候中国人还没有肥胖的恐惧,还没有减肥尿糖抽脂刮油等富贵症,还过着拿着肉票想挑肥膘肉还得托熟人走后门的光景。我便和刘恒蹲在街道边的人行道上,开始掰馍,我告诉他操作要领,馍块尽量小点,汤汁才能浸得透,味道才好。对于外来的朋友,我都会告知这些基本的掰馍要领,然而这需得耐心,尤其是初操此法者,手指别扭,掐也罢掰也罢往往很不熟练。刘恒大约耐着性子掰完了馍,由我交给掌勺的师傅。

我和刘恒就站在街道边上等待。我估计他此前没经过这种吃饭的阵势，此后大概也难得再温习一回，因为这景象后来在古镇灞桥也很快消失了，不是吃午餐的人减少了，而是如雨后春笋般接连开张的私营饭馆分解了食客，单是泡馍馆就有四五家可供食客比对和选择；反倒是那些刚刚扔下镰刀的乡村少男少女，站在饭馆门口用七成秦腔三成京腔招徕笼络过往的食客。

四

几年之后，我有幸得到专业作家的资格，可以自主支配时间，也可以不再坐班上班，自我把握和斟酌一番，便决定撤出古镇灞桥，回归灞河上游白鹿原下祖居的老屋，吃老婆擀的面条喝她熬烧的苞谷糁子，想吃一碗羊肉泡馍需等到进城开会办事的机会。

住在乡下，应酬事少了，阅读的时间自然多了，在赠寄的一本杂志上，我发现了刘恒，有一种特别兴奋的感觉。随之又读到了《狗日的粮食》，我有一种抑压不住的心理冲动，一个成熟的禀赋独立的作家跃到中国文坛前沿了。每与本地文学朋友聊起文学动态，便说到《狗日的粮食》，也怀一份庆幸和得意，说到在灞桥街头站着或蹲着招待刘恒的那一碗泡馍，朋友听了不无惊诧和朗笑，玩笑说："你把一个大作家委屈了。"我也隐隐感到，便盼着有一天能在西安最知名的百年名店"老孙家泡馍馆"招待一回，挽回小镇站吃的遗憾。这时候不仅公家有了列项的招待款，我个人的稿酬收入也水涨船高了，况且"老孙家"也得了刘华清题写的"天下第一碗"的真笔墨宝，店堂已是冬暖夏凉和细瓷雕花碗的现代化装备了。我在这儿招待过组团的兄弟省作家和单个来陕的作家朋友，却遗憾着刘恒。刘恒似乎不大走动，似乎除了一部一部引起不同凡响的作品之外，再没有其他逸事或作品之外的响动。我能获得的信息，都是他的作品所引发的话题。这样，刘恒在中国文坛的姿态，便在我心里形成了，让我无形中形成了敬重，不受年龄的限制。敬重不在年龄。

从一九八〇年夏天初识于我的灞桥，街道边的一顿午餐，成为我们二十多年深刻的记忆。这期间，我和刘恒大约有两三次相遇，每当见面握手，便说到街头的那顿午餐，一碗牛肉或羊肉泡馍。以我推想，随着经济快速发展，也随着作家腰包的不断填充，大餐小餐中餐西餐乃至豪华宴会，他和我都经历过了。在他，起码我没听见对某一顿大餐的感受；在我，即使吃过什么稀罕饭菜，稀罕过后也就不稀罕了。灞桥街头的这一顿牛羊肉泡馍，之所以让两个人经久不忘，我想在于这情景发生的年代——一九八〇年夏天，中国新的发展契机初露端倪时的一个标志性的年份，第一家私营饭馆在古镇灞桥张扬出来时的特有景观；另一因由在于这碗牛羊肉泡馍，标记着那个年月的我的消费水平，自参加工作十八年第一次涨薪，拿到四十五元月薪了，发表了十多篇小说，累计有一千多元的外快稿酬了，可以请本地和外埠的朋友吃一餐泡馍了；还有一点在于，蹲或站在街道上吃泡馍的这两个人，后来都成了有点名气的作家，一个在北京，一个还在关中。这似乎才是造成记忆不泯的关键。此前此后我陪着老朋友新相识包括乡村亲邻等都吃过，过后统统忘记了；唯有作家不会忘记，我记着，刘恒也记着。

这回在北京饭店和刘恒握手，他开口便说起这顿牛羊肉泡馍午餐。笑罢，我突然想到，这顿街边的午餐已成为一种情结，也成为一种警示，在我千万别弄出摆显"贵族"的嗲来，当下这种发"贵族"的嗲气小成气候。那样一来，刘恒可能再不说一九八〇年夏天古镇灞桥的午餐，也不屑于和我握手了。

图书在版编目（CIP）数据

风吹过白色的原野 / 陈忠实著. -- 济南：山东文艺出版社，2025. 5. -- ISBN 978-7-5329-7385-9

Ⅰ. I267

中国国家版本馆CIP数据核字第2025VX2282号

风吹过白色的原野

FENG CHUIGUO BAISE DE YUANYE

陈忠实　著

主管单位	山东出版传媒股份有限公司
出版发行	山东文艺出版社
社　　址	山东省济南市英雄山路189号
邮　　编	250002
网　　址	www.sdwypress.com

读者服务	0531-82098776（总编室）
	0531-82098775（市场营销部）
电子邮箱	sdwy@sdpress.com.cn

印　　刷	肥城源盛印刷有限公司
开　　本	710毫米×1000毫米　1/16
印　　张	15
字　　数	168千
版　　次	2025年5月第1版
印　　次	2025年5月第1次印刷
书　　号	ISBN 978-7-5329-7385-9
定　　价	39.00元

版权专有，侵权必究。如有图书质量问题，请与出版社联系调换。